江湖异人传
龙虎春秋

武侠宗师平江不肖生作品集

平江不肖生——

著

团结出版社

图书在版编目（ＣＩＰ）数据

江湖异人传 ；龙虎春秋 / 平江不肖生著． -- 北京：
团结出版社，2020.6
ISBN 978-7-5126-7710-4

Ⅰ．①江⋯ Ⅱ．①平⋯ Ⅲ．①侠义小说－小说集－中
国－现代 Ⅳ．① I246.5

中国版本图书馆 CIP 数据核字（2020）第 006155 号

出　　版：团结出版社
　　　　　（北京市东城区东皇城根南街 84 号　　邮编：100006）
电　　话：（010）65228880 65244790（出版社）
　　　　　（010）65238766 85113874 65133603（发行部）
　　　　　（010）65133603（邮购）
网　　址：http://www.tjpress.com
E-mail：zb65244790@vip.163.com
　　　　　fx65133603@163.com（发行部邮购）
经　　销：全国新华书店
印　　装：三河市三佳印刷装订有限公司

开　　本：165mm×230mm　　　　16 开
印　　张：11.75
字　　数：186 千字
印　　数：1-4000
版　　次：2020 年 6 月　第 1 版
印　　次：2020 年 6 月　第 1 次印刷

书　　号：978-7-5126-7710-4
定　　价：37.00 元

目　录

江湖异人传

第一章　楔　子 /003

第二章　千里眼与顺风耳 /005

第三章　奇病奇治 /009

第四章　原来是你 /014

第五章　空中飞来酒食 /018

第六章　风雪之夜 /021

第七章　不可思议的侦探术 /025

第八章　算命何用算盘 /032

第九章　怪雀牌与怪名刺 /035

第十章　神仙师父 /041

龙虎春秋

第一回　　罗邦杰学艺海珠寺　　甘凤池失踪枫叶村 /047

第二回　　路民瞻远走麒麟岛　　狄士雄初射鸳鸯箭 /054

第三回　　袭台湾清兵得胜　　避镇江谢官埋名 /060

第四回　　白泰官赤心除恶霸　　曹仁父黑夜斩妖魔 /066

第五回　　述家难舅甥会面　　报奇冤夫妻丧身 /073

第六回　　失御珍欣逢草上飞　　造利器寻取云中燕 /080

第七回　　觅居停主仆仓皇　　卖图画君臣遇合 /087

第八回　　祯贝勒组织暗杀团　　年羹尧统领血滴子 /094

第九回　　吴银亚荻溪怜佳士　　甘凤池萍水娶美娘 /101

第十回　　游西湖订交方外　　瞻东岳隆礼圣人 /108

第十一回　　登大宝识破真龙　　练双弹反输假虎 /114

第十二回　　断指焚身矜气节　　飞头沥血照肝胆 /121

第十三回　　变宗旨淫欲招殃　　怀忠心奴仆救主 /129

第十四回　　打擂台称少林一派　　哭祖墓得武当正宗 /138

第十五回　　十三妹单刀杀总督　　八千里双剑助将军 /145

第十六回　　管自鳌因妻守志　　濮天鹏为友报仇 /153

第十七回　　制虎养狮卫社稷　　移龙换凤振邦基 /160

第十八回　　朱大同慷慨羁牢狱　　吕四娘秘密进宫门 /168

第十九回　　乾隆帝初下江南　　年羹尧归田削职 /175

江湖异人传

第一章

楔　子

　　这篇记事的材料，十成中有两成，是我亲目所见，八成是得之诚实可靠的友人，于今将它详细写了出来。在看官们的眼光，看了这一篇满纸荒唐神怪的文字，未必不存一个"姑妄言之，姑妄听之"，和看《封神传》《西游记》一般的念头。但是此刻的我，在提笔记述这一回事，脑筋中觉得有三种缺恨。

　　三种什么缺恨呢？第一，是恨我自己的文笔太恶俗，每次提笔作文，词不达意的地方太多。有许多曲曲折折的情事，我这恶俗的文笔，不能描摹尽致，不能使看官们，对于文字上，发生一种美感。若在平日，作那些不相干的小说，和种种消遣的小品文字，却马马虎虎的，胡诌一会儿子。所记述的事，半是空中楼阁，文笔所能达得出的，就写了出来；达不出的，便不写它也罢了，文章对不住事实的时候还少。唯有记这一篇的事，不能由着我这支笔乱写。

　　我这支笔，既是恶俗，将事实写出来，必不能使看官们发生美感，则是我的文字，对不住这一篇事实了。我的文字对不住事实，便是我本人，对不住做这事实的人，和那几位诚实可靠的朋友。所以这是我对于这篇记述的第一个缺恨。

　　第二，是恨我自己不曾研究过神学，对于此篇所记述的事，不能说出一个所以然来。使看官们见了，增加信任的心，甚且认作《西游记》《封神传》等一类像思造的神话。

　　第三呢，是恨我缘分浅薄，不得多与篇中记述的异人周旋，耳闻目见的情事有限。即尽情写出来，仍不是仿佛其本领之万一。只是我未提记述这篇事实之先，已有了这么大的三种缺恨，不好就放下来不写的吗？这却又办不到，因为我一腔好奇的念头，驱使着我，时时刻刻不能将这些事放下。风晨月夕，亲朋过从的时候，将这些事，一件一件的翻出来，作为清谈的资料。亲友总是听得忘饥废寝，动辄连宵达旦。在他人或者以为甚苦，而我因被一腔好奇的念头所驱使，乃欣然而乐道之。

自居沪作文字苦工以来，曩日聚谈的亲友，都天南地北。莫说几年来不能相见一面，便是音问也很稀少。我好奇的念头结果，所得来的一肚皮奇闻怪事，遂无从宣泄。《西厢记》上头说得好，"除纸笔代唇舌，千种相思向谁说"，我于今也是"除纸笔代唇舌，千种奇闻向谁说"。

我做这篇的意思已说明了，毕竟异人是谁呢，有些什么奇闻怪事呢？待我一件一件的，分作一篇一篇的，在下面写将出来。

第二章

千里眼与顺风耳

戊午年十一月，我从汉口到上海来，寄居在新重庆路，一个连黄的朋友家里。我这朋友，夫妻两个，也是在上海作寓公，年龄都在三十上下。两夫妻好奇的念头，和我也差不多。我住在他家，终日所谈论的，自然有大半，是我平日由好奇之念，得来的奇闻怪事了。

这日黄昏时候，我们三人，正围火炉坐着谈鬼。忽然来了一位朋友，这位朋友姓张，因他排行第四，我们大家都叫他张四爷。张四爷进房脱了外套，我们就腾出点座位来，给他坐了。他即笑着问道："你们正在这里说些什么？我在门外听得声音，好像是说得很有趣味的样子。"黄太太嘴快，抢着笑说道："我们正在这里，青天白日谈鬼话呢！"说时随用手指着我道："老向肚子里的鬼话最多，在这里住几天，也不知谈了多少的鬼了。"

张四爷听了，便笑嘻嘻的问我道："你肚子里有许多的鬼，毕竟眼睛里见过鬼没有呢？"我摇头答道："实在不曾见过一次鬼。你是这么问我，难道你是真见过鬼吗？你又何妨加入我们这谈鬼的团体，谈些亲眼见过的鬼来听听哩。"张四爷也摇着头道："我也不曾亲眼见过一次，但是我此刻同住的，有一位姓陈的先生，他实在是有驱神役鬼的本领。他这本领，我却是亲眼见过的。"我们三人，当下听了这话，登时都觉得比谈那些虚无缥缈的鬼，更加有趣味些。不约而同的，齐声问张四爷，见了些什么驱神役鬼的本领，而且都一迭连声的，催着张四爷快说。

张四爷道:"这位陈先生,和我同住了将近一个月,直到前夜,我才得领教他的本领,知道他是一个很奇怪,很有研究价值的人。我只知道他姓陈,至今尚不知道他叫什么名字。他初来我那旅馆的时候,据我那旅馆主人向我说:'这位陈先生,是湖南平江人,才从广东到上海来,全没一些儿行李。'这么寒冷的天气,他身上还只穿一件青大布夹袍,其穷就不问可知了。因碍着一个介绍人的面子,不能不给他住下,开给他吃的伙食,和住的房间,只怕是肉骨子打狗有去无回。"我当时听了这些话,也不在意。出门人在外,短少了盘缠的事,本来不算什么稀罕。况且这位陈先生,还有一个有面子、能介绍他到旅馆里来住的朋友,就只少了点行李衣服,更是极寻常的事,一晌也没人将他搁在心上。

"到了前天夜里,旅馆主人到我房里来闲谈,因我和他认识得久,我住在他旅馆里,他一得闲,就到我房里来坐。前夜他来了,笑容满面的向我说道:'张先生你说,看人是不容易么?'我就点了点头道:'那是自然,古人不是说了,"知人难,知人则哲"的吗?你说这话,是着谁看走了眼么?'主人伸开那巨灵掌,在他自己大腿上,拍了一下道:'你知道我前次和你说的,那位从广东来的陈先生,是个什么样的人么?'我说不曾见过面,怎得知道。主人举着大拇指道:'这人有神出鬼没的本领,真是了不得。你也是一个老江湖,这种人,倒不可不见识见识。'我说你怎么知道,他有神出鬼没的本领哩?

"主人道:'我家里这个瘫废了的侄女,你是见过的呢。她不是从两三岁上,就害筋骨痛,直病到此刻二十二岁,手足都卷曲得作一团,已成了废人的吗?不知陈先生听得谁说,知道我家里有这么一个废物,前几日,忽然向我大小儿说:你不是有一位残废了的姐姐么?大小儿自是答应的。他说:曾请医生诊过没有哩?大小儿见他问得没有道理,随口抢白他道:没请医生诊过,两三岁害筋骨,还能活到二十多岁吗?

"'他受了大小儿的抢白,也不生气,仍是和颜悦色的说道:那么筋骨痛是已经诊好了吗?大小儿更加不高兴道:诊好了时,也不说是残废了。他还是不介意的样子说道:你府上的人,也都愿意你姐姐的病好么?大小儿再也懒得答话了,提起脚要走。在这里就很奇怪,他见大小儿提起脚要走,忽然打了一个哈哈道:你定要走这么急,得仔细你自己口袋里的东西,不要被你少奶奶破获了，难为情呢。大小儿已走出了房门，一听这话，心里不由得吃了一惊。

"'原来大小儿不成材，最是爱嫖，我早知他不上正路，横竖一文钱也不落他的手。他在外面东拉西扯的，欠了好些嫖账。这日是小月底，实在被逼得没有法子，就起了不良的心，趁他妻子不在跟前，偷开了首饰匣，拿了一朵值洋四五百元的珠花，一对八两重的金镯，打算去当店押了钱还账。只因见我坐在客堂里陪客，他是心虚人，怕我问他去哪里，只得到这陈先生房里，想胡乱支吾一时半刻，等我送客走了，便好出去。

"'他偷这两样首饰的时候，房中并没第二个人，陈先生的房间相离得很远，并且小儿的房在楼上，陈先生的房在楼下，这两样首饰，又是放在贴肉的一件小褂口袋里，外面罩着皮袍、皮马褂。见陈先生是这么说出来，小儿如何能不吃惊呢？但是这时我已送客走了，客堂里没人，打陈先生房里出来，便是客堂，出客堂便是大门。小儿虽是吃惊，只是心想跳出大门，就不要紧了，这时客堂无人，还不趁此出去，更待何时。所以虽听了陈先生的话，也不回头，三步作两步的，一溜就出了大门。

"'谁知事真凑巧，他刚溜出大门，劈面正撞着他妻子。他妻子因昨夜见他唉声叹气，说话露出没钱使用，要找当头去抵当的意思来，已就存着提防他偷首饰的心了。这日见他的马褂，不在衣架上了，打开首饰匣一看，独不见了这两样贵重的。急得问话的工夫都没有，匆匆忙忙的追了出来，以为若是走得不远，还可以追赶得上。追到马路上，两边一望，不见一些儿影子，一时不能决定，须向哪一边追赶。我这门口，不是住了一个起课算命的先生吗？他妻子没了主意，就想回头起一课，看是从哪一边追赶的好，也想不到迎面撞个正着。张先生你说，他妻子到这时候，还肯放他走么？遂一把扭了进来，硬从小儿身上，将两样首饰搜了出来。还吵闹了好一会儿，直待我闻声出来，每人骂了一顿，才算完事。

"'小儿这时就深悔，不该不听陈先生的话，竟被自己老婆破获，弄得怪难为情的。只是心里一边悔恨，一边很觉得诧异，陈先生住在楼底下房间里，从来不曾去过楼上，并且独自在楼上，悄悄的干的事，陈先生怎知道这般明白呢？又怎知道我妻子在门外，我一出去，就会破获呢，这不是太稀奇了吗？

"'小儿心里这么一想，立时又走到陈先生房间里，一看陈先生已躺在床上睡着了。小儿也未不及讲客气，跑到床跟前，几推几摇，把陈先生推摇醒了，翻着一双白眼，向小儿说道：我要和你说话，你就急急的要跑；此时我要睡觉，你却又来吵我了。小儿说道：你的话真灵验，我口袋里的东西，竟被我那不懂情理、不贤良的老婆抢去了。不过你怎么知道的，比亲眼看见还要明白？是个什么道理，你倒得说给我听。你说话既有这么灵验，我还有事，要请你帮忙。

"'陈先生翻身坐起来，装作不理会的样子说道：你说什么话？我不懂得。小儿着急道：就是刚才的事，你怎么说不懂得呢？刚才我从这里走出去的时候，你不是打了一个哈哈，接着说道：你定要走这么急，得仔细你自己口袋里的东西，不要被你少奶奶破获了，难为情的吗？于今你的话应验了。我特来问你，你不要故意装糊涂吧！陈先生仍是摇头道：没有这回事，就是有，我的脾气不好，不论什么事，我睡一觉就忘了。小儿更急得跺脚道：哪有这么个脾气？故意装糊涂罢了。我刚才明明白白的，在这房里，你还寻根觅蒂的，问我那残废姐姐的病。我心里有事，问得我不耐烦了就走。到此刻还不上半点钟，你就是睡，也未必睡了一觉，你这糊涂装得我不相信。

"'陈先生见小儿那般着急的情形，方笑着说道：东西已经抢去了，还说什么呢？我又不是神仙，不过我两只耳朵，比你的耳朵灵些。你在我这里说话，你少奶奶在楼上开首饰匣，点查首饰，口里骂你没有天良，拣贵重的偷了去还嫖账。一面骂，一面下楼向外面追赶，我都听得清楚。又看了你那不安的神情，不住的用眼探看客堂里，我心里已猜透了，所以能说得这么灵验。难道我真是个神仙，能知过去未来吗？

"'陈先生和小儿说这些话的时候，我正在隔壁房里，只间了一层很薄的木板，因此一句也听到了耳里，心中不由得暗恨小儿太不成材。陈先生坐在楼下房间里，一面和人说话，还一面能听得隔十几间房的楼上，人家老婆在那里开首饰匣，点查首饰，并听得出骂人的话来，这种精明，还了得吗？小儿听了，竟不在意，好像肚皮里，还在那里思量：你既是一般的用两耳听得来，也算不得稀奇了，就求你帮忙，也不中用似的。听完陈先生的话，一声不响就走了。'"

第三章

奇病奇治

　　"'我当时听了，倒觉得奇怪得很，即走到陈先生房里，恭恭敬敬的一躬到地说道：我在隔壁，听得先生和小儿谈话，不由得我钦佩到十分。小儿糊涂荒谬，何足以知道先生的本领？承先生关心舍侄女的病，感情不浅。陈先生见我进房是这么说，却不装糊涂了，随口谦逊了两句，让我坐下说道：我住在这房里，因时常听得一种声音，仿佛小孩坐的摇篮，四个小轮盘，在地板上滚着响。只是那声音，很沉重，推行得很迟缓，揣想必不是小孩。十九是残疾的人，不能行走，才用这种推床。然这残疾的人，若是男子，终日在内室里推来推去，必然闷气难过，隔几日总得推到外面来一次。纵说比刻是冬天，推出来畏冷，但不在冬天，必是要出来的。这旅馆的房屋，我知道是主人自己构造的，那么府上既有残疾的男子，须用推床推着行走，这房屋建筑得不到十年，当建筑的时候，从内室到外面的门槛，为什么不做安得上、拆得下的呢？像这样的高的门槛，要把推床推过来，不是要几个健汉来扛抬吗？并且我听在内室推行的声响，可断定接连几间房，都是没有门槛的，所以我能猜出是个女子。张先生你说，这位陈先生的心思，有多细密'"？

　　我听得主人述这一段话，我心里也不由得很钦佩，并佩服那旅馆主人的心思目力，也都不错。黄太太就在旁边插嘴说道："这怎么算得是驱神役鬼的本领呢？这不过是现今最流行侦探小说当中的侦探本领罢了。"张四爷笑道："我的话还不曾说完，你就下起评判来了，自然尚有后文在下面。我当时问旅馆主人道：'他说过了，你怎么说呢？'主人道：'我说：陈先生的医道，想必是很高明。舍侄女从小就害筋骨痛，到于今已差不多满二十年了，不知还能治不能治？陈先生道：医道我虽略知道些儿，此刻不曾见着令侄女，能治不能治，却说不定。我说：那是自然。我之所以说还能治不能治，是说已经二十年的老病了，又是最难治的筋骨痛，以为已是没有诊治的希望了。据先生说来，就是年代久远的，也有能治的希望吗？陈先生笑道：若绝没有能治的希望，我也不说要见面的话了呢。我听了自是又惊疑，又欢喜。惊疑的是二十年来，不知诊过了多少名医，不曾诊好。并都说这种病，只要过了三年五载，便没有诊治的希望了。而这位陈先生居然说年代久远的能治，这话不但我惊疑，料想张先生初听了，也必是很惊疑的，欢喜更是常情，不必说了。

"'我即时一面教人知照敝内，一面请陈先生同到舍侄女房里。他也不看脉，也不问什么话，只要舍侄女提高嗓子，用力喊一个歌字，舍侄女害羞不肯喊。我和敝内劝喻了几遍，才轻轻的喊出来。陈先生听了道：喊低了不行，得尽着气力喊一声，我可立在隔壁房里听。舍侄女见说可以在隔壁房里听，觉得比立在跟前听的好些。我陪着陈先生到外面房里，听得舍侄女喊了几声，那声音都很高很长。陈先生向我点头道：还好，大概有八成能治的希望。不过多年痼疾，须多费些时日。我问：须多少日子？他低头思量了一会儿答道：计算至快也得半月二十工夫。我说：只二十日工夫，便能完全治好？他笑道：若是治不好，便二百日也是白费功夫；治得好，有二十日，纵相差也不远了。

"'我当时心里，也不免有点儿不相信的念头，只是他既说得这般容易，且看他怎生治法。敝内以为要开方子服药，拿出纸笔来，放在桌上。陈先生问我道：这纸笔是拿来开药方的么？我点头应是。陈先生道：若是开药方服药，只怕服到明年今日，也难望治好。我治这病，一剂药也用不着吃，你只去油行里，买一担桐油来，预备一口新锅、一炉炭火，以外什么也不要。我一听他这些话，登时又起了一种疑团，何以呢？去年有一个江湖上行术的人，在三马路这一带，给人治脸上的麻子。听说也是用铁锅，烧一锅油，行术的人，却先擦了些药在锅上，锅里的油，一辈子也烧不红。他伸下手去，一点儿也不烫。在旁边看的人，就以为了不得，相信他真能治麻子，是这么骗钱，也骗了不少。后来不知怎么，被那请他的人家知道，有心算计无心的，乘行术的人不在意，换了一锅油，在火炉上炖着。油是一不滚，二不出气的，行术的人，哪里想到有人暗算呢？才伸下去五个手指，可怜痛得他大叫：哎哟，旁边看的人，都哄着笑起来。行术的人，知道上了当，哪里还敢说什么，一手捧着那烫去了皮的手，痛得泪眼婆娑的走了。

"'我这时听得陈先生也说要锅要油，那治面麻的笑话，自然登时记忆起来了，禁不住一连望了陈先生几眼，一时不好怎么答应。忽转念一想，那行术的是讲定了价钱，不过借着这玩意儿好行骗的，并且骗钱到手就走。这位陈先生，在我旅馆里，果是治得好，我自应重谢他；若治不好，料他也不好开口问我要钱。他既不是骗钱，倘没有真实本领，又何必丢人哩？我看他是个很精明的人，决不肯干这种无意识的事。我有这么一转念，遂问道：用得着一担桐油吗？陈先生点头道：一担还不知道够不够咧。我又问道：要承得下一担油的新锅么？他说不要，只要盛得下十多斤油的就行了。我说：不要旁的东西了么？他说什么也不要。我说：一担油，做一次用吗？他说一日用一锅，用过的不能再用。若是半个月治得好，一担油就够用；治不好，再每日去零买也不要紧，这一担是不能少的。我口里答应了，心里计算，且买十多斤来，看他治的效验怎样。他既说半月可望治好，当然一次应有一次的功效。新锅火炉，家里都有现成的。

"'备办好了，我就请问他，何时可以施行诊治。他说：那锅油烧红了没有呢？我说因先生不曾吩咐要怎生烧，火炉、新锅和桐油办齐了，只等先生吩咐。就这么把油倾在锅里，安在火炉上烧吗？他连连点头道：是。我问：火炉应搁在什么地方？他说自然是搁在病人房里。于是我教人照他的话办了。那锅油烧得出了黑烟，我二小儿顽皮，在厨房里切了一薄片萝葡，丢入锅里，一转眼便焦枯了。我这时才邀着这位陈先生，同到病人房里。

"'病人斜躺在一张沙发上，陈先生走拢去，和病人相离，约有二尺来远近，睁开两眼望着病人，从顶至踵，打量了一遍，又闭着两眼，口中像在那里念什么咒语。好一会儿才张眼向我说道：请你的太太来，把侄小姐的四肢露出来，我方好治她的病。

"'我一听要把我侄女的四肢露出来，就很觉得为难。并不是我固执，这治病的事，原不能说害臊的话。不过我侄女的脾气，我是知道的，面皮最是嫩薄。她如何会肯当着面生男子，把自己的四肢露出来呢？就是敝内去动手，也是不中用的。因此踌躇，不好说行，也不好说不行。陈先生见我踌躇，就说道：你着虑侄小姐不肯么？我赶忙点头道：这孩子的脾气，古怪得厉害。陈先生不待我说完，用手指着病人道：此刻已不能由她不肯。你只要你太太动手去脱就得哪！我低头看我侄女，已垂眉合目的，睡得十分酣美的样子。暗想：怪呀，我进房的时候，我侄女分明光着眼望我，哪有一些儿睡意。并且这房里人多，又在白天，更明知道有男子进来，替她治病，她怎的一会儿倒睡着了呢？这不待说是这位陈先生，刚才闭了眼念咒的作用。我一时佩服这位陈先生的心思，陡增到十二分了。

"'正待开口叫敝内，敝内已在后房里听得明白，即走出来，到我侄女面前，凑近耳根，轻轻唤了两声，不见答应；在胳膊上推摇了两下，也不见醒。凡在旁边看见的人，没一个不惊奇道异。敝内见叫唤推摇都不醒，才放心将四肢脱露出来，陈先生左手握着病人的一只手，右手随意插入油锅里，还搅了几下，掬了一手热油，徐徐在病人手臂手腕上揉擦。擦一会儿，又到油锅里掬了一手油。看他嘴唇不住的颤动，好像仍在念咒。擦完了右手擦左手，两手擦完了，就擦两脚，足足擦了一点半钟，才住手，向我要一杯冷水。我端了杯冷水给他，只见他用左手，屈曲中指和无名指，在茶杯底下，其余三个指头伸直，扶住了茶杯；右手伸直中指，余四指都蜷曲，在水中画来画去，大约是画符，口里跟着念咒。这回念的声音，就比前两次大了，但是也听不出念的是些什么话。很容易的，念画都完了，即喝了一口冷水，向病人身上喷去。一连喷了几口，把水喷得没有了，匆忙拉了我出来。我不知为什么这么慌急，倒吓了一跳，来到外面问道：先生有什么事？他说并没有什么事，我说：怎的这么急的拉我出来哩？他笑道：不为旁的，因侄小姐即刻就要醒来，恐怕她见自己露着四肢，又见有男子在跟前，面子放不下。你去教你太太嘱咐她，若觉得四肢胀痛，可略略的伸缩几下，看能随着心想的动弹么？我点头应是，即叫敝内出来，照着话嘱咐了。

"'敝内说陈先生才跨出门，病人就醒来了，一看自己的四肢都打出了，面上羞得了不得，两个眼眶儿都红了，几乎哭了出来。劝慰了多少话，才好了些。正说四肢胀痛得厉害，你这里就叫我出来了。我点头教敝内进去，依话嘱咐。我就陪陈先生，回到他住的房里，问他：明日仍是如此治法么？他说是的。

"'我心里急想看病人受治后，是如何的情形，即辞出来，到舍侄女房里。见房中的人，都是喜形于色，已知道是很有效验了。敝内对我说：二十年来，不曾有过知觉的手脚，此刻忽然能动，能缓缓的伸缩了。陈先生的本领，真神奇得骇人。我听了这话，自然欢喜得不知要如何敬仰这位陈先生才好，连今日已经治过了四次，舍侄女的手，已经端碗拿筷子，自己吃饭了。陈先生说：看这情形，半月后包可全好。张先生你看，像这么神妙莫测的医道，怎能叫人不五体投地的佩服？'"

张四爷述到此处，立起身从桌上拈了一支香烟，拿自来火擦着，坐下来呼呼的吸。黄太太也起身斟了杯茶，递给张四爷笑道："你说了这么久，只怕口也说干了，喝口茶润润喉咙。"张四爷喝着茶笑道："我这说的，不是我亲眼见的。我昨夜所见的，还要神奇几倍呢！"姓黄的朋友问道："这人还住在你那旅馆里么，我们可不可以去看看他呢？"张四爷道："我那旅馆主人的侄女，病未全好以前，这人是不会走的。二十多年的痼疾，好容易才遇着一个这么好的医生，恰又住在自己开的旅馆里，岂肯不待治好，就放他走？"黄太太问道："这人就只会治病，还有什么别的本领咧？"张四爷笑道："若只会治病，我也不这么佩服他了呢。我且把我昨夜亲眼所见稀奇古怪的事，说给你们听。这人的本领，你们就更可知道了。"

第四章

原来是你

　　张四爷接着说道："前夜旅馆主人，向我说完了那一篇话，我自然也表示相当钦仰的意思。就对主人说道：'我在江湖上，也混了四五十年，像这般奇怪的人，倒不曾见过。于今既是同住在一处，又有你可为我绍介，岂可当面错过，不去拜会拜会吗，但不知此刻不曾出外么？'旅馆主人很是热心，连忙伸铃，叫了茶房进来，问道：'你知道七号房间里的陈先生，没出外么？'茶房道：'七号陈先生么，他从来不大出外，此刻多半又在床上睡呢。'主人点点头对我说道：'就绍介你去会他好么？'我说：'何妨且教茶房去看看，他若是睡了，我们就不好去惊醒他。'主人大笑道：'没要紧，他在我这里，将近住了一个月，我们见他坐着的时候很少，终月只见他睡在床上。他又不怕冷，身上穿的衣衫单薄，我们起初以为他是怕冷，睡在被里暖些，谁知他并不多盖被。我这里从十一月初一日起，每间客房里的床上，都是两条被，一厚一薄。他把厚的不要，卷起来搁在椅上，只盖一条薄的，还是随意披在身上，房里也不要火。你看这几日的天气有多冷，只就这一点观察，他的本领，即已不寻常了。'我应了一声是说道：'他既是睡的日子多，我们去会没要紧，那么就走吧。'

　　"于是我即同馆主人下楼，到七号房门口。馆主人用两个指头，在门上轻弹了两下，便听得里面说：'是谁呀？尽管推门进来呢。'我的平江朋友最多，耳里听平江话，听得最熟，陈先生一开口，我便听出是完全的平江口音了。推门进房一看，果是曾睡了，才从被里坐起来的样子。馆主人指着我给他绍介，我拱手说了几句仰慕的客气话。这位陈先生的应酬言语，却不敢恭维，简直笨拙得很。我初次见面，不便说要他显什么本领给我看，就算我能说得出口，他也未必这么轻率，肯随意使出什么手段来给我看。只得和他闲谈，提出几位平江朋友的名字问他，看他认识不认识。提到朱翼黄的名字，他微微的点头笑道：'我来住这旅馆，就是翼黄绍介的。他还约了今晚到这里，张先生和他有交情吗？'我听了嬉笑道：'翼黄是我的把兄弟，二十多年的交情了，可恶他绍介先生到这里来住，明知我也住在这里，竟不给我引见引见。他今晚不来便罢，来了我必得质问他。'馆主人笑道：'今夜风大雪大，翼黄未必能来。我也不知道翼黄和张先生有这么厚的交情，若知道也早说了。'

"大家正说笑着，翼黄已走了进来。我一见面就跳起来，一把抓住翼黄的衣袖说道：'你倒是个好人，陈先生这么奇特的人物，你带他到这里来，住了将近一月，就瞒着我，不给我知道。今日若不是馆主人对我说，给我绍介，真要失之交臂了呢！你自己说，对得住我么？'翼黄也不答辩，举手指着这位陈先生道：'你老哥自己去问他，看是我不给你老哥绍介呢，还是他不肯给人知道？老哥以为他这回，替馆主人的侄小姐治病，是有意自炫吗？这房里没有外人，我不妨说给老哥听。他这次从广东到这里来，上岸就到我那里，身上一文钱都没有。我的境况，老哥是知道的，岂但没钱给他使，连可给他暂且安身的地方都没有。若论他的本领，不是我替他吹牛皮，便立刻要弄一百万到手，也不是件难事。但他平生不曾做过一件没品行的事，没使过一文没来历的钱，我只好绍介他到这里来住。等过了年，再往别处去。前几日他到我那里来说：旅馆里的房饭钱，五天一结算，已送了四次账单来了，共有二十多块钱，再不偿还他，面子上有些不好看。我说不妨事，馆主人和我有交情，已说过了，到年底算账，账单尽管送来。这是上海一般旅馆的例规，你不理会就没事了。他说：是这般难为情，我知道馆主人家，有个残废的女子，我学毛遂自荐，替他家治好了，房饭钱就迟点儿还他，便没要紧了。我说：那很好，你不必自荐，我去对馆主人说就是了，他连说使不得。我见他执意要自荐，也就由他。昨日又来对我说，病已治好四成，第五次的账单过了期还不曾送来，大约暂时不致向我逼账了。'

"旅馆主人抢着笑道：'岂有此理，莫说陈先生替舍侄女治好了病，就只凭朱先生这点面子，住三五个月，我好意思向陈先生问账吗？'翼黄连忙点头道：'这是我相信的，不然也不必绍介他到这里来了。'翼黄坐下来向我说道：'复君这回若不是手头很窘，决不致毛遂自荐的。替他侄小姐治病，这也是合该他侄小姐的病要好，才有这么凑巧。复君的脾气，从来不肯求人，人家也不容易求他。'馆主人笑道：这确是舍侄女的灾星要脱了，恰好陈先生和小儿在这房里谈话，我在隔壁房里听得分明，立刻过来求教，不然也当面错过了。'翼黄不作声，望着陈先生笑，我到这时，才知道陈先生的名字叫复君。方才进房的时候，虽曾请教他的台甫，只因他说话的声音很低，也全是平江口音，毕竟听不大明白。

"我和翼黄的座位相近，低声问道：'陈先生此时尚穿夹衫，广东气候暖，自没要紧，到此地还这么单薄，不冷？若是一时没有合身的冬服，不嫌坏，我尚有一件羊皮的袍子，老弟可将我这一点诚意，达之陈先生么？'翼黄大笑道：'这是老哥一片爱才诚意，有什么不可向他说？不过他十年以来，不曾穿过棉衣，并非没有冬服，是用不着冬服。他就穿这一件夹衫，有时还汗流浃背呢。只是他虽不能承受你这点人情，总不能不承认你是他的知己了。'说时回头呼着复君笑道：'有客到你房里来了，你就不能略尽东道之谊吗？'陈复君正色道：'你不要也和我开玩笑。'馆主人忙道：'岂敢岂敢！东道之谊应该我尽才是。'我也从旁抢着说道：'馆主人东道之谊，早已尽了。我和陈先生都在此地作客，本来无可分别是谁的东道，不过要于无可分别中，分别出来，就是先到此地的，应作东道。我到上海已过了半年，住这里也有三个多月，这东道天经地义的是应我做。'我说了就起身，打算叫茶房去买酒叫菜。

"翼黄哈哈大笑道：'四爷，你怎的忽然这么老实起来？'我立住脚问道：'你这话怎么讲？'翼黄道：'你且坐下来再说。'我只得又回身坐下。翼黄道：'我明知复君手中很窘，你和馆主都不是外人，定要尽什么东道之谊呢？只因他会一手小把戏，正和《绿野仙踪》小说上，所写冷于冰的搬运法一般，百里内的东西，不拘什么，只要是轻而易举的，都可立时搬运得来。我说尽东道之谊，是想他做点儿这类的小把戏给你看。搬运了酒菜或点心，我们就扰了他的，这便算是陈复君做东了。'

"我一听这话，直喜得跳起来，向陈复君就地一揖道：'要先生做东道，本来不敢当。但是像翼黄老弟所说的这种东道，我却忍不住不领先生的情。'馆主人听了，也起身向他作揖。翼黄就在旁边笑道：'看你再好意思推脱。'陈复君只得起身答礼，半晌踌躇不语。翼黄从衣袋摸出一块光洋，交给复君道：'这块钱是我内人给我，教我顺便买块香皂，回去洗脸的，暂时抽用了，给你做这东道吧。'复君伸手接了。我连忙止住道：'我这里有钱，弟妇的钱怎好抽用？'我说着，即往口袋里掏钱。

　　"翼黄笑道：'不行，复君使我的钱没要紧，老哥的钱，他决不肯使的，不用客气吧。'我听说，就只好不掏了。复君抬头望了一望说道：'这间房没有朝外的窗户，这把戏玩不了。'我说：'楼上行么？我那房间有两个朝外的窗，并且还朝着空处。'翼黄不待复君开口，连说：'行，行！我们就到楼上去吧。我不能和复君一般不怕冷，这房里没有火，两手都冻僵了，到老哥旁里，烤烤火也好。'于是四人一同上楼，到我房里。"

第五章

空中飞来酒食

"那七号房，是一间极小极黑的房，平常没有人肯住的。房里的电灯，本来就只五支烛的灯泡。那灯泡又不知用过多少日子了，简直比几十年前的茶油灯，还要黑暗，哪里看得清人的面目？我在那房里，和陈复君对坐了那么久，实不曾看出他的相貌来。我房里的电灯，比他房里大了二十倍，又是新出的半电泡，照耀得如同白昼，这才看出他的面目来。他那相貌和寻常的小商人一般，没一点惊人之处，加之身材短小，衣服褴褛，任是谁人见了，也看不出他是个有本领的人来，实不能怪馆主人瞧他不起。

"当他初来的时候，对我说那些忧虑他住了房子，吃了伙食，没有钱还的话。便是我这老走江湖，阅人多矣的张四爷，也无从看出他的本领来。在我房里，是和我斜对面坐着，我很仔细的看他，却被我看出他一处惊人的地方来。他那一对耳朵果是奇怪，与别人不同，比我们的大了三分之二，厚薄倒差不多。骇人的就是一张一扬的动，和猫儿的耳朵一般。我初看出来，还疑心是我的眼睛，看久了有些发花。特意移近座位，看了一会儿，确是动得有趣，有时一只向前，一只向后；有时两只都向前，或都向后。我悄悄的问朱翼黄道：'你知道陈先生的两耳能动么？'翼黄笑道：'他肚皮里的学问，我都知道。这显在面上的耳朵，我会不知道吗？'我又问：'是生成能动的么？'翼黄摇头道：'哪是生成的，全是苦功练出来的。他岂两耳能动，通身的皮肤没一处不能动。'

"馆主人坐得略远些，听不出我二人说什么，笑催复君道：'先生的东道，可以做了么？'复君点头应好。翼黄问我道：'有玻璃酒瓶么？'我说：'我是个好酒如命的人，岂没有酒瓶，要干什么呢？'翼黄笑道：'且拿了一只空瓶来，自有用处。'我即拿了一只，交给翼黄。又问道：'老哥想喝什么酒，想几样什么下酒菜？不用客气，只管说出来，好教他搬运。'我就笑着问馆主人，馆主人仍推我说。我说：'要章东明的三十年老花雕，紫阳观的醉蟹，以外再买几个天津皮蛋，几包油炸花生米，就是这么够了。'说得大家都笑起来。

"翼黄将酒瓶递给复君。复君道：'还要一条大袱子，一件布长衫。'我从箨里取出一条包衣的包单来，布长衫我却没有。馆主人笑道：'我有，等我就下去拿来吧。'复君摇手止住道：'不用去拿，我身上脱下来就行。'只见他把酒瓶和那一块光洋，用包单包了，再从身上脱下那青布夹衫来，连酒瓶用两手捧了，走到窗户跟前，开了窗户。

"这时的雪，手掌大一片，纷纷的只下，那冷风吹进来，削到面上如刀割。陈复君一点也不露出缩瑟的样子，当窗立着，寂静无声的半晌，大约是在那里默念咒语。我和馆主人，分左右立在他贴身，仔细看他怎样。唯有朱翼黄怕冷，坐在火炉旁边不动，也因为是见过的。

"复君默然立了约三分钟久，只见他高举两手，伸出窗外，仿佛作势掼东西出去的样子，两手一散，就只剩了那件夹衫在手，包单、酒瓶、洋钱，都无影无踪了。他动手要掼的时候，我也曾定睛望着，但是全没见一点儿影子。问馆主人看见什么没有，他说的也和我一样。陈复君将夹衫拔在背上，向我笑道：'张先生怕冷么？此时窗户，可以关了。等歇酒菜来了，再打开不迟。'我说：'关了没要紧么？我固是有些怕冷，翼黄更比我怕得厉害。'复君随手将窗户带关，都回原位坐下。

"我向翼黄道：'这怎么谓之小把戏？江湖上玩把戏的，也有可以搬运酒菜的，只是有真实法术的很少，障眼法骗人的多，谁能及得复君先生？'翼黄笑道：'这法在复君，只能算是小把戏，他还有一种玩意儿，很是有趣。你若是当了衣服，在当店里。你只将当票和算好了的本利若干给他，他立时可照刚才这种法子，替你取赎出来，绝不错误，你看有趣么？'我说：'若当在天津或汉口，由此地去取赎，行不行呢？'翼黄望着复君道：'那行不行？'复君笑道：

'也行，不过当多了钱就不行；便是本地，也只能取赎一块钱以内的，当多了也不行。'

"复君说到这里，复起身把背上披的夹衫取下来，仍走到那窗户跟前，开了窗门。我和馆主人不约而同的，也都赶着去看。只见他两手提着两只衣袖，支开来遮着窗户，口中仍像是在那里念咒。约有一分钟的光景，两手忽然往窗外一抱，即听得夹衫里面，有纸包儿相撞的响声，登时觉得他两手捧着很大一包。翼黄已站起身笑道：'这东道做成了，四爷且关了窗户，再来吃喝吧。'

"我急忙把窗门关了，看陈复君捧着那个大包，放在桌上。先解下夹衫穿上，才解开那包袱，伸手提出一瓶酒来，又拿出四个皮蛋来，又拿出一串四只醉蟹来，又拿出四个小包来。我知道是油炸花生米。翼黄笑道：'没有了。四爷尝这酒，看是不是章东明的三十年陈花雕。'我正待提酒瓶过来，用鼻孔去嗅嗅气味，陈复君又从包袱里，拿出一个四方包儿来。翼黄忙问是什么。复君笑道：'嫂嫂不是教你买香皂吗？我怕你等歇回去，不好消差呢。'翼黄笑着接了，一看是一块法国制的檀香皂。

"这一来，直把我和馆主人，惊得瞠目结舌，骨头缝里，都是贮满了佩服他的诚心，竟猜不出他是个什么人物。"

姓黄的朋友问道："你喝那酒真是三十年的陈花雕么？"张四爷道："若不是章东明的，不是三十年的陈花雕，我也不佩服到这样。那酒瓶封口的纸，分明是章东明的招牌纸，酒到口我就能分辨得出，一点也不含糊。只有紫阳观的醉蟹，没有买着。陈复君说也是章东明的，因天气晚了，紫阳观已打了烊。你们三位说，这不是有驱神役鬼的本领吗？据朱翼黄说，他还会算八字，算得极灵。八字这样东西，我是绝对不相信的，所以不曾请他算。"

黄太太道："你不相信，我绝对的相信。我们吃了晚饭，就同到你旅馆里去，你可以给我们绍介么？"张四爷笑道："岂但可以给你们绍介，他见我和朱翼黄是老把，很不将我当外人。昨日在我房里，谈了一下午的话，已彼此不从丝毫客气了。嫂嫂若想请他算八字，我包可办到。"黄太太听了，欢喜异常，一迭连声催厨房开饭。

当下我们吃过了晚饭，遂一同坐车到张四爷旅馆里来。

第六章

风雪之夜

我们一行四人，在新重庆路乘坐黄包车，一会儿就到了三马路，陈复君住的那家旅馆门首。张四爷在前引着我等三人，直到陈复君的房门口。只见房门开着，房中连那盏五支烛光的电灯都熄灭了。张四爷跨进一脚，伸头向房里，发出惊异的声音说道："怎么呢，出去了吗？"正说着，一个茶房走过来说道："会陈先生么？"张四爷已折转身，手指着房里向茶房道："出去了吗？"茶房笑道："哦，原来是张先生啊！搬了房间，搬在楼上二十八号，刚才搬上去的。"

张四爷道："二十八号，不就是我那房间的对面吗？"茶房连连点头道："对对！"张四爷旋带着我们上楼，旋向我们笑说道："为人真不可没有点儿蹩脚本领，二十八号是这旅馆里的头等房子，平常要卖五块钱一天。你们想想，他若不是有这点儿蹩脚本领，在这蹩脚的时候，够得上住这么讲究的房间么？"我们都笑着点头。

迎面走来一个茶房，一见张四爷上来，即回头从身边掏出一串钥匙来，急忙走到一间房门口开门。张四爷且不进他自己的房，走到二十八号，举手轻轻的在门上敲了两下，却不见里面有人答应，接着呼了两声陈先生，也没有声息。这时我和姓黄的朋友，都很觉得失望，暗想怎么这么不凑巧，张四爷不是曾说这位陈先生，从来是镇日的在房中睡觉，不大出外的吗？今日这般大风大雪的天气，他偏不在家，我们也就太没有缘法了。张四爷也用那失望的眼光和声音，对我们说道："不在房里，大约是到翼黄那里去了。请去我房里坐坐，看待一会儿怎么样？"

黄太太笑道："莫是睡着了，没听得你敲门的声音么？"张四爷不住的点头，我这时心里很以为黄太太猜度的，有几成不错。张四爷也不敲门，就在板壁上打了几下。又望着我们笑道："我知道这房的床，是靠着这板壁的。他若是睡了，再没有敲不醒的，是出外无疑了。"

我们只得无精打采的，走进张四爷房里，准备坚候。张四爷按铃叫茶房生火炉，方才拿钥匙开门的那茶房走来，问张四爷用过了晚饭没有？张四爷道："晚饭是用过了，你把火炉生起，再去买点酒来喝喝吧。"茶房应着是，待下楼去取火种，张四爷又叫他转来问道："楼下陈先生，是搬到二十八号来的么？"茶房应道："刚搬来一会儿。"张四爷道："他吃过晚饭出去的吗？"茶房摇头道："好像没有出去。老板请了他下去，这时只怕还在老板房里。"我们一听茶房的话，都立时高兴起来，一个个的脸上，不由得都露出了笑容。

张四爷道："你下楼取火种，顺便去老板房里看看，陈先生若是在那里，你就向老板说一声。只说有一位陈先生的亲同乡，特来拜望陈先生，现在二十四号张先生房间里等着。"茶房一面听张四爷说话，一面偷着用眼打量我们三人。我看那茶房的神气，好像打量着我们的时候，心里暗自在那里揣想道：什么亲同乡来拜望，想来看看把戏也罢哪。

茶房去不多时，托着一火铲红炭进来。张四爷不待他开口，已笑着问道："你说了么？"茶房笑道："陈先生已跟老板到人家看病去了，我还只道在老板房里咧。"茶房这几句话一说出来，又把我们一团高兴，扫个精光了。

其实这位陈先生，会得着，与会不着，于我们三人，有什么多大的关系，用得着是这么一会儿高兴，一会儿着愁，不到两三分钟的时间，脑筋中变幻了几次状态。这就是一腔好奇之念，驱使着我们，是这般忽愁忽喜。只是当时虽把一团高兴扫去了，然忍耐的性子，三人一般的坚强，都存心要等到十二点钟敲过，若是再不回来，就只好不等了。至于必要等他回来，是一个什么目的，便见了面，又将怎么样，难道就老实不客气的，说我们是想看把戏来的，请陈先生玩一套把戏给我们看吗？当时对于这一层，我们三人都不曾用脑力，略略的研究。心心念念的，所思量就只怕他回来得太晚，或这夜竟不回来，我们见不着面。以外的事，什么也不放在心上。

　　张四爷教茶房买了些酒，和下酒的菜，我们坐下来，才喝了两杯酒的工夫，忽听得楼口，有二人说笑着行走的声音。张四爷嬉笑道："来了，这是馆主人的声音，我听得出。同馆主人去的，必得同回来，等我迎上去看看。"说着起身，开了房门，跨出去就听得大笑道："果是陈先生回来了。有先生的同乡，向某某和黄某某来奉看，已在我房里等了好一会儿了。"张四爷是这么说过之后，并不听得陈复君回话。随见张四爷，引着一胖一瘦的两个人进来，我们同时立起身，不用张四爷绍介，我等一见就知道这个身材瘦小的，是陈复君，身上仅穿着一件青布夹袍，马褂背心都没穿一件在上面，头上科着头，也没戴帽子。淡黄色的脸膛，两条眉毛极是浓厚，眉骨高耸，两眼深陷，在高耸的眉骨之下，就仿佛山岩下的两个石洞一般；准头又丰隆，又端正，额上的皱纹很多，眉心也不开展，使人一望就知道他是一个用脑力极多的人。身上衣服虽是单薄到了极点，但不仅没有缩瑟的样子，并且才从外面风雪中进来，馆主人披着很厚的外套，里面是猞猁的袍子，头上貂皮暖帽，凡所以御寒的东西无不完备，尚且冷得脸如白纸，全没一些儿血色。两耳便红得和猪玕相似，两手互插在袖筒里，口中还只嚷着好冷呀，好大的北风呀。陈复君立在旁边，却好像不觉有何等感受，并没有咬紧牙关，和抖擞精神，与严寒抵抗的样子，正和我等过三月、九月那种轻寒轻暖的天气一般。

　　我在新重庆路，听张四爷说的时候，我心里就暗自寻思道：年轻气血强盛的时节，穿夹袍过冬，算不了什么。乡下种田的人，不到四十岁以上，穿棉衣过冬的也不多。记得我十六岁的时候，穿学校里的制服也是夹的，竟过了一个冬天，还趁大雪未化，筑雪狮子玩耍。到这时见了陈复君的面，这种想头，却登时打消了。因为陈复君的态度，丝毫没有矜持的意味，在体质好、气血盛的少年，虽多能以单薄的衣衫，和严寒抵抗，然毕竟不能像这么行所无事的，一些儿没有感受。

　　我们三人同时向他行礼，他答礼也是落落寞寞的，确是一个不善交际、不善应酬的人。张四爷代我们绍介了姓名，我略略表明了几句仰慕的意思，陈复君微笑不曾答话，那旅馆主人已高声笑着说道："这位陈先生，哪里是一个人呢？"张四爷一听这话，也大笑抢着说道："你这话才说得好笑，怎么硬当面骂他不是一个人啊。"我们三人也不由得笑起来。馆主人忙笑道："张先生不要用挑拨手段，我说陈先生不是个人，的确不是个人，千真万真的是一个神仙。今天若没有这位神仙，简直要闹出大乱子来，说不定还要闹得人命关天呢。"

张四爷带着惊异的神气问道："是怎么一回事？你说他是一个神仙，我很相信，不是恭维过当的话。"说时用手指着我们三人，接续着说道："不过我这三位朋友，听得我述陈先生的本领，钦羡得了不得，定要我绍介，来拜望拜望。我心里虽是很愿意做这一回绍介人，但是陈先生的本领，却没有摆在面上。若讲言论丰采，我敢说句不客气的话，陈先生没有大过人之处，然则我虽绍介着，彼此见了面，也不过和见着一个平常人相似，难道见面就好意思教陈先生，做一回和昨夜一般的把戏，给这三位朋友看吗？便是陈先生肯赏脸，我也绝不敢如此托熟。难得恰好有一回惊人的事故，说出来给三位听了，也不枉了他们冒着风雪，来拜望的一番诚意，也就和亲眼看了把戏差不多。"馆主人笑道："张先生说得这般珍重，我倒不能不详细点儿说了，诸位且听着吧。"

第七章

不可思议的侦探术

　　于是馆主人就从头至尾讲起来道："家兄开设的那家旅馆，张先生曾去过的吗？近来生意清淡，年关已逼近了，空了外面一千多块钱的债，年内万不能不偿还。今年银根奇紧，借贷是无望的，没法，只得和家嫂商量。家嫂略有些私蓄，衣服首饰也不少，家兄要家嫂，暂时拿出来，过了年关，明年就容易活动了，那时一定如数归还。

　　"家嫂是个最算小的女子，有多大的气魄，眼光儿能见得到多远哩？这一点衣饰和私蓄，可怜她积聚大半世，才积到这个数目。一旦要她全数拿出来，虽说得好听，明年如数归还，只是夫妻之间，归还明是一句话。明年家兄手中，真是活动得很，倒还有点儿希望；若是生意和今年一般清淡，我们做生意的人，哪里有一注一注的大横财呢？欠了旁人的，信用上的关系，失了信，便不能在上海商场中混。所以就变卖产业，或出极重的息告贷，也得打肿脸充胖子。至于自己老婆的钱，只要拿得出，就是十万八万，也是用了再说。她一时不肯拿出来，只好说得信乎中外，誓不爽期，及至到了手，用光了，谁还把这笔不急之账，搁在心上？家嫂也是个很精明的人，如何想不到这一层，怎么肯全数拿出来呢？家兄劝说了好几次，家嫂无论如何，只肯将存在四明银行的五百四十块钱拿出来，还要家兄拿出一样值钱的东西作抵押。

　　"家兄有一千块钱北京自来水公司的股票，愿意拿出来作抵押品，但是得加借四百六十块钱的当头，合成一千。一千抵一千，总算是稳当了，家嫂仍是不愿意，家兄打发舍侄来接敝内去做说客，好容易费了多少唇舌，才说妥了。家兄先把股票交给家嫂，要家嫂把四明银行的存折拿出来。家嫂存在四明银行的钱，大约不止五百四十块，就不肯要家兄去取，衣服首饰，也不要家兄去当。这是前三日的事，约了昨日，由家嫂取了当了，爽爽利利的交一千块钱给家兄。家兄只要说妥了，也就乐得不经手。我和敝内到了昨日，以为家嫂的一千块钱必已交出来了，没想到今日一早，家兄就跑到我这里来，愁眉苦脸的，要我赶紧替他设一千块钱的法，因为约好了人家，再不能失信。我说：'嫂子不是已经替你，设了一千块钱的法吗，怎么还要一千哩？'家兄跺脚道：'快不要提你那不贤良的嫂子了，混账到了极处。我此时没有工夫说她，你只赶紧替我设法吧！你有法设便好，若没有法设，就直截了当回绝我，我好有我的打算。'

"我听了家兄这般说法，又见了那着急的样子，素知道他是个性急想不开的人。他所谓有他的打算，不是悬梁，便是跳黄浦江。心想家嫂虽是个没多大见识的女流，但平日说到哪里，做到哪里的脾气，我是知道的。既当着敝内说得千妥万妥，拿出一千块钱来，决没有无缘无故又变卦的。莫不是家兄先变卦，忽然想将那作抵押品的一千块钱股票抽回，家嫂因此不肯将钱交出么？我自以为猜度得很是，便向家兄道：'不论办得到办不到，总得替你设法，嫂子的钱，大概是不肯拿出来了，你那一千块钱的股票呢？'家兄道：'有股票，也不来找你设法了。你那不贤良的嫂子，见我近年倒霉，反时常问我要钱，好存积起来，预备我整了脚的时候，她好有钱使用。我既是样样事都不顺手，哪里还有钱给她呢？那一千块钱自来水公司的股票，她早就吵着问我要，说这是一千块钱靠得住的活动产业，要给你侄儿留着做学费。我不肯给她，她为这事和我闹过几次唇舌。这回的事，她哪里是肯借钱给我咧？原来是拿借钱给我为由，想骗我这一千块钱股票的。大前天交股票给她的时候，她不肯拿银折和当头给我，就是她的抢花。昨日她坐着包车，提了一个小皮包，在外面兜子一个圈子，回来说人不适意，倒在床上睡了。我因在外面有事体，到夜间九点钟才归家，一切账项，都约了在今天下午，送还给人家。归家后，自然问她要那一千块钱，她装做得真好笑，听说我要钱，慢腾腾的翻起身来，伸手往枕头边一摸，没摸着什么。立时就做出着慌的样子，一蹶劣跳下床，翻开枕头，看了一看；又翻开被卧，看了一看，更做出了战战兢兢的样子说道：怎么呢，谁把我一个小皮包提去了呢？我这时一见，就料道是抢花，忍住气问道：钱搁在小皮包里面吗？她也不答应我，只在满床垫被底下，翻来覆去的寻找。我就说这房里除了自己家里人，什么外人也不能进来。几十年来，我不曾失过窃，难道搁在枕头边的皮包，还有一个人睡在旁边，也会有扒手进来扒了去吗？她也说不出一个道理，开口就大哭起来，旋哭旋用头去床架上乱撞。

"'我见了她这装假的样子，心里说不出的痛恨。但是我也懒得多说，只拿她拉住说道：皮包失掉了，且待慢慢儿寻找，你把那股票拿给我吧。我约好了人家，明日没钱，就得要我的命，我拿股票去外面押借，也可押到七八百块钱，不过吃点儿利息的亏罢了。她尽着我说，只管哭着不答应我。我急得骂起来道：你不把股票拿出来，打算要怎样哩？她仍是哭着说道：那股票也放在小皮包里，不知是哪一个没天良的，偷了去了。好笑！她倒想赖在我身上，说是我乘她睡着的时候，偷了那皮包，再向她要钱，反揪扭着我，要和我拼命。

"'若在平日，失掉了旁的物事，我却不能不认真追寻；要是失掉了值钱的东西，总得报告捕房，便再花费几文，也是没法的事。只是这回，我明知是她的抢花，问她，她是死也不肯承认的。闹到巡捕房里去，徒然丢我自己的脸，便和她吵起来，也是给住的客人笑话。所以我也不愿意和她多说，赌气在客房里睡了一夜，想来想去，唯有尽人事来找你商量一番。你就去向人叩头，也说不得，不能筹到一千，六七百也可以暂时敷衍过去。你若也真个和我一样，设不出法，就不必谈了。'

"我听了家兄的话，心想家嫂虽然把钱看得和性命一样，想多积聚几文给儿子的心思，也是有的。但是明知自己丈夫，在这样要紧的关头，不拿出钱来，替丈夫轻担负；反利用时机，拿手段来骗取丈夫值钱的东西，就是十分恶毒的女子，也不见得便忍心，这么害自己的丈夫。"

张四爷听至此，也摇头说道："论情理，实可断定没有这般狠毒的事。只是要证明这事，却真是不容易。"

馆主人对陈复君，举着大拇指道："救人一命，胜造七级浮屠。陈先生这回救了两条性命，功德真是不小。我当下即向家兄说道：'你就在这里坐一会儿，我且去外面张罗着，看是如何？'我口里是这么说，其实一时教我也无处张罗。我深知家兄是个最拘成见的人，他心里认定了是家嫂掉抢花，若不得一个水落石出，任凭你说得天花乱坠，他只是不相信的。所以我也不替家嫂分辩，留家兄在我房里坐着，我就跑到家嫂那里，只见家嫂已急得和失心疯的人一般了。翻着一双怕人的眼，半坐半靠的，斜躺在床上，如痴如呆，神气似哭非哭，似笑非笑，那脸色就苍白得十分难看。如果是有意掉抢花，能装假急成这个样子吗？

"我到床前，叫了几声，家嫂才心里明白，向我点点头，就干号起来。若在旁的粗心人，见她哭得没有眼泪，必然更疑心她是假哭了。我很知道伤心或愤急过度的人，多有干号没有眼泪的，这种没有泪的干号，比有泪的哭泣，还要厉害几倍。我料想纯用空言去安慰她，是不中用的，开口便说道：'嫂子不用着急，你失去的那小皮包，我已探着了一些儿踪影，包管你丢不了。你且定一定神，把皮包内的银钱数目，看银钱之外，还有些什么东西，慢慢的记出来，说给我听。我寻着了的时候，好把数目对一对，如有不对数的，好跟着追寻。此时不写出来，临时查点不清，事后便难再追了。'家嫂见我说得这般容易，她从来很相信我说话不荒唐的，心里一高兴，脸上登时转出了一些儿喜容，两眼也活动了。竭力挣扎起来，就床上对我叩了一个头道：'这就是叔叔救了我一家人的性命了。'这一来，倒把我吓得不得主意了。

"我说那已探着了一些儿踪影的话，原是随口说出来，安她的心的，哪里探着了什么踪影呢？不过我既经说出了口，又害她叩了一个头，只好避过一边说道：'东西是丢不了的，嫂子放心就是。'随着就问她皮包里，有多少银钱，还有些什么东西。家嫂说：'共有一千零八十块钱，一本股票，一本四明银行的存折，三张大昌的当票。八十元是现洋，一千块钱是钞票，此外没有什么了。'我问：'当未曾睡着的时候，有什么人进这房里来没有？'家嫂说：'没有。因为我在外面受了点风寒，回来觉得有些头痛，本打算一到家，就把这一千块钱交给你哥哥的。因他出去了，我只道他回家得早，我又头痛，懒得开箱子、锁箱子，横竖等一会儿，他回了，交给他就完事。因此便搁在枕头旁边，我也就倒在枕头上睡了，并没打算睡着的。这也是合该要退财怄气，平日我睡着，极是警醒，房里一只猫子走过，我都听得出。这房间的地板，更比别的房间不同，就是一个小孩子走动，也是一颤一颤的，震得箱子、柜子的，环一片声响。偏巧我昨日睡得那么死，竟一些儿不觉着，若不是你哥哥来唤醒我，还不知要睡到什么时候呢！索性是这么睡死了，不再活转来，倒也好了。'

"我又问道：'怎么把股票，也放在一块儿哩？'家嫂长叹一声：'虽说是合该退财，也只怪我过于小心所致。叔叔是知道我不认识字的，这一叠子花花绿绿的纸头，上面究竟写着些什么，全不知道。在旁人拿这东西，到我这里来抵押，我倒可以放心，因为旁人不知道我一个字不认识，绝不敢拿不值钱的东西来哄我，并且我家里，也还有认识字的人。唯有你哥哥的事，是难说的，他随便拿一些印得花花绿绿的洋纸，说是北京自来水公司的股票，家里的人，他都可以预先吩咐，大家作弄我一回。只要哄过了这一时，我便发觉了. 也没什么要紧。我心里因此放不下，昨日顺便带出去，先问了一个女朋友的丈夫，说是不错。我到四明银行取款的时候，又问银行里做抵押，像这般的股票，一千元可押多少？银行里说：可押六百块钱，我于是才相信是真的了。谁知有这么倒霉，会一股脑儿，被没天良的贼偷去呢？'"

张四爷笑道："尊嫂也真算是个精明能干的女子了。"

馆主人也笑道："却是精明反被精明误。我既问了个明白，就思量他家里的人，前头那个嫂子，死去了十八年。只生了一个儿子，于今已有二十六岁，在南京做生意；这个嫂子，是续弦的，一子一女，年纪都轻。大的还只得七岁，小的四岁，儿女是绝对不能偷盗的。他家用的娘姨，比别家的，却格外可以放心，年纪已有了五十多岁，又蠢又笨，在他家做了十多年，从来打发她买物事，不曾揩过一文钱的油。怎么知道她不揩油的呢？她的脑筋极迟钝，又没一些儿记忆力，教她去买东西，一次只能买一样。买回来，要买再去，哪怕就是在一家店里，买两样货物，她也是要做两趟跑的。若要她图简便，做一次买回，她一定给你弄错。并且要买多少钱的东西，就只能给她多少钱，万不能拿一块大洋给她，要她去买一角小洋的东西。蠢的笨的，我都见过，却不曾见过蠢笨到这般厉害的。那个娘姨，莫说家兄嫂，用了她那么多年，能相信她不会偷盗，就是我都能替她保险。他家除了娘姨子女以外，更无可疑的人。至于茶房，虽有十来个，但从来没一个，能进家兄睡房的。

"我思量好一会儿，竟思量不出一点儿头脑来。只得随口教家嫂安心等着，自有水落石出的时候。说了作辞出来，在路上胡思乱想的，忽然心血来潮，就想到这位陈神仙了。连忙跑回来找他，却喜他还睡着不曾起来，我也顾不得惊醒了他的安睡，连推带拉的，将他闹了起来。他问我什么事，我说要求神仙爷救命。他还只道是我开玩笑的，倒下头，又待睡，我才把事情，详细述了一遍。又把关系家兄嫂性命的话说了，问他有法可设没有，他也不答白，仍合上两眼打盹儿。好一会儿方睁开眼，向我笑道：'家贼难防，你知道么？'我道：'难道果是家嫂藏起来了，打算骗那一千块钱的股票吗？'他摇头笑道：'有这种事，不是人伦之变吗？'我说：'然则家贼是谁呢？'他又不答白，我真是和求神一般的，求了好一会儿，他才答应去家兄那里看看。我得了他这一句话，自然喜出望外，随即叫茶房弄些点心来，给这位神仙爷吃了。

"这时家兄，还坐在我房里，我即通知家兄，陪着这位神仙爷，一同到了家兄旅馆里看。诸位曾见过这种本领没有，他（指陈复君）一句话也不问，只略坐了一坐，就教用瓷盆盛一盆清水，搁在家兄睡房里的地板上。要了一张白纸，一不画符，二不念咒，就这么将白纸往水上一覆，点了一盏清油灯，在瓷盆旁边。不到一分钟的时间，这位神仙爷，两眼不转睛的，注视在那张白纸上面。一会儿就问道：'失去的那个小皮包里面，是不是还有一面四方小镜子，一把小牙骨梳子呢？'家嫂在旁听了，连忙说道：'不错，先生可知道是谁偷去了么？先生若是能替我追寻出来，银钱股票没有损失，我情愿酬谢先生二百块钱。'家兄就说道：'莫说二百块，便再多酬谢些儿，我也甘愿。'他笑道：'东西是追寻得着，只怕得略略的损失些儿，不过是谁偷盗的，我却没有这本领，查不出来。'家兄立刻作了一个揖道：'查不出人也罢了，只求把东西追回来，但不知东西现在哪里，先生将怎生一个追法？'

"他忽然跳了起来，伸手问我道：'你身上有铜元么？快拿几个给我，迟了便不好办。'我这时身上，只有十二个铜元，随手都掏了给他。他头也不回，直向外面跑去了，我和家兄嫂都莫名其妙。等我追出大门，向两头马路上一望，已不见一些儿影子了。回房少不得大家研究，这葫芦里，究竟卖的是什么药？

"才谈论了十来分钟久，只见这位神仙爷，笑嘻嘻的，提着一个小皮包，走了进来，递给我说道：'请令兄嫂查点查点，短少几何，我却不负责任。'家嫂一见那皮包，就笑着说道：'我失掉的正是这个皮包。'旋说旋从口袋里掏钥匙。我不便开看，随手交给家嫂，家嫂伸手来接，皮包已开了，仔细一看，原来那锁，已经弄破了。喜得只少了五十块钱现洋，此外完全不曾损失，诸位看他是不是神仙？"

我们几个人，听了馆主人这一大篇话，自然都惊服得了不得。张四爷正待问馆主人，二百块钱酬谢了没有，一个茶房在门外叫老板，馆主人连忙起身，向我们点点头去了。张四爷便掉转脸来，问陈复君道："到底是谁偷了，岂是真查不出吗？"陈复君笑道："这位老板精明是很精明，只是对于他自己的儿子，却糊涂到万分了。他既溺爱不明，我们外人，怎好说出来？他儿子的脸不抓破，以后还有一些儿顾惜廉耻；若是这回抓破了，在这种没有教育的家庭中，他的作恶行为，只有增加的，没有防止的，更不得了。"

姓黄的朋友点头问道："先生这话确是至理名言，我等没有见识，不知先生是一种什么神术，能知道这么详细。"陈复君道："这不过一种极寻常的小玩意儿，我们湖南所谓'照水碗'。湖南人知道得最多，只是有照得远，和照得近的分别，与圆光同是一类的玩意儿，算不了什么。"

第八章

算命何用算盘

此时黄太太忽笑着说道："听说先生会算八字，我们女子的见解，是最信命理的。先生肯给我一点儿面子，替我算个八字么？"陈复君望了黄太太一眼笑道："算八字，本是我的当行本事，但是这东西，最靠不住，不信它也罢了！过去的事，确能算得丝毫不爽，只是已经过去的，还用得着算吗？未来的事，就和天文台窥测晴雨一般，至多能窥测到十天半月，再远了，就任凭有多大的学问，也不中用。至于各行星的轨道速度，虽能窥测得出，然与晴雨风雷，是没有关系的。算八字正是如此，半年以内的吉凶祸福，确实能算得准。半年以外，就只能知道些儿大处了。"黄太太听了这话，仍是要请他算。还好，他并没有推诿，即问张四爷道："你这里有算盘没有？"张四爷笑道："哪里算八字，真要算盘呢？"

我们三人听了，也很觉得诧异，都望着陈复君，看他怎么说。只见他笑道："不用算盘，怎得谓之算八字哩。我算八字，是没有算盘不行。"张四爷道："我这里虽没有算盘，但是可教茶房去账房里借一个来。"黄太太已起身按了按电铃。

茶房来了，张四爷对陈复君道："还用得着旁的东西么？我没有的，就教茶房一阵去借办。"陈复君摇头道："还用得着纸笔，大概是有的，用不着借。"张四爷逐将借算盘的话，向茶房说了。茶房的神气，像是很愉快的，我猜度他的心里，大约是以为借算盘，必又有什么把戏看了，欣然答应了一声，折身去了。没一会儿，已拿了一个算盘来，递给张四爷，即退到房门口，张开口笑着不走。

姓黄的朋友向我笑道："这个茶房，必是看陈先生的把戏，看上瘾了。"我不曾回答，就见张四爷将算盘交给陈复君。陈复君却不接，问张四爷道："你不会算么？"张四爷大笑道："我会算，也不找你了。"我们三人也都笑起来，以为陈复君是有意开玩笑。陈复君正色说道："不是问你会不会算八字，是问你会不会打算盘，只要会打加法就行。"张四爷笑道："原来如此，加法是会的。怎么加法呢？"陈复君道："拿一张白纸给我，不必大的，见方五六寸就可用。"张四爷从抽屉里拿了一张白信纸给他。他接在手中，望了望姓黄的朋友，又望了望我，对我说道："请你随口报数，如二百四十六，八百九十七，一万三千六百四十三等乱报。你这边报，他这边算，越快越好，只要算得来得及，我说够了，就不要报了。我不开口，你尽管随口乱报下去。"

我当时听了这种稀奇算法，倒非常高兴，很愿意学那些无聊新闻记者的样，尽那随口乱报的天职。如是立起身，走到张四爷跟前，绝无根据的，乱报起来。只可惜张四爷毕竟不是个商人，口里念着三下五除二，匹下五除一，才算得出来。

我这乱报的，原没什么吃力，只因他这算得太觉吃力，便连带我这报的，也觉吃力了，为什么呢？我随口报出一个数来，他立时跟着打上了便罢，略迟了一点儿，我就忘记了，他却要我补报一遍。这种绝无根据，又毫不用脑力的数目，如何能补报呢？亏得姓黄的朋友，算法比较的高明，从张四爷手中把算盘接过来，我才得畅所欲报。

陈复君背朝算盘站着，双手捧着那张白信纸，就电灯底下细看，约莫报了四五十回数目，陈复君忽然扬手道："够了，算盘上，百位错了一子，应九万三千八百六十三，算盘上是不是七百？"我低头一看，果然不差，暗想原有种脑力足的人，计算最快，只是如何会知道算盘上错了一子，并知道错在百位上呢，这不是奇得骇人吗？陈复君说完，向张四爷道："笔呢？"张四爷即拿了支笔给他。他将信纸放在桌上，右手握着笔，左手捻着指头，轮算了一会儿，回头问黄太太道："贵庚是丁酉年生的么？"黄太太连忙应是，脸上却露出极惊讶的样子来。我和张四爷，跟姓黄的夫妇，都做了六七年的朋友，都不知道他们夫妇是哪年出世的。这时听得陈复君说出来，不知怎的，我周身的毛发，都不由得竖起来。大家你望着我，我望着他，真是面面相觑，都猜不透这陈复君，是个什么怪物。

陈复君见问了不错，即提笔在纸上，写了"丁酉"两字。写好了，又要我报。我正待开口，馆主人来了，进门就笑问道："又玩什么把戏，教茶房来我那里拿算盘？"姓黄的朋友，忙将算盘递给馆主人道："老板的算盘，必是好的，我们正苦算不快。"馆主人手里虽接了算盘，却是摸不着头脑，我只得把缘由简单说了一遍。馆主人点头道："最好是两个算盘，等我去隔壁房里，再拿一个来。"说着，仍将算盘交还姓黄的，即时跑到隔壁，又拿一个来了。

我这回仗着馆主人是会算的，报得比前回更快了几倍。报了好大一会儿，陈复君才止住说道："老板的数不错，是八万六千三百零二；黄先生的，就差得远了，只七万多，一个子都不对。"

陈复君始终用背对算盘站着，两眼看着纸上，他后脑上，又不曾长着眼睛，为什么比我和张四爷，在旁边看见的，还要明晰些呢，这不是太怪了吗？这次就把月份算出来了。此后又算了两次，日子时辰，都算得毫厘不差。说起这八字的身份、家世及一切经过的事实，其中完全对不对，我们做朋友的，自然有些不知道。只是看了黄太太那不住的点头的样子，知道是算得对了。不过只算到本年，以后的话，却是含糊一派不可捉摸的话，黄太太也不追问。因时间已是十二点多钟了，便一同作辞，回新重庆路安歇。

我和姓黄的夫妇，议论了好几日，并且逢着湖南人就打听，兀自研究不出这位陈复君，是一个什么来历的人物。

第九章

怪雀牌与怪名刺

后来，又隔了一阵，到了二年九月，有一个姓杨的朋友，新从湖南来。我和他谈论，问他近来在湖南，耳目所闻见的，有什么奇情怪事足资谈助的没有。姓杨的朋友，是一个最健谈，而又富有滑稽性质的人。听了我问的话，便笑道："近来的湖南吗？没有人事可谈，可谈的只有鬼事。"我也笑道："像现在的社会，也只可谈鬼话，不能说人话。你我肚皮里，都怀着不少的鬼胎，就请你谈几个湖南的鬼，给我听吧。"姓杨的朋友，遂欣然向我谈了多少的鬼话，虽也不乏有趣味，使人听了忘倦的，却都是零零碎碎，不成一个片断。

正谈到兴会淋漓的时候，他忽然跳起来说道："正式说鬼话，倒把一个人鬼不分明的怪物忘了。"我连忙问什么叫作人鬼不分明的怪物，他说道："从今年二月以来，湖南凡是达官贵人的座上，最少不得的，就是这个怪物。说起这个怪物来，也实在是有些阴阳怪气的。这怪物姓陈，名叫复君，听说也是你们平江人。"我一时喜得也跳了起来说道："陈复君已回了湖南吗？我半年来，脑筋里所盘旋的，就是这位陈先生。正想研究他是一个什么来历，你所闻见的，有关于他的来历的事么？"

姓杨的朋友道："那却没有，不过我所知道的，很有些骇人听闻的事。湖南的达官贵人，没一个不认识他，也没一个知道他的来历。你记得民国四年，湖南军队里的蓝辛果么？"我说："蓝辛果这个名字，我耳里听得极熟，一般军人都说他有呼风唤雨之能，撒豆成兵之法。赵恒惕、宋鹤庚他们，都把他当个军师看待。后来一个败仗打了，大家才渐渐把信仰他的心消灭了。你忽然说到蓝辛果，难道这陈复君，也是蓝辛果一流的人物吗？"

姓杨的朋友摇头道："那却不知道怎样，只是这陈复君的声名人品，都在蓝辛果之上数倍。我第一次见陈复君，是在一个小军阀家。本是小军阀做主人，请他吃饭，有我在座作陪客，吃过饭，就大家搓麻雀。主人请陈复君入局，陈复君推说不会，主人便信以为真。如是我们四个人，扯开台子，搓将起来。陈复君在四人背后，周围的看。他一时技痒，替我主张了一回，主人就笑道：'好吗，我说陈先生是老于江湖的人，怎么竟不会搓麻雀呢？来，来！我这一脚，让给你搓。'我们三人，也齐声怂恿他入局。他笑着说道：'我入局只能搓假的，输赢不算数才行；若是搓真的，只怕三位没有那么多钱输。'我听了便不相信道：'只要陈先生照规矩搓，不见得全是你赢。聚角偷牌，玩出种种翻戏，我们便怕搓不过。'陈复君道：'什么翻戏，我都不会。就是会翻戏的，一个人也做三个人不下。'我说：'是呀，不来翻戏，即请上场吧。'陈复君也不推辞，高高兴兴的坐下来，重新摸过了风，一牌一牌的搓下去。

"我们三个人，都十分注意他，搓过两圈，我们每人输了半底。他就笑道：'不用再搓吧！'我们怎么肯呢？哪晓得这两圈搓下来，我们每人又输了两底多。只看见他两翻来，三翻去，最怪的就是单钓嵌张，他伸手去摸牌的时候，口里叫什么，手里就摸出一张什么来。屡次如此，你看这牌还敢搓下去么？只得面面相觑的，不敢搓下四圈了。

"陈复君见我们不搓了，低头把钱分作三股，退给我们三人，我们如何肯受呢？他笑道：'你们不用客气，在你们有钱的人，原不把这点儿钱，放在心上。但是我赢了，心里却是过不去。'我说：'这是哪里话，赌博不输就赢，有什么心里过不去？'陈复君摇头道：'不是这么说，且等我玩个把戏，给你们看了，就知道我这钱，是不应该得了。'我们见说有把戏看，都眉花眼笑的请他玩起来。他指着桌上的牌，对我说道：'你随手拿一张牌，看清是一张什么，不要给我知道，放在我手掌里。'我当时就如法炮制的，拿了一张东风。他把手掌伸出，我放在掌心里。大家八只眼睛都睁开望着，看他玩什么把戏。他对主人说道：'你随口说要一张什么牌。'主人逞口而出的说道：'要一张四万。'只见陈复君口里，也跟着喊道：'要一张四万。'接着把掌心里的牌翻转来，大家一看，不是一张四万是什么？

"这一来，可真把我吓得两眼瞪着，说不出话来。怎么分明一张东风，眼都不曾瞬，就随口变成四万了呢？陈复君道：'你们看，是不是一张四万？'我们自然齐声答应，是一张四万。陈复君笑道：'你们再仔细看看。'可是作怪，那牌在他掌心中，动也没动，仍旧是一张东风，哪有什么四万呢？主人道：'我还要试一回看看，使得么？'陈复君道：'有什么使不得，百回千回都行。'主人悄悄的，选出四张二饼来，揣在衣袋里，教我照初次的样，摸一张放在陈复君掌心里。我这次摸的是一张七索，主人喊道：'我要一张二饼。'陈复君绝不迟疑的，喊一声翻转来，竟是一张明明白白的二饼。主人伸手把这张二饼，拿在手中笑道：'且慢，我这副牌，只有四张二饼，我衣袋里，已拿出了四张，看这张假二饼，是哪里来的？'旋说旋探手去衣袋里，掏出四张牌来，打开手一看，只有三张二饼，却有一张七索。我说：'我刚才摸的，就是这张七索。'我有意看明了竹背上的筋纹，怎的这么快，就跑到人家衣袋里去了呢？陈复君笑道：'你们看这钱，不输得太冤枉吗？我这赢的，不也太无聊了吗？'我们只好都把钱收回来。

"过了两日，又在一个朋友家，和陈复君同席。这次同席的人，有二十多个，一大半是湖南军政两界，赫赫有名的显者。大家都知道陈复君，是一个异人，凡得陈复君指点一句吉凶祸福，没一个不是极端信赖的。

"这日酒席散后，有一个政客，请陈复君看相，陈复君推辞道：'我不会看相，但是我知道你百日之内，有一件极难解决的问题发生，虽不至有性命之忧，也得受一很大的惊吓。'那政客听了，就求陈复君替他设法解免。陈复君当时从衣袋里，掏出一张二寸多长的卡片来，交给那政客道：'若遇了十分为难的时候，但用手在这名片上，摩挲几下，心里默念我这时交给你名片的情形，自有妙用。名片藏在贴肉的衣袋，不可遗失了。'那政客接了，道了谢，揣入衣袋里。我看他那道谢和揣名片时的神气，很像是不相信的样子。

"这是今年二月底的事，其时我在旁边看了，虽曾亲眼见过陈复君的惊人本领，但也不相信他的名片，能和孙悟空身上的猴毛一样。谁知道那张名片的效力，竟比孙悟空身上的猴毛，还要大得骇人些，你看是不是笑话？"

我问道："后来那政客，毕竟发生了什么为难的问题呢？"

姓杨的朋友笑道："那次的问题，关系那政客的生命财产，都极为重大。我自从二月底，会过那政客之后，直到上月十五中秋节，方在朋友处会见他。这几个月当中，我虽没有会见那政客，却遇着他的朋友或同乡，总得问讯一声，看那名片的效验，确是怎样。只因他是巴陵人，在兴宁做县知事，轻易不大到省城来。所以既会不着面，又探听不出消息。

"中秋节那日，我一见着他，就把他拉到一边，匆匆忙忙寒暄了几句。就问道：'自从二月底，在某处握别后，足下到外县换了换新鲜空气，想必比拘守在省城里的，安适多了。'那政客一听我这么说，立时就想起那次陈复君给他名片的时候，有我在旁边，一手捞住我的衣袖大笑道：'好了，我这回的事，有你做证人了。'说完又哈哈大笑。他这么一来，倒把我吓了一跳，翻着一双眼望了他，不知要怎生回答才好。他接着说道：'二月间我和你在某处同席，陈复君不是交了一张名片给我，说有为难的时候，只要用手在那名片上，摩弄一下子，就有解决方法的吗？'我连忙点头道：'不错，我正要问你，那话儿应验了没有呢，真有了效验吗？'那政客也不答话，笑嘻嘻的，从衣袋里摸出那张名片来，给我看道：'你瞧，我此刻还保存在这里。这东西，真是奇怪得厉害，我说给旁人听，人家都不相信咧！'我就他手中，看那张名片，四角都毛了。

"他给我看了看，仍揣入衣袋中，拉我坐下来说道：'那次陈复君，交给我这名片的时候，我口里向他道谢，心里实在有些不相信。只因一张名片，搁在衣袋里，也没有妨碍，便没有理会它。那次在省城里，没住几日就到兴宁任上去了。在兴宁两个多月，平平安安的，谁也没想到这名片上去，连陈复君的话也忘了。还是我内人，最相信这些玩意儿，我每次更换里衣，内人总给我把这张名片装上。本来四月间，就有公事，必须我亲自来省的，因私事一日延搁一日，直待过了端阳节，才动身到省里来。省长知道我对于华容、临湘两县的湖田情形，比一般人熟悉，临时委我去调查一件多年的轇轕案。我心想这也是一桩美差，谢委下来就走，只带了两名护兵，四名轿夫，一名挑行李的。在两县仅住了一星期，案情已调查明白了。委任上有三星期的限，我想已离家不远了，何不借此多余的限期，归家看看家父母呢？于是就从临湘动身，向巴陵进发。

"'一百八十里路，已走过一百里了，夏季日子长，正在下午四点钟的时候，忽然迎面来了一队荷枪的兵士，望去约莫有四五十人。我以为是那地方驻防的军队，也没有注意。看看相离不远了，我的护兵，跑到我轿子跟前报道：前面来的军队，照服装看去，好像是一队桂军，并且行伍错乱，必是从平江溃窜下来的，请示怎样办呢，还是迎上去吗？我忙教轿子停下，立刻走出轿来，一看果是些溃兵。因近年来的湘军，很多效桂军的装束，也是戴着篾叶斗笠，脚穿草鞋。平江沈鸿英的军队，不见得便溃窜到这里来，又相离已不到两箭远近，就要避让，也来不及，只得挺身向前，要轿夫扛着空轿，跟在后面。

"'谁知来的，竟是沈鸿英的桂军，被叶开鑫打得溃了一营，四处乱窜。他们见我护兵，背着两支步枪，正如苍蝇见血，登时将我们包围起来，一连开了十来枪。幸喜是对天开的，不然，我早已没命了。只听得一片声呼着缴械。两个护兵，都卧下装好了枪，想回枪抵抗。你看，这不是糊涂找死么？任凭你的本领登天，两人也敌不过四五十人哩。急得我只管扬手，一面教护兵把枪丢了。护兵也是该死，我说的话，好像是不曾听清。啪，啪！竟向桂军回击了两枪，爬起来向山上便跑。他们回击这两枪，没要紧；可怜我，几乎急死了。你说那些桂军肯放手么？那枪就和放爆竹一般。

"'我到了这时，也就说不得怕丢人了，只得双膝跪在地下，高呼不干我的事。却好那些桂军，并没向我开过一枪。四个可恶的轿夫，见护兵跑上山，他们也跟着跑了，只剩我一个人跪在那里。桂军分了十多人去追两个护兵，其余的就围了我，把我提起来，审囚犯似的审问了一会儿。有几个三张用绳缚了我的手，牵着和他们同走。亏在一个像头目的人，说没得麻烦了吗，牵去有什么用呢？这乘轿子倒好，去掳四名夫子来，我也来享受享受。他说完踢了我一脚，教我滚蛋。我巴不得有这一声，提脚便走。

"'才走了半里多路，心想那一挑行李里面，很有些重要的案卷，和贵重东西。这一丢失，真是糟天下之大糕了，越想越觉得可惜。不知怎的，猛然想起这张名片来，何不摩弄它一番，看是怎样？便无效也不要紧。于是心里就默念陈复君交给我，还有你在旁边的情形，一面伸手去衣袋里，在名片上摸了几下。真作怪，我心里一默念，就糊里糊涂起来了，仿佛耳里听得有人说，还不快回头跟上去？两脚不知不觉的，仍向刚才遇险的地方走。

"'走到那里，只见那些兵，正向前走，我坐的那乘轿子，已有四个人抬着，却不是我那四名轿夫。那一挑行李，也有一个乡下人挑着，跟在轿子后面。若在平日，我绝不敢跟上去，但是此时我心里并不知道害怕。随着他们走了十多里，天色已黑了，见他们进了一家庄子，轿子搁在外面，行李挑进去了。我在那门口徘徊，门口站着有守卫的兵，像是不曾看见我的样子。我信步走进里面，许多兵士，都在一间厅堂里，有坐的，有睡的，有立着谈话的，绝没一个人注意到我身上。

"'不一会儿，有几个兵搬了些饭菜出来，大家抢着吃。我觉得有些饿了，也跟着大家用手抓了吃，也没人看出来。那些兵士，吃过了饭，大家在那厅堂上，横七竖八的睡起来。我的那挑行李，也搁在厅堂上。我这时心里，忽然一动，暗想他们都睡了，我还不把行李挑走，更待何时呢？随即将行李挑在肩上，大踏步出了村庄，趁着月色，直走到天光大亮，也不知道疲倦。

"'像那么重的行李，若在平日，莫说要我挑着走路，就只要我挑起来，我的肩头也得痛十天半月。这时我挑在肩上，好像重不到四两。便是我平日徒步行路，也行不到二三十里，就得脚痛。这一夜行了八十多里，还挑着那一肩行李，就换一个壮丁，也不能一口气行八十多里。这回的事，我至今想起来，仍是和做梦一样。'"

姓杨的朋友述到这里，笑着问我道："你听了这么荒唐的话，相信不相信？"我遂将陈复君在上海的事，说了一遍，给姓杨的朋友听了，并说道："这事不由我不相信，世间的奇人怪事尽多，我们的见识有限，不能说不是亲眼见的，就武断没有这回事！"

第十章

神仙师父

　　我自从听了姓杨的，述过这事之后，想研究陈复君之来历的念头，更加真挚了。也算是天从人愿，过不到三个月，这日去看一个新从湖南来的朋友，无意中遇着一个姓余的，听口音也是平江人。这位余先生，名道南，字岸稜，年纪已有五十多岁。我久已闻他的名，是个很有些声望的人，湖南人少有不知道他的。我在湖南的时候很少，所以直到这时才会面。闲谈的时候，我问他二人，知道陈复君么？余先生听了反问我道：“你认识陈复君么？”我说：“见虽只见过一次，我脑筋里印象却是很深，极愿意打听他的来历。”

　　余先生笑道：“你要打听陈复君的来历，除了我，只怕不容易打听着呢！”我一听这话，自是喜出望外，连忙要求余先生不惮烦琐，详细说给我听。

　　余先生点头笑道：“陈复君的家，离舍间没几何路，他比我的年纪，小了二十多岁，算是我眼见他长大的。他做小孩的时候，和一般极平常的小孩不差什么，并无些微过人的地方。他家里很贫寒，他父亲是一个异常忠厚的农夫，他母亲却又精明、又贤淑。他没有兄弟，十七岁以前，虽曾从村塾先生，读过几年书，只因家计不宽，不能从有学问的先生，就改业做生意，在一家杂货店里当学徒。

　　“他十七岁的这一年，同着一个同店的伙计，从省城里办货回来，在半路上的饭店里投宿。乡下的饭店，照例一间房里，看容得下几张床，便安几张床。他这回住的房间，开了三张床，他二人每人占了一张，还有一张是一个算八字的占了。他年轻的人，欢喜说话，问那个算八字的，算一个八字，得多少钱。算八字的道：'本来是二十文钱一个，但若是你要算，这时不费我的工夫，又不要我跑路，还可便宜点儿，十六文钱就行了。'他说好，请你给我算一个吧！随即将八字报出来。那算八字的，捻指一算，很高兴的，极力称赞是一个好八字。少年人都喜恭维，听得那么称赞，也高兴极了。拿出一百文大钱，送给那算八字的道：'你在外面算八字也辛苦，我却不在乎这一点，谢你一百文吧。'算八字的也不推辞，欢天喜地的收了。

"大家安歇，他还没有睡着，听得饭店里的老板进房来，将算八字的推起来道：'对你不住，请你去别家饭店投宿吧！我这里有里正吩咐了，不许容留江湖上没来历的人。'算八字的不依道：'你为什么不早说，这时分，教我去哪里投宿，这不是有意欺负出门的人吗？'老板道：'你进来的时候，我们不曾留神，刚才听得你在这里算八字，我方知道。不必多说，请你趁早走吧。'

"陈复君睡在床上，心想这却吃了我的亏，我不要他算八字，不是没有事吗？这时大家都睡了，从这里去，两头都得走十来里，才有饭店，害他跑黑路，岂不太可怜？并且别家饭店，他半夜去敲门，更不见得肯容留他。没法，我不能不起来，替他向老板求求情。

"他于是爬起来，向那老板说道：'这位算八字的先生，住的地方，离我那镇上不远，常到我店里来。我知道他，不是一个没来历的人。我在你这里住的回数不少，你家跑堂的、站灶的，都认识我。我担保他，在这里住一夜，老板瞧着我点面子吧！'老板打量了陈复君一眼道：'我有什么不可以呢，开饭店巴不得有人来住。就是我们这里的里正，十分难说话，等歇就要来查。查不出便罢，万一查出来，算是违了上头的禁令。轻则罚钱几串，重则打我的屁股，谁能担当得起来呢！'陈复君道：'里正来查的，老板只说是和我同行的。里正要查来历，我自有来历给他，这么可以通融么？'老板听得这么说，不好再说什么了，这夜也没有里正来查。

"次日早起，陈复君看那算八字的，已动身走了。他同那个伙计，吃了早饭，也就起身赶路。走了十多里，偶然回头，只见那算八字的，也跟在后面来了。他就对同行的伙计说道：'你看这算八字的，不是动身在我们之前吗，怎么这时还在我们后面呢？'伙计回头看了一看道：'我们快些走，不要理他。这类走江湖的人，是不好惹的，你昨夜不该给他一百文钱。他只道我们很阔，跟在后面，说不定是想打我们的主意。'陈复君的见识，也和这伙计差不多，听了伙计的话，就加紧脚步，尽力向前飞走。

"走一会儿，又回头看看，那算八字的，总跟在后面，相离仍是不远不近，越看心里越慌起来。伙计又埋怨他，不该好恭维，把钱不当数，要算是拿钱买祸。他这时除了急跑之外，也想不出躲避的法子。

"又走了一会儿，前面是一条河，有两只渡船，一来一往的，渡行人过河。二人见靠这边一只渡船，正载了十来人将要开了，便想赶上船。先渡过河，好使算八字的追不上。二人同是一般的心理，拼命的向河边跑去，耳里忽听得后面有人喊道：'那船不能坐呢！'二人同时听了，不由得都停了脚，回头看是谁喊。

"还有谁呢？就是那个算八字的，已赶到跟前来了。二人更是害怕，陈复君勉强镇静着问道：'是你喊么？'算八字的点头道：'这船不能坐，你们看，已经开了。'伙计跺脚道：'你不喊，我们已上了船，这又得耽搁五里路。'算八字的指着陈复君，向伙计笑道：'你不该死在这里，所以能同他行走。他和我有缘，所以遇得着我，你还要埋怨人家，你瞧着吧！'说话时，陡然起一阵大旋风，那渡船行至河心，几摇几簸就翻了。船上的人都掉下水，只一个驾渡船的艄公，泅水上了岸，以外的客人，没救活一个。陈复君才知道那算八字的，是个异人，要跟他做徒弟。算八字的也愿意，就是这么带着陈复君走了。过七八年才回来，便学了这些神出鬼没的本领。

"他回来的时候，先到长沙，雇了一班军乐队，带着下乡。有人问他为什么，雇着军乐队同走？他只愁眉苦脸的，不说出为什么来。到家才一日，他的母亲就死了。乡里雇不出军乐队，他所以从省城带来。像这一类先做出来，或先说出来，后头应验的怪事，也不知有许多。据他对我说，只因尚有老父在堂，不能相从他师父研练。大约他父亲一死，他必无影无踪的去了。"

全书完

龙虎春秋

第一回

罗邦杰学艺海珠寺　甘凤池失踪枫叶村

自来国家政治之道，文武两途不可偏废，重文学者必修武备，修武备者必重文学，故古之三王五霸，谋臣如雨，勇将如云，南讨北伐，东荡西征，横行天下，安辑宇内，莫不恃此焉！降至后世，治乱相循，分合不常，往往有桀骜枭雄之辈，自负才力，啸聚山林，谋为不轨，揭竿聚众，酾酒插盟，借口仇雠，酿成大祸。朝廷遣将调兵，筹饷筹防，一时军书旁午，星檄飞驰，帅帜遥指，乌合逃亡，剿抚兼施，恩威并用，目为草寇，几于无代无之。惟宫闱昏浊，纲纪不明，阉竖擅权，奸臣诡贼，虽有良将贤辅，欲立功阃外，安社稷而报君上者，不其难哉！噫，可叹也夫！

然而忠臣孝子、节妇义夫，固莫不竭力表扬，旌奖不遑，俾使天下人民，趋于良善，至奸盗邪淫，十恶不赦，分别治罪，斩绞军流，执法森严，以警奸宄。是以一代帝王，行政虽微有不同，而定律则未尝或异也。无如设官所以安民，而有时反为民仇；养兵所以卫民，而有时反为民害。彼贪官污吏，悍卒骄兵，仅知刻剥残虐，强暴凶狠，与势恶土豪、劣绅痞棍，串道一气，无所不为，人人侧目，个个惊心。其或幸而漏网，益觉胆大妄为，侵吞钱粮，残害闾里，夤缘结交，颠倒是非，以私济公，武断乡曲，抢掠妇女，诡谋毒计，暗箭伤人，为天理所不合，王法所不容，而人心所不能忍者也。

则有剑侠义士，愤然崛起，做中流之砥柱，挽既倒之狂澜。暗为访察，路见不平，拔刀相助；锄恶灭奸，除暴安良；济贫劫富，神出鬼没；飞檐走壁，来去如风，猝不及防；探囊取首，易如反掌；代人报仇，奋不顾身；仗义扶难，亲如骨肉。大功告成，然后敛迹韬形，不与世争，须眉则虬髯、昆仑，巾帼则红拂、隐娘，此其明证也。盖天子不可得而臣，诸侯不可得而友者也。

尝闻天地灵秀之气，郁久必发，山川钟毓之奇，殆有所寄，上则为日月星辰，风霜雨露；旁及江淮河汉，为怪石，为奇峰，为名花异草；至最难得者，为剑仙，为义士，游戏人间，俯仰六合，能生死，为人之所不能为，行人之所不能行。盖剑仙义士，其生固非偶然，大抵借所遇而成其名也。承平之世英雄无用武之地，虽有出类拔萃者，犹难显耀于当世，迨一朝开创杀戮必多，鼎革祚移，中原逐鹿，朝野纷纭，乃生后杰，出为抗敌。成王败寇，初难逆料，仅快其一时之意耳！若加遏制，势将横决，不可收拾。如明末清初，天下忧忧，扬州十日，嘉定三屠，人心不死，愤泪填膺，故其后演出无数之惨剧，而遗民豪侠，遂得乘间而起，以冀还我大好之河山。无如清祚正隆，天下难挽，致多少英雄豪杰抱志未伸，乃不得不求其下者，铲恶诛奸，为民除害，借以吐其胸中不平之气。呜呼，亦可哀矣！

康熙之世，去创业未久，四方归附之士，虽云集响应，咸欲攀龙附凤。然故明遗老，耿介自守而义不肯受清禄，时兴麦秀之歌，每思得当以报故主，奈力有未逮，只得于风雨晦明之地，消磨其志气；乃借杯酒以浇块垒，自适己志，相戒子孙以不仕，甘与麋鹿同游。

清室以弓矢定天下，其时拳技之术，颇知讲究。相传有少林、武当二派，冲刺纵跳，练习精微，均臻绝诣，各树一帜，互为标榜，亦互为嫉忌。且武勇习俗，气度必不宽容，每自相争相杀，酿成剽悍悖泪之风，然后出为鲁仲达，排难解纷，以是当时颇有一二高人，练胆练心，练气练识，示人以一种不可思议之剑侠，制胜而决断，惊世而骇俗，固莫不手到功成，如愿相偿。噫？斯亦奇矣！

夫豪杰之士，何地无之，惟四方为风气所推迁，民间习尚，各有不同。南中人民脆弱，与北方刚强之俗，奚啻霄壤，直隶、山东、山西、河南一带，赳赳桓桓之概，中于人心，以是好勇断狠，时有所闻。拳击之技几于无人不晓，无人不学，无人不会。

京中王公大臣之子弟，平时延师教授，讲究拳法，借以防身，不足为怪，盖当时风尚使然也。乃有多罗贝勒者，名胤禛，康熙皇帝之第四皇子也。诞生之夕，华光四照，瑞气缠绵，经久不散。其母孝恭皇后，岁月入怀，感受而孕。迨长成以来，天表亭亭，隆准颀身，双耳垂肩，目光炯炯，音唾洪亮，天性聪明，大智凤成，宏才肆应，殆由天授；识者早目为治世之伟才，一朝之贤储也。且又好学不倦，旁搜博采，儒书释典，战策兵符，诸子百家，拳经剑术，莫不精益求精，朝夕简练揣摩，期于纯熟。绝无骄傲态度，与人接物，纡尊降贵，若忘其为贝勒也者。常私自邀游各处，物色英雄，收犯豪杰，以为己用，盖此是本书缘起。缘起述明，书归正传。

却说江南地方，太湖相近有座小小山峰，名叫"伏虎山"，为太湖七十二峰之一。山峰虽小，形势非常险恶，土脉环绕，悬崖峭壁。前面一带溪水，约有二三丈宽阔，弯弯曲曲，直抵山冈之下。两旁堤岸，满种修竹，宛如绿幕。自山麓拾级以上，凡石磴百十余，方及山门，寺距山峰之巅，额为"海珠禅寺"。琳宫梵宇，复道回廊，何止千数百间，庄严气象，颇极一时之盛。闻系明代万历年间建，几经兴废，时有高人驻锡于此，重加修葺，仍复旧观。寺中僧众五百余人，其住持僧法名"昙空"，年逾六十，精神充足，一身武艺本领非凡，确是少林一派，运气凝神，变化莫测，为南中八大剑侠之领袖。宗旨纯正，立法精严，道德高超。平时教授徒众，联系拳法，不遗余力。盖造诣臻极，能身剑合一，或藏脑海，或藏指甲，圆如弹丸，细如芥末，遇敌取胜，不费反掌之劳，矫若长虹，目若激电，剑锋犀利，莫可抵御。功夫纯熟，得心应手，直堪光争日月，气吞斗牛矣！

时值深秋，落叶满山，凉风送爽，四围殿角，铃铎之声，断续不绝。塔尖矗立，高出层云。丛林中霜花遍地，景象颇觉静峭。晨光熹微，初日才升，昙空正在方丈趺坐，监寺僧趋前启白："兹有贵客，遥临相访。"昙空饬其引进。

未几，一少年随童而至，华贵雍容，服饰奢靡，腰悬宝剑，面如冠玉，龙行虎步，走入方丈。昙空起身接见，握手问询谈吐之间，激昂慷慨，深相契合，口操京腔，自述姓氏为直隶罗邦杰，自幼失学，于拳术一道，未窥门径，殊切愧悔，吾师法力无边，拳艺莫敌，如蒙不弃简陋，愿列侍门墙，追随杖履，北面称弟子，曷胜荣幸！未知吾师肯容纳否耶？

昙空听罢，踌躇一番，答道："大难，大难！檀越贵人，安能弃繁华而就岑寂，同山野匹夫游？况拳术一道，谈何容易，非得三五年勤苦之功，不能得其效果。是以剑侠一方面初入手，第一须清心寡欲；第二须练气养神；第三须心无邪念；第四须见义勇为；第五须捐弃一切，然后加以循序功夫，自能渐臻上乘。断非立谈之顷，所能望其项背者也。老衲徒众济济，除小徒慈化、慈因外，实无出类拔萃者。今公子富贵中人，恐道心未坚，勉求进取，适足以偾事，公子幸三思之。"

邦杰曰："吾师所言，虽属至理，然弟子一念至诚，生平最喜拳剑，吾师如不吝教诲，必不肯半途而废，吾师慎无过虑。"昙空无奈，只得应允。邦杰随唤家人奉上白璧一双，黄金百两，袈裟一领，云履一对，以做进见之礼。于是邦杰遂拜昙空为师，在海珠寺用心学习剑术，每日熬炼精神，运气吐纳。昙空授以种种秘诀，心领神会，其法于平坦宽广之地，指定一棵极大树木，或塔顶所在，向之吸气一口，喷出一缕绝细光线，剑光即随之而出，能收能放，宛同鹰隼之疾。光着树上，自能将其枝叶斩尽。初时难以及远，久则渐能神妙；少林拳法，亦复同时并进。暇时至山前山后闲游，以荡涤其胸襟，且得与许多高人逸士，谈论今古，讲究武艺，殊不寂寞。

时光迅驶，倏已三年，竟练成一种不可思议之剑法，平时藏于指甲缝内，令人不知不觉。若遇劲敌，用时随心所欲，只须吹气一口，剑即化为白光一缕缠绕人身，头即坠地。收回之后，仍归原处，取之不穷，用之无尽，无形无踪，最为便捷，此诚防身绝精绝奇之法术也。至邦杰学成之后，如何功用，及其家世，究属何等之人，诸君似未明了；至昙空日后结果，是正是邪，后文自有交代。

著者考其事实，当清兵入关，定鼎燕京，虽寰宇清平，四海晏如，然版图辽阔，不无草莽流寇，时思蠢动，未免为癣疥之疾，而非心腹之患也。况其时欧美诸邦，绝未挤入中华，不闻有夷务通商之可言，诚所谓闭关自守者矣。惟国内多高人奇士，借练拳术，往往形容武勇一道，彼此比较优劣；且剑侠一流，都系明代子孙，时怀故国河山之感，每欲乘时崛起，以冀恢复其邦基。岂知满清宫中，早料天下趋势，近于游侠，念创业之匪易，因亦偏重武勇，以角力为尚，遍访名师，厚其糈禄，教授天潢支派，俾得保存疆土，巩固国基。故彼时定律非常严重，用以压服人心，施恩又极其宽厚，借以拉拢豪杰，则此数十年中，可称为乱后之一治也。

先是台湾嗣王朱克爽驾前，典礼官谢品山，为此书中八大剑侠之末，甘凤池之舅父也。年近花甲，老成持重，性情朴实，固极有道德之人。台湾乱时乘间逃出，渡海至镇江，以时局纷扰，不愿出仕。因见谢村风景秀逸，山绕水环，颇合隐居志愿，故遂挈眷寓此。伊姐嫁于凤池之父甘英。这甘英为赐姓，延平王麾下，官中军提督，爵授崇明伯，甘辉之子。永历末年，甘辉殁于金陵，甘英确为将门之子，武艺超群，智勇兼备，嗣王倚之如左右手，深相契重。

康熙二十二年，清兵袭台湾，甘英奋勇当先，冲破突浪而出，纵火焚烧敌船，将前锋敌军，挫尽锐气，休想驶入湾内。后经清水师提督施琅，亲率大小战船八百余艘，随带火箭喷筒，适值大雾迷漫，对面不睹眉目，金鼓乱鸣，喊声震天，掀波触浪，拼命抢入湾来。甘英一时寡不敌众，遂至力战身死。士大夫咸怜惜之，至今甘国公父子庙貌犹存焉。

甘氏一门，猝遭变故，心胆俱碎，细弱何以图存？清兵乘胜残杀，奸淫掳掠，到处无幸脱者。谢夫人遇此惨酷，痛丈夫之为国捐躯，半生只留此一块肉，才及三龄，呱呱者何辜。适令同殉国难，不将使甘氏无后乎，于心何忍？倘使微天之福，日后此子成人，或能继起家声，克承父志，则吾心滋慰。于是毅然决然，将怀中所抱凤池，递与奶娘，泣嘱曰："汝能将吾之凤儿，带往他处避难，不为敌兵所得，留斯一条宗祧，异日光荣门楣，则汝之惠赐吾者深矣！吾在九原之下，当护汝行。或寻觅得舅老爷家，妥为安置，吾更瞑目矣。"

奶娘受命，泪流满面曰："太太殉节，大义昭然，非奴婢所敢谗言。但大乱之时，清浊不分，与其惨死于此，曷不同行？苟得安然内渡，别寻藏身之处，岂非老爷在天之灵乎？"正在计议不定，清兵已由前门杀进。一时内外鼎沸，婢仆逃亡殆尽。夫人挥手令奶娘出，自己飞奔后园，投入荷花池内。

奶娘心慌无措，急出后门，紧紧将凤池抱定，匿于竹林深处；又恐凤池哭叫，一面百般诱骗。岂知小孩子并无戚容，似亦知晓大难临头，但默默而已。闻四面哭喊不休，兵刃接触之声，盈于耳鼓吓得魂不附体。候至天明，始敢出现，一片荒凉，衙署残破，墙塌壁倒，器物都已损坏，远远尚闻呼救之音，移时始静。惊魂甫定，才打算抱公子，设不幸为贼所获，奚可对夫人于地下？思前痛后，不禁泪涔涔下，独自一人，坐于地上，叹息一回，觉遍身筋力酸麻异常。休憩片时，寻得遗弃食物，将公子喂饱，自己反不觉饥饿。濒行四处，寻视一周，忽见厨房柴草堆内，瑟瑟乱动，一时毛发皆竖，疑有鬼魅作祟。

其时天方微明尚带黑暗，不甚了了，乃战战兢兢，拨开柴堆注视清楚，几乎狂叫。不料老爷之妹彤玉小姐蜷伏在内，云鬟散乱，花容惨淡，娇喘微微，星眸蕴泪。看其惊骇光景，殆将去死不远耶！

奶娘低言曰：“小姐醒来，此时贼已去矣，小姐毋再惊恐。”遂俯身将彤玉扶至厅上。彤玉询悉兄嫂殉难，竟一晕而绝。奶娘在旁徐徐救醒，且复极力劝解一番，然后共议逃避之策。

彤玉正色曰：“吾年十八，父母早弃我而逝，依兄嫂长成。今兄嫂又亡，吾之命已可知矣！即生于世上，谁为怜我爱我，而痛养相关者，虽死亦何足惜！独是此子襁褓，即遭家难，吾兄骨血，只此一人，关系非轻。甘氏一门，全靠于此，必不令其失所，当与奶娘共任保护之责也。”于是相扶相挽，步出园门。

路途迢远，伶仃难行，满目尸骨，横于瓦砾之上，殊而未绝，叫哭呻吟，奚忍逼视？河水尽赤，渴则取饮，虽铁石心肠，亦当下泪，况彼深闺弱质乎？

奶娘抱凤池于怀，恐其怕冷，将衣紧紧裹定。夜晚困乏宿于古庙，或僻静山麓，鼓凄惨切，极人世之无复再加矣。幸一路绝少人见，忍饥耐冷，挨度残喘，小孩无知，仅与以干粮吞啖，尚嘻嘻自若，并不知有何苦楚者也。安知苍昊神祇，对此遗雏，早安排位置，具无穷之希望，先令其身遭奇冤，然后玉汝于成，为一代之伟人奇女，天心固至仁者也。奈未来之境，前途如漆，人苟能预知者，则必多所趋避，畏首畏尾，谁复肯冒险径行而不知顾忌耶！

一日傍晚，行至闽浙交界，天将昏暮，意欲觅店宿歇，四顾茫茫，忧不见人。忽远远见一队游骑，约百余人，风驰电掣而来。行至相近，马上少年将军，瞥见彤玉，颇具姿色，即命手下骑兵，将彤玉横躺上军马上，一声呼啸，仍由原路而去。

奶娘此时跪于地上，叩头求饶，迨至少年去远，尚未知晓，后来觉得耳边并无人声，凤池在怀啼哭，方将惊魂收回躯壳，复其知觉之力，只得缓缓立起，坐于路旁石上休憩。是夜孤身在旅馆中，反复无眠。寻思小姐花容月貌，我见犹怜，断不忍丧其生命，持恐誓节不从，而强暴心肠，又难逆料，此时未知作何形状，生死尚悬贼手，今生未必再见。一面流泪，一面强为欢笑，喂凤池之乳，移时朦胧睡去。

翌日依旧赶路，趱行四十余日，川资将尽，愁急万状，将近丹徒，过一小镇，名枫叶村，地形虽小，市面尚盛，店铺林立。当时奶娘择一家稍大旅店居住，打算明日雇舟赴镇江，计程已不远，颇自欣慰。岂知绝巨风波，即在此夜发生，为奶娘所万不及料也。

一觉睡醒，五更将彻，残月之光，照于窗上，仅留微微一线，景象十分惨切，似乎怀中虚若无物，不觉骇极，乃急将身坐起，疑是梦境。遍索床内，而凤池已不知去向矣。心中骤然一急，则眼前漆黑，猝然晕倒，片时渐渐苏醒，哭喊狂呼。店中人不知何故，趋来看视，询悉门户未开，忽尔丢失小孩，群称奇事，议论纷纷。

于是枫叶村，一人传十，十人传百，都知旅店无端丢失孩子，剩下奶娘一人，寻死觅活。因此噪扰，引出一奇女子来，姓何名玉凤，即《儿女英雄传》之十三妹，才破能仁寺，保全安龙媒之命，在此经过。

当时，听此奇事，动了一片侠义心肠，按捺不下，迳至旅店访着奶娘，用言安慰，赠送十两银子，俾作盘缠，并又担任代为寻找，倘有实在消息，定赴谢村送信。奶娘千恩万谢，感激涕零，独自一人，向谢品山家报信去也。

欲知甘凤池究竟被何人劫去，且听下回分解。

第二回

路民瞻远走麒麟岛　狄士雄初射鸳鸯箭

却说十三妹姓何，名玉凤，何协统之爱女也。幼承庭训，长娴武艺，凡诗词歌赋，潜心力学，均能贯通。喜习拳棒，十八般兵器，莫不精绝巧妙。复得异师传授剑术，路见不平，拔刀相助，白日杀人于市，如探囊取物。生平最恨淫僧恶尼，疾之如仇。一部《儿女英雄传》中，为之铲除者，不知凡几，诚巾帼之英雄，而须眉实有所不逮焉。盖见之者均谓其婀娜娇姿，憨痴形态，宛然一朵名花，倾国倾城之好女子也。岂知其一身义侠，烈烈轰轰做一番惊天动地之事哉！

玉凤当芳龄时代，即抱奇冤，君父之仇，固有不共戴天者也。历险阻艰难之境，适足以成其勇敢刚毅之气，百折不回，求逞其志，然后可告无罪于天地，而乃翻然变计，即此锦天秀地之中，仍复还其玉貌花容之奇女子，相彼夫子，温和贤淑，以享其一生固有之幸福，如十三妹者可以矣。

那日，十三妹刚从枫叶村路过，打算摒挡一件事务，忽听有人谈论，前面旅店中，忽于半夜三更，丢失一个孩子，剩下奶娘一人在彼啼哭，又说是由南方来的。十三妹听了，不胜诧异，以为此刻朗朗乾坤，光天化日之下，岂有睡梦中无端劫去小孩之理？此中定别有缘故。触动她一片侠义心肠，定欲知其底细，乃寻至店中，见了奶娘，问起根由。

奶娘将从台湾一路逃难而来，这个小孩，正是甘国公甘英之子，唤作凤池，不料昨在睡梦中丢失，找寻不着，自己欲觅死地等语道出。十三妹方知是忠良之后，大加爱惜，于是劝慰了奶娘，赠了些银两，并任代为探访，俟有消息，约定来谢村你舅老爷家送信，你今好好前往，不必哭泣。

这枫叶村离丹徒不远，是个小镇，人烟稀少，风景十分旷野。当夜奶娘领了凤池，来此宿歇，却并无人知晓。岂知江南有个大侠，姓路名民瞻，年纪五十余岁，瘦骨峻嶒，须发苍白，形容怯弱，而精神满足。他一身武艺非常熟练，飞墙走壁，蹿跳跗纵，件件出人头地，与伏虎山昙空和尚及曹仁父、周浔、吕元、白泰官等，均结为兄弟，确是剑侠中之杰出者也。渠自思一生落落风尘，未尝遇着知音，一旦填沟壑，生平技术，埋没不传，未免可惜，起了一个薪传的念头。真是无巧不成话，刚刚探听得甘凤池，落在这枫叶村上，是个忠良之后裔，孤儿孽子，可算得天缘迎合也。是以路民瞻打听着实，起了这个念头。候至半夜三更，独自一人，静悄悄的扎束停当，着了夜行衣靠，头戴毡笠，将面门遮蔽，脚蹬踢山虎靴，背插倭刀一柄，身边随带薰香盒子，一路行来，街坊绝无人影。

乡村房屋朴陋，并不高大，走近客寓，前后左右，细细看了一面，然后慢慢飞身上屋，侧耳一听绝无人声，瞧见东廊一间客房，灯光掩映，照于窗上，十分黯淡。乃于屋上轻轻跳下，一个剪步，蹿至窗前，将窗纸戳破，腰间取出薰香盒子，将火点着，放进窗孔。约五分钟光景，然后取出，用刀拨开窗户，跳入房内，摸至床前，揭起帐子，依稀一个女人，怀抱着小孩，呼呼睡着。连忙双手将小孩捧定，仍旧跨出窗口，在院内借着月光一看，好个粉妆玉琢的孩子，面白唇红，头圆脑满，尚自沉沉未醒。随将带来绒绦挽缚在背上，仍由原路越墙而出。

天甫黎明，雾色苍茫，路民瞻来去如风，霎时已至下处，即将驴子牵出，跨上驴背，趁无人查问，加上一鞭，向山僻小路趱行。一口气走了二三十里，沿途领受新鲜空气，颇觉爽快。两岸草色，渐带枯黄，霜华遍地，绝少板桥足迹，仅闻驴蹄嘚嘚之声。过一小桥，旁边一棵大松树，靠在一座小小石亭之上，溪边流水潺潺。路民瞻跳下驴来，那时凤池才醒，两只小眼珠儿，怕见生人面，不觉"哇"的啼哭起来，要寻奶娘。

民瞻连忙把他放下，怀中取出所带干粮喂他，一面嘴里百般骗哄，一面慢慢喂他。凤池虽然三岁小孩，究属英雄之种，片时之间，即无恐吓之状，面带笑容，依依膝下。路民瞻不胜喜悦，着实温存了一回。

当下路民瞻想道："我路民瞻觥觥男子，遭时不造，至为亡国之奴隶，目睹清廷之酷虐吾民，而手无寸柄，则只于须发苍苍之际，搔首问天，挥剑研地，徒呼负负而已。终日东飘西荡，身如萍寄，勤王乏策，兴义无师，则对此残破之山河，洒几点英雄之泪耳。今者劫此忠良之小儿，继起有人，未知尚能及我身，而见此快意之举，则为死亦瞑目矣。但此子尚未离襁褓，我孑然一身，安能抚养此孤难，以度岁月耶？"低头踌躇，计无所出。蓦然间想起自己甥儿狄士雄来。

原来这狄士雄，字季良，亦系功臣之子，人谓其系唐朝狄梁公之嫡派。当他祖父及父，均仕明季时武职，镇守边廷，功在国家。其父单讳一个"方"字，即路民瞻之姨丈也。狄方一身武艺，有万夫不当之勇，专使双枪，世名狄家枪，无人能敌。又有一手绝技，名为"鸳鸯箭"，是从连珠箭内化出，发时两箭并发，一先一后，连接而出，即使第一箭被人躲过，而第二箭万万躲不了，则不死于鸳箭，必死于鸯箭也，犹之剑之有雌雄也；且利害处箭镞用毒药煮炼过，因此发时并无箭风，弓弦不响，人不闻声，难以躲避，见血丝缕，即无救治，一身麻木，立时昏晕而死。虽天下英雄好汉，遇之莫不骨软而筋酥，故又称之为"雌雄箭"。如世界上雄不敌雌，以其柔媚手段，足以束缚刚强之气，而往往为之制服也。

溯狄士雄幼稚时代，束发受书而外，究属将门之子孙，不求甚解，而偏能得其大者、远者，性好骑射，赳赳桓桓之概溢于眉表。狄方溺爱之余，教授各种武技，家学渊源，容易精进，然督责颇严，并不姑息。

迨至长成，学得件件功夫纯熟，天生奇力，似有青出于蓝之誉。不幸狄方逝世，士雄以为世局纷纭莫定，时移代易，不愿为官，潇洒出尘，遍游南洋各岛，借以消遣，卜居于麒麟岛内，优游自得，独霸一方。

伊母路氏夫人，年华虽临衰迈，然颐养林泉，殊堪坦逸。士雄之妻，系出名门，是台湾林氏之女公子，咏絮才高，簪花格备，妍媚之姿，亦带侠义之气，以故伉俪之间，十分相得，式好无尤，相敬如宾，平时闺房之乐，有甚于画眉者也。惟士雄躯干伟硕，全身武勇，胆魄过人，自谓生不逢辰，遂令英雄无用武之地，徒郁郁于此山僻之中，将终老以无闻耶！无当书空咄咄，腹有牢骚，仅借朝夕定省慈帏，一叙其家庭之乐，渐忘其不平之心。然则路民瞻不得见者，已将二十余年矣。

夫一代兴亡，豕突狼奔，流离颠覆，人民莫不有流血之祸，无论亲戚故旧，值此时事，隐避无踪，音讯不通，生死不知，往往如是。路、狄两家，于此危亡之秋，各已离散东西南北，任意迁徙。况路民瞻更无定向，虽后来访问狄家避居南洋，尚未细审地址，南北相隔，固懒于跋涉也。然无事时，每耿耿在心，未必十分急欲寻觅。兹因携此孤雏，实一时无地安置；且此子年幼，在需人照料，计非妇人不可，故于匆促之中，突然忆念，所谓急则智生也。并料甥儿年龄已大，必已娶妻生子，正好付托得人，关系非轻，除此一条路，殊乏完全之计划耳！

这麒麟岛为南洋名岛之巨擘也，三面环水，港汊纷歧，一面通大陆，盘陀曲折，鸟道羊肠，森林丛密，多孕奇禽异兽，产竹木之地。居民依山麓为堡，群聚而居，辟为市场，风俗勇悍，贱老重少，天气晴暖日多。岛主乃波斯国人，流落至此，以生以长，历数代遂成家焉。每逢秋季，岛中举行赛会，各岛临近，咸相庋止，互通交易，非常热闹。大抵货品以米、麦、竹、木、布疋为大宗，及奇技淫巧等物，莫不争炫斗胜毕竟智能。间有航海从远方来者，平日居民，好围猎，讲究枪法，射生落肉，视若常事。男女初不避忌，因之往往多野合，且有渔利，水族更盈，鱼鲜海味，得之极易，业此多致豪富。妇子嬉笑，家人喧哗，中原逐鹿，战乱兴亡之事，久已置之度外，真一世外桃源也。

一日晨起，士雄弯弓插矢，骑一匹黄骠劣马，带了几个勇健家人，身穿一件紫绸箭袍，头戴绿色扎巾，腰悬宝剑，脚蹬薄底皂靴，先在官道上驰骋一回，然后一路望着深林菁密之处围猎去也。其兴高采烈，逐走擒飞，少年心性，好胜恃强，不怕高峰险峻，歧涉风尘，仅恃一己奇力，大有拿龙攫虎之气概；况有家传绝技，未尝敢轻于一试。故一入围场，所获必多，家人争相赶逐，士雄左右逢源，箭不虚发，枪不落空，虽鹰隼之疾，亦难避其锋镝。直至日落崦嵫，始兴尽而返，则骑后必枪挑肩负，麆獐鹿兔熊雉山鸡之属，烹鲜割疱，一家团聚，羔羊美酒，缓带轻裘，虽南面称尊，亦不易此乐也。

一连三日，大开围场，侍从等众，奔走杂沓，驰逐茸茸短草地上，赶出竹鸡一群，约有八九只。士雄右发箭而左发枪，莫不应声而倒。正在扬扬得意之际，忽见围场旁边，立一老人，仰首观望，连声喝彩。士雄侧目而视，只见老人身材瘦削，骨耸肩拱，形状似甚枯槁，而精神又十分满足，手携一个小孩，年可三四龄，面貌清秀，气宇轩昂，小小身躯，竟有珠圆玉润之概，不觉胸中诧异，以为我岛中无此等人物，且亦未见有此等人物到我岛中也。此子果何为乎来哉？

正在忖度，远远见有两只山羊跑过，士雄把缰一掷，那马拨剌剌的追逐如飞，两只马蹄在草地上翻盏撒钹相似。那时从侍家人，背后窃窃私议，谓我们狄爷，总是这种脾气，身入围场，凡飞禽走兽，一入他眼，无论大小，断不肯轻轻放过一命，必欲尽残之而后快心也。老者听得此言，心中一动，私想："原来甥儿就是此人，真是无意中得之甚易，渠已长成得一表人才，殊不愧将门种子，我的姐妹，可算得有子克家矣。可喜，可喜！"想罢，随即偷偷查询仆侍人等，方知果然是狄士雄，一毫不错，打算俟士雄跑回马来，再上前相见。片时之间，只见士雄缓缓的跑回来，枪尖上挑着一对野味，小羊已另有一人取来。

那老者点头赞叹，遂携了小孩，上前打了一个问讯，曰："甥儿别来无恙耶？我路民瞻在此久候，甥儿犹能认得老夫否？"

当时士雄一怔，慌忙跳下马来，躬身致敬曰："舅舅，想煞甥儿了。舅舅一向在何处贵干？今日天幸，舅舅下降，甥儿有失迎接，幸乞恕罪！"民瞻道："老夫萍踪无定，兹因有一事累人，欲求甥儿援助，故一路寻觅到此。"士雄道："蜗居不远，请就移步，光顾蓬门，容再慢慢诉述。"于是吩咐撤了围场，家人牵马伺候，两人并马而行，一路甥舅闲谈。

未几，抵士雄家中，先让至客厅坐定，士雄然后进去禀告老母出见。姐弟相逢，悲喜交集，离散二十余载，一旦把袂聚首，虽有千言万语，一时亦无从说起。并令甥妇出谒尊长，请至后堂，备酒洗尘。

席间民瞻将自己所历之境遇，一一诉述出来。路夫人亲谊攸关，代感身世，泣数行下。说至慷慨激昂处，连士雄亦几击唾壶，大有闻歌而思将帅之概。后来渐渐说到甘凤池如何从台湾逃难内渡，一门殉节，如何确是忠良之后裔，如何奶娘单身领出，如何宿歇在枫叶村上，半夜三更被我劫走，如何既劫了出来，一时无从摆布，想起这儿甥儿来，可以托付寄养成人，日后必有大用。一般情节，尽情吐露无遗。

路夫人听了一番言语，点头赞叹，欣然乐从。一面将凤池拉至身旁，抚摩怜惜，问长问短，且敬他是甘国公之子孙，厥后必昌，当时即令媳妇担其责任，保抱提携，充保姆之职，借卜自己他日梦熊之兆。一堂至戚相聚，分外亲热，直至更深，尚未散席。自此路民瞻带了凤池，留住在士雄家内，韬光匿彩，不闻世局，倒也逍闲自在，嗣经路夫人做主，令凤池拜民瞻为师。

星移物换，寒暑迭更，路民瞻自任麒麟岛内，不知不觉，过了五六个年头，外面至交朋友，虽有音信相通，绝无见面时候。那时甘凤池已届十龄光景，生得一表人才，临风玉树，无人不欣羡也。复由路、狄两姓，尽心抚养，知识渐开，文武两途，均得有门径可通，诚青年中之翘楚也。士雄亦经生有子女各一人，牙牙学语，异地风光，虽不同于乡里，然得此天伦之乐享，而到处为家，亦算人间天上矣。

每日士雄无事时，仍去围猎游戏。一日，正在高冈追逐一只斑鹿，两箭一齐放出，即狄家之鸳鸯箭也，极其厉害。哪知这只鹿中了一箭，负痛飞跑，竟将这支箭带了去了。士雄不舍，奋力追逐，刚刚转过一处小山坳，那鹿却又寻不见了。不料劈面转出一个女子来，骑着一头黑驴，矫健雄俊，是个神物；只见装束离奇，一望而知为有本领之人。然风情月貌，于娇丽之中，隐隐露出一种凛若冰霜之态度。

士雄一看，四野无人，然亦不敢相犯，将缰绳收往，让她过去。这女子对士雄看了一眼，然后再回头一盼，骑着黑驴，缓缓转向山后去了，士雄十分疑惑，不知此女何人。

欲知后事如何，且看下回分解。

第三回

袭台湾清兵得胜　避镇江谢官埋名

却说罗邦杰自拜昙空为师，在伏虎山学艺，三年之内，学得一身本领，凡一切吐纳导引之法，及龙虎降伏，内功外功，均精熟无伦，固无论拳棒等事，至最厉害者，能化剑为气，藏于指甲内，杀人不觉，取首领于俄顷，真剑侠中之别开生面者也。

惟邦杰天潢贵胄，享用繁华，自小生辰于妇人女子之手，不知稼穑艰难，视珠玑如粪土，等罗绮若布帛。此次耳濡目染，全系佛门清净之地，暮鼓晨钟，梵经贝叶，未免格格不入。且于螟晦风雨之时，往往引领神州，屡发慨叹，而两地相悬，是以身虽在南，而心常在北也。

一日午后无事，蝉噪庭前，燕栖梁上，而塔尖之影，偕日光以俱移，似花骢之停骖于此，虽暑刻数动，而日光则未尝稍移寸步也。邦杰拔出双剑，独自舞了一回，又练了一回拳棒，困倦起来。此时昙空正在方丈趺坐，悄无人声，未便走去缠扰。百无聊赖，究竟作何消遣，随唤了几个仆从，步至后山。只见隔岸山光水色，一碧无涯，环绕回抱，层峦耸翠，风景十分奇特。游赏了一番，慢慢转至山前来，绿险匝地，碧幕遮天，奇石危峰，到处即是。过了堤岸一道，下临石磴数十级，一片平坦，田畦纵横，农人负锄带笠，手骈足胝。再行数十步，迎面一座白石牌坊，上题"如来胜景"四字，旁刊一副对联：不二法门为我佛，大千世界此正宗。都是万历年代御笔所题也。

邦杰踱过牌坊，五色彩石砌路，颇觉宽广，两边短树婆娑，清风拂拂，游人至此，往往流连不忍去。邦杰与从人等立在长堤，赏览野外风景，悠然意远，如身入画图中矣。于是邦杰仰视天空，俯眺小麓，旁及古今上下，纵横世界之内，思潮涌溢，摆脱不开。自忖："我到此山，假托罗邦杰名义，白龙鱼服，昙空虽被瞒过，而手下严守秘密，为他日保持邦基，振兴国政，甘为此冒险之举。恐一旦败露，则困龙有厄，奚得救星遥临此处耶？况父皇春秋虽富，未知圣躬近日何？若藐予小子，宫闱之间，为我敌者，不知凡几。设果蒙不讳，不争则屈辱臣僚，争则萧墙祸起矣。且迢递南北，京读无通，何日方能作返家之计耳！"

正在自嗟自叹，忽闻远远天际啼叫数声，嘹亮悲恻，抬起头来，则见一行斜掠而过，约有八九只飞雁。邦杰一时触动心机，连忙腰间拔出一支雕翎箭，左右提过画角弓，口中默默祷祝："孤如能早日回京，将来或有九五之分，当以国利民福为前提，箭到处第三只飞雁落地。"一箭而空射去，不偏不倚，正中第三只飞雁头上，贯脑而坠。从人连忙拾起，趋前道："四爷神箭，世所罕有，奴才敬献上。"邦杰道："隔垣有耳，汝等宜谨慎。"刚刚说罢，侧首转过一人来道："公子此游乐乎？"

邦杰听了一怔，迨至细看，方才笑道："原来是监寺僧，罗某因日长无事，在此散步，许久未顽箭，适射得一雁落，亦无足为奇。"了然道："公子大才，自多绝技，小僧当谨聆教益。如公子不弃，那边有山亭一座，屈移玉趾一谈。"邦杰道："好极！当如大师之命。"两人遂慢慢走到亭上，分宾主坐定，家人站立一旁递上香茗。

了然道："公子自到此山，小僧格于长老规犯，未克尽地主之情，实深愧赧。"邦杰道："好说。罗某以学艺未精，久居宝地，然白云亲舍，未免动离乡之感。大师朝经暮典，入圣超凡，罗某俗尘万斛，诚甘拜下风矣！"了然道："公子太谦，荒山岑寂，长老又脱略为怀，简慢公子之处，尚希包含一切。"邦杰道："哪有此事，罗某一身之外，仆从又众，殊已叨扰不浅耳。"

两人又谈论一回拳术，讲究些兵法，慢慢说到目今时局。了然曰："公子亦知台湾为清兵所袭破乎？"邦杰曰："某自到此间，大师谅亦知我留心武艺，平日无所事事，而不越雷池半步，安能知晓外事耶？"了然曰："公子如此认真，将来文武全才，足为国家栋梁之器，小僧亦与有荣焉。"邦杰曰："诚如大师所言，幸甚，幸甚！"一面说，随即立起身来，与了然相让下亭。家人跟随后面，缓缓踏月而归。

原来台湾自从被施琅打进，甘英阵亡，刘国轩尚率精兵三千与之对敌。无如清兵势大，连日炮火连天，相争相杀，分三路进攻，到处残破，一片焦土，奸淫掳掠，无所不至。刘国轩究属兵力单薄，难以抵御，相持一月有余，看看粮储不继，只得由后门逸去。

主将逃亡，众兵溃散，弄成一败涂地，嗣王朱克爽立即投降，做了清国俘虏。而一班官僚，国破家亡，亦均愿随驾归顺，所有败残兵卒，悉令编入队伍，出榜安民，甘家因此遭了灭门大祸。古人有言曰：怨毒之于人甚矣哉！然惟感恩报德，为千载不生纤尘也。大之为一家一国之事，小之为一己一身之事，豫让吞炭漆身，子胥掘尸鞭墓，范雎受袍恋旧，鲍叔分金全交，莫不恩怨分明，求达其目的而后已，盖其初未尝无百折不回之心也！

是故明季失政，阉寺擅权，天下汹涌，人心思逞。蜀川糜烂，吴师借蒙古兵入关，欲借以抵定邦畿。不料胡虏乘势直抵神京，八旗飘扬，见朝廷无人主政，遂窃据宝位，竟乃不费一矢，不折一兵，而然奄有天下矣！致使崇祯以英明之主，惨为失国之君，缢死煤山。洪承畴不降，清廷不惜后妃之尊，蛊惑以媚元勋，虽成大事者，不拘小节，然后世议者，谓其得国已出于不正当之计划，即使予以正统，亦未免大伤国体矣！

呜呼！一朝开创，鼎革祚移，朝野往往有流血之祸，独清禅明代，除扬州、嘉定，大加屠戮，其余地方，各得晏然无恙，嗟彼小民，亦云幸矣。惟遗臣孤孽，负气填膺，痛君父之摧残，伤山河之惨失，社稷沦亡，无所依归，故遂微行出走，远避荒岛，静观时局。每欲乘间以兴义师，奈天心早属，大数已莫可挽回，只得郁结所成，变而为义侠之举，惊人骇俗，以泄其不平之物，亦为亡明留一线之生机。是以上数十年中，尚不能十分底定，低首下心，束缚于满清国旗之下也。

闲话少叙，书归正传。谢品山自台湾逃至镇江，因见谢村山明水秀，柳暗花娇，环绕二三百人家居住，都系谢姓。妇女嬉笑，家人喧哗，黄童白叟，藜杖竹马以相迎，绿荫匝地，老树参天，竹篱茅舍，曲岸小桥，颇似桃源避秦之地。品山之屋在村之中间，庄前一片广场，约二三亩，旁通小河，长堤蜿蜒，阡陌纵横，左邻右舍，栉比鳞次。靠小山叠石为磴，可以眺远。村梢有小小酒帘，荡漾于屋角，一轮残日，疾走平地线上，暮色苍茫，正是豆棚闲话时也。

这谢村地方，虽是乡村，却离镇江近在咫尺，风气并不十分窒塞，尚多知诗识礼之家。品山初来此地，皆不知其为何许人，群以老先生称之，品山亦安然顺受，不敢说出他的历史。后来渐渐熟悉，东邻西舍，都怂恿设一帖馆，教授村上小孩子读书。品山即与夫人商量，收拾一间书房，聚十数村童，嘻嘻哑哑，吟诵之声，喈喈盈耳，居然一堂济济之士矣。然在品山之意，并不在束脩之计较，只以身闲无事，坐拥皋比，亦不过聊慰寂寥之晚境而已。

自此谢品山在谢村教授蒙童，安居适性，日复一日，殊觉光阴易度。夫人吴氏，系出名门，恭俭温淑，可称为四德无亏。生有一男一女，小姐年已二十，貌比羞花，容可掩月，刺绣之暇，兼工吟咏，虽官宦之女，绝无豪奢习气；即饰为裙布荆钗，而顾影生姿，自不能灭其天然之丰韵也。闺名芸妙，随侍有两个丫头，一名春华，一名秋实，旦夕侍奉不离左右。春华年已长成，秋实尚稚。公子才七龄耳，天真烂漫，不识不知，秉性驯良，相貌魁伟，确是大家风范，亦在自己家塾中读书。品山认真教授，小小年华，居然彬彬儒雅矣。

一日，老夫妇谈论家务，因说起甘家，此时在台湾，不知作何近状，我幸而早早走脱，否则在此漩涡中，决不能安然无恙。夫人道："相公既想念殷切，想姐姐仅有凤池一子，尚在襁褓，台湾已被清兵袭破，兵荒世乱，人多累赘，相公何不写封书信寄去，探问探问？倘得回音，免得时常牵挂。"

品山道："夫人有所不知，此刻台湾已为清廷所得，即使交通不断，恐须检查之后，方肯投递，且有许多说话，不宜妄言，是以辗转思维，只索付之无可如何耳！"公子在旁听见，笑嘻嘻谓品山曰："爹爹勿忧，俟孩儿出去，寻我表兄来与爹爹见面。"品山笑曰："我儿如此年纪，安能去远？尔知台湾离此有多少路程乎？"公子曰："不妨，孩儿可以坐船去，可以骑马去，不愁不到。"

老夫妇一齐笑将起来，品山曰："我儿今日闲暇无事，工课已完，为父领你到街坊上去，游玩一回。"小孩子听得，快活异常，跟了品山一同出门，慢慢行走。

走至村梢一片小小茶铺啜茗，品山买些果品，让公子吃食。父子二人，正在游目骋怀，逍遥自在，看村上往来之人，都在那里歇足，忽听得路旁有一妇人啼哭，声甚凄恻，并有许多人围绕，问她说话，口音又不是本地，只听得她要问姓谢的，住在何处；又隐约听得"舅老爷"三字，直刺入耳朵来。品山不觉一怔，连忙立起身来走出茶铺，向人丛中走去，问曰："你一妇人，到此何干？究竟要寻何人，你且说来。"

妇人含泪答曰："我三年前是在台湾甘家做奶娘，不料那年被清兵破了城池，我与小姐公子，逃走出来。夫人吩咐到此地来寻舅老爷，哪里晓得……"品山道："你不必说了，跟我家去再说。"于是领了公子，带了奶娘，急急归家而去。

迨到了家中，即唤妇人叩见夫人，然后令她将前后情节，细细说来。那妇人道："哪里晓得清兵袭破城池，打了进来，杀戮之惨，鸡犬不留。我家老爷太太，是有官职在身，当时尽忠殉难。我抱了公子，与彤玉小姐一同逃走，吓得魂不附体。到了闽浙交界，彤玉小姐竟被一个马上少年将军抢去，小姐哭喊救命，我跪于草地上求饶，这贼强盗非惟不肯放下，连睬也不睬，飞马去了。我只得战战兢兢，抱了公子，依旧赶路。一路忍饥受饿，吃尽苦楚，行到丹徒相近，地名叫做'枫叶村'，夜晚间宿于旅馆。哪知一觉睡醒，遍寻公子不得，我当时急得哭叫连天，屡次想要自寻死地，以对老爷太太在天之灵。忽然来了一个女子，标致非凡，劝我不要啼哭寻死，你的公子丢不了，将来定会见面，他的命中注定要落劫，赠我十两银子做盘缠，说了一番说话，临行时又担任代为寻觅，倘有风声，我自会到你舅老爷家送信去了。"

品山与夫人听了奶娘一番说话，止不住泪流满面，不胜伤痛。想甘家自甘国公受封以来，本是前明一个重臣，弄得家破人亡，现在凤池又不知去向，岂非一线宗祧，亦将斩绝。想罢又哭，叹曰："目今如何是好！"小姐在旁，恐老人家伤心过度，竭力劝解，慢慢将老爷夫人劝住，小姐亦暗暗流泪。

品山向奶娘道："你这几年在哪里，何以不早来寻我？"奶娘道："我自在台湾，目睹炮火连天，杀人如草，一路回来，受了惊吓，竟大病起来。病了一场，差不多半年光景，又乏钱用，没有法想。"幸亏镇江城内一家乡绅，好容易由人介绍进去帮佣，直到如今，每天积凑些盘川，时常想念我家太太莫大恩典，实在抛撇不下；临死又对我跪下，托付公子与我身上。我受人之托，不能终人之事，心中每每抱愧，恐怕公子或有人送到舅老爷处，故此我想见一面，所以辞歇出来，重新寻问到此。"

品山听了，称赞她甚有恩义，即令就在我家夫人身边服役，充了一名仆妇。于是品山朝夕思念甥儿凤池，意欲派人出动寻访，又无从着手，只得罢休。然花晨月夕，酒后茶余，每每不免临风慨嗟，对月徘徊，痛姐之亡，悲甥儿之走失，一念至此，潸然泪下。只得于课余，以诗酒自遣，借以消愁破闷已耳！奶娘所遇之女子，未知究属何人，此中有无关系？然就这飘忽状态，必是一个义侠女子，好为人家不平之人出力，渠竟肯担任寻我报信，殊令人委决不下，难道她真会寻到我家送信耶？

兔走鸟飞，星移物换，韶华迅驶，冬尽春来，不觉又是一年矣。迨过了元宵佳节，又是开学日期，晨起盥漱毕，步入书房，为时尚早，学生均未到来，明窗净几，纤尘不生。忽见案头有信笺一函，封志甚固，急发视之，只见铁画银钩，书法十分飞舞，又极妩媚，寥数行云："顷探得甘凤池被江南大侠路民瞻劫去，带至麒麟岛内，教授武艺，珠还有日，幸毋注念。"下署十三妹启，是个女子的笔意。

翻来覆去，看了几回，不觉惊异失色，查问家人仆妇，都云不知，且亦无人进来，大门尚未开放。谢品山心中明白，这十三妹必即是奶娘所遇之奇女子也，她能来送信，一身本领可知，但不知凤儿究竟何日能回来，转身将信入内，与夫人小姐阅看。

要知甥舅如何会面，且看下回分解。

第四回

白泰官赤心除恶霸　曹仁父黑夜斩妖魔

却说江南八大剑侠，他们平时散处四方，各干各事，路见不平，拔刀相助，或济人钱财，或救人性命，并不肯留姓名，亦不受人谢仪，忽然而来，忽然而去，有飘忽之形，无胶滞之迹。每年约期他们自己人相会一次，大抵在庵观寺院，极为秘密。痛饮一番，且历述各人经过事情，再约后会之期。但是到了约期之时，虽万里之遥，亦必亲到，从无失信。

如今白泰官正从会后散出，慢慢行来，独自一人走到扬州地方，只见人烟辏集，风景繁华，是个最热闹的所在。昔人有诗云：二分明月下扬州，十年一觉扬州梦。可见维扬古郡，是个名胜之区，骚人逸士，往往驻足于此而不忍去。

白泰官到此佳境，高兴异常，就在城隍庙门前，摆下一个相面测字摊子，桌上文房四宝俱全，盘中堆满纸卷，旁竖招牌一方，标书命相百文，测字三分，以及善观气色，流年终身，君子问灾不问福等江湖话头。其实他醉翁之意不在酒，不过借此为由，隐逸己身，留心他们道中朋友，有无在此遇见，都有暗号，一方面访访当地的风俗如何，以长游识。然在他们如此行径，以为不足为奇，且不嫌为微贱之事，个个如是。相传君平卖卜，伍子吹箫，固属英雄本色，亦非独白泰官一人而已！

忽一天，白泰官正在高谈阔论，说他的寿夭穷通，彭殇一致，耳中听得女子哭声，甚为惨切，并杂着众人叱咤之音。白泰官霍的立起身来，走了过去一看这般形景，分明是青天白日，劫抢人家妻小。白泰官怒从心起，见这种横行不法，恃强欺弱，岂还可恕？今日管教你晦气星进了命门，正是恶贯满盈，自招其殃。当时走上前去，一把将众人拖开道："且慢动手！我且问你，你们是哪里来的，所为何事？把这始末根由说来我听。"

只见似教师模样的人，走过来说道："客人有所不知。"随手指着旁边一人，"只因这人欠我们主人银子，图赖不还，所以把他妻子领去做押质，并无别故。他还不知进退，追来呼喊。"

白泰官道："既然欠你主人银子，也好经官审理，当堂追缴，安可无端强抢人家妻子，作为押质之理？"随即向旁边的人问曰："你姓甚名谁，究因何事而起？"那旁边的人，一眼看见白泰官英雄气概，一表非凡，知必是一个仗义扶危的豪杰，便一五一十、原原本本告诉出来。

原来这人姓袁名恩林，住在城内鹤阳楼侧首小弄之内，年纪二十八岁，是府学中秀才，家况平常，三年前娶个妻子，乃傅朝奉之女，名巧凤，身材婀娜，面貌姣好如花，可称小家碧玉。伉俪间爱情甚炽，并无子女，郎才女貌，相得甚欢，安然度日，何物书生，享受艳福不浅。岂知闭门家里坐，祸从天上来，一日早晨，恩林正起身未久，打算出门买物，忽见一人闯进门来，仔细一看，认得是好友计多才，随即说道："计兄光降，实为难得……"话未说完，只见背后跟进一人却不认得，是刘文彪。

当时多才道："袁兄，今日小弟非无因造府，只为你婆亲那年，借了我们主人三百两银款，至今本利全无，今日我们主人同小弟亲自来讨，幸即见还。"一面用手指道："这位就是。"恩林曰："计兄恐怕弄错，小弟从未向人借贷，哪有银款上门取讨？"

刘文彪接口道："胡说！现有凭据在此，你敢图赖否？计多才即是中人。"随将借券取出，交与多才，多才道："不妨！凭中讨债，岂怕袁兄不还。"恩林气得开口不得，只得说道："清平世界，朗朗乾坤，捏造假券，诬害平民，真真反了！"一面向内打算要走，即被刘文彪一把拖住不放。多才假意相劝，门外走进来四个人来，不问情由，闯入房中，竟将巧凤如抢亲一般抢了就走。

刘文彪见人已得手，丢个眼色，计多才即做好做歹，趁势走出大门，发话道："尔既不肯还钱，且权把你妻子押抵，即便将三百两银子来取赎可也。"恩林哪里肯舍，一直追将出来。远远见轿子抬着，如飞而去，恩林一面喊，一面追，那巧凤在轿内听得背后丈夫声音，胆子便壮，更哭喊连天。看看将近城隍庙前，忽从轿中滚将出来，跌得满身鲜血淋漓，真不像个美人了。

抑知这祸究竟因何而起？是以大家闺秀，绣阁名姝，大抵入庙烧香，游山玩景，为家长者理应禁止，正所以防微杜渐也。然世风不古，淫靡之习，中于人心，甚至治容诲淫，矫揉造作，装饰离奇，而花香粉腻，令人心醉，浪蝶狂蜂到处沾惹，则男妇之藩篱尽撤矣！恩林以中落之家，芹香虽撷，然称不起诗礼传家，乌识礼义之防，必基于闺阃耶！以为家有艳妻，未必即足以致祸也，平时并不十分防范。巧凤是日与邻伴姐妹乘烧香之便，赴附近花园中游玩，正在出园之时，在园门口竟遇见了这个花花太岁。

且说刘文彪正在勾栏中李楚楚家出来，摇摇摆摆，却从花园门口经过，一眼看见了巧凤，蓦然间见了五百年风流孽冤，站住双足，恨不得一口水吞下肚去。只见她眼含秋水，脸若朝霞，体态轻盈，风情送荡，虽荆钗裙布，自胜于珠围翠绕多多矣。当时上上下下，看个不住。巧凤亦不知进退，偏偏觉得他只个呆子，真呆得紧了，无意中对他回头一笑。哪知这一笑，而绝大风波即日平地起矣。

文彪本来是当地恶霸，无所不为，乡里侧目，敢怒而不敢言。家住南门外，养着一班狐群狗党，助桀为虐，闹得一方不得安靖。今既见了这个绝色美人，岂肯放过？随即回到家中，唤进门下一班恶人，即将巧凤如何身材，如何标致，妆扮得如何出色，定欲弄她到手，一一说将出来。计多才道："大爷所遇之人，门下倒知些首尾，恐怕就是袁秀才之妻，名叫巧凤姑娘，门下向来认识，做过贴邻，确有十二分姿色。若果是她，只须门下使些见识，管教这雌儿与大爷成此一段良缘。"

文彪听得，满身麻木了，拉了多才问计。计多才道："用软不如用强，大爷告他一状，不怕他不将妻子送来。"文彪道："胡说！无缘无故，岂能告他？"多才道："大爷有所不知，这袁秀才家境平常，我们捏作假券，只说他曾欠大爷的银子，今日来取讨，他必无钱还债。大爷预备几个得力打手，把他妻子强抢来。女子杨花水性，看见大爷这等富厚，岂有不从？及至秀才赶来理论，就叫生米已煮成熟饭了。"

文彪听罢，不禁连呼曰："好计，好计！你真不愧称为计多才，我们就照此行事可也。"故鹤阳楼前，发现此等事实，均当时多才所定了计也。哪知无巧不成话，刚刚遇见对头，被白泰官平空阻住，一场扫兴。

文彪恼羞成怒，叱曰："你这蠢贼，毋溷乃公事，我们欠债还钱，干你甚事？"白泰官亦不肯相让，你言我语，两个竟在当街放起对来。文彪即向腰中摸出一条七节钢鞭，使得呵呵的响。这钢鞭是纯钢打就，每节五六寸长，各有铁环连络。束在腰间，仿佛带子，又名软鞭，打在身上，骨断筋折。

白泰官手无寸铁，运起内功，遍身尽成栗肉，此功名为"换骨功"，即上回表明"龙虎锦身法"，刀枪尚不能入其皮肉，何论钢鞭耶？

白泰官一时性起，少林拳术，自是不同。上一手"金龙探爪"，下一手"猛虎下山林"，左打"黄莺圈掌"，右打"猴子献蟠桃"，身轻如燕，进退若猿。这等人岂是白泰官敌手，片时间正如风卷残荷，东倒西歪，逃的逃了，独有文彪尚在对敌，仅能招架，绝无还手之隙。

忽然白泰官一个"雀地龙"，蹿将过去，趁势就是一脚"扫堂腿"，扑的一声正着。文彪仰面跌出二丈多远，钢鞭丢在一旁，白泰官一脚踩住，提起拳头，打个不住手。打得文彪上气不接下气，只叫："饶命……好汉……饶命！"街上看的人同声喝彩。这只一声彩，反提醒了袁恩林，想道："我幸遇这位英雄，出力相救。但是如今恶霸已败，祸根总由我而起，必定不肯干休。他有钱有势，我如何对付得他，岂非祸不旋踵而至。"左思右想，若要保全生命，还是走为上着，于是招呼妻子，趁人闹里一溜烟偷偷走得不知去向也。

独有街上看热闹的人，逢着打架，最为起劲，尚是团团围住，一方面都在那里议论道："这个相面先生，真有本领，一双空手，竟把这出名害人如狼似虎的刘文彪，打得一佛出世，二佛涅槃，且他带来的恶党，均是教师，亦逃跑得不知踪影，真真孽由自作，'强人还有强人收'，这句话是不错了。如果把他打死，倒替一方除害。"

白泰官看看文彪，动弹不得，直躺躺的，晓得再打几拳，必定要送他上路了，于是对着众人抱拳道："诸位！在下是过往人氏，偶然来贵地，胡乱糊口，不意遇见这个恶贼，横行不法，强抢良家妻女，在下路见不平，拔刀相助，并无别样意思，倘有差池，烦诸位做个见证。"一面说，一面站起身来，意欲打发袁恩林走路。四面寻找，不见踪迹，谅想他们已去，随即自言道："这恶贼做此伤天害理之事，必非一日，今日被我打得爽快，始出我胸中的恶气。且权寄这颗驴头，他日来取。"不禁呵呵大笑，也不去收摊子，便自一直扬长而去。

著者一支笔，难说两处话。如今再说清朝开创之初，天下人心，反侧未定，四方豪杰，往往乘机鼓吹思欲达其勤王之目的而后已，是以政府不得不有以笼络之也。夫笼络之法，其惟爵禄动人之心，富贵溺人之志乎？故朝廷设科举取士，推其用意，直将使天下人才束缚于八股之下，别无进身之阶。夫然后人才苦矣，每见喧哗终身，至白头而不获一衿者，比比皆是。即欲奋发有为，变易其初心，而墓木拱矣。此所以八股之磨炼人才，实足与妓女之挫伤豪侠异辙而同功也。噫？岂不毒哉！

每值会试之期，三年大比，煌煌功令森严，中国二十二行省，公车北上，络绎于途而不绝，群向京师进发。当时轮舶未通，凡贡举赴考，只得就清江浦起旱，按站由大道而行。沿途驿递，代人雇车备骑，忙碌异常。于是打尖歇宿，饭店客栈，可获利市三倍。但因此而发生种种之黑幕，虽罄南山之竹，书之亦不能尽也。故镖师勇仆，莫不担负保护之任，而北路响马，凶犷无匹，遇之者无幸免。尚有念秧者流，软骗计取攻，人之不备，弄得他乡作客囊中尽空，穷途末路，无日生还，一时旅行者莫不咸有戒心矣。

浙江萧山县有个举人，姓魏名光国，年甫及冠，才华卓越，一家温饱，颇堪自给。上有寡母，下有弱妹，娶妻王氏，名门淑媛，如花似玉，可称一对璧人。惟光国自幼稚时代，因独子单丁，未免溺爱，失于教育，养成惰志，性情佻巧，边幅不修，拈花惹草，家中侍婢，送暖偷寒，固为寻常事耳。盖天资敏捷，学即便能，是以恃才傲物，视取青紫如拾芥，果绕入泮宫，即登蕊榜。咸觉邻里，引以为荣，即光国自命，亦不作凡想。平时凌轹侪辈，以为雀诚不知鸿鹄志也。

是年春，光国束装就道，向北进发。盖南北相离，路途迢隔，其时渡海轮舶，并未盛行，又无邮电，交通不便，信息阻滞，是以须早期起身，于正月间即行首途。濒行亲戚交游，祖饯馈程，络绎不断，预为称贺，共祝其状元归来也。光国少年得意，玉影翩翩，风流自赏，颇觉睥睨一世，未免足高趾扬，以为此次果夺得锦标，方遂男儿之愿。当日祭祀祖先，拜别老母，闺中娇妻，叮吁再三，随身带一个俊仆，在旁人观之，此去班生，无异登仙，而天涯游子，梦魂长驰逐家乡也。

初春天气，行之重行行，一路山光水色，到处玩赏，借以开豁胸襟，惟旱路较水路为艰，车尘马迹，困顿不堪，且北方胡匪响马，时时出没，令人防不胜防，沿途相遇，无非都是公车，联纵结队而至。独光国目空一切，不与人同伴，故尚踽踽，一主一仆，相依为命。岂知初次出门，有未谙客地情形，即蹈危机而尚不知也。

一日行至山东相近地方，因贪走路程，忘找宿处，夕阳西坠，暮色崦嵫，始觉心慌意急，欲寻觅施舍，以冀暂息征尘耳。前不见人家，后不见来者，猛抬头忽向森林浓翳中，隐约露红墙一角，于是加鞭疾驰，斜行一箭地，靠山有古庙一所，泥垩剥蚀，年久失修，山门破旧，额上金字模糊，似乎"轩辕"两字，匆忙间不去理会。走入里面，大殿上尘埃满地，蛛丝屋角遍张，神像黯淡，仿佛如在暖阁。随即寻至西厢，只见无人居住，且在此权宿一宵，借着初出月光，仆人整理被褥，席地而铺，两人坐在地上，倦极思睡。那驴夫将驴子牵进，系于一棵树上，即在廊下打盹。

未己，只听得风声怒吼，山木皆号，景象十分惨切。山门外走进一人，迳自走入东厢去了。光国在行囊中取出干粮，分与驴夫仆人啖食，自己亦吃了些，打算要睡，偏睡不着。将近三更，忽然间一声怪啸，哀如巫峡之猿，惨若寡妇之泣，吓得毛发都竖，不敢动弹。意欲唤醒仆人壮胆，乃似睡非睡，竟于破窗孔隙间，依稀看见一个绝色女子，走入东厢中去，曷胜诧异？原来东厢这人，姓燕，单名一个"白"字，南通州人氏，是个学道的人。他云游天下，访闻此处有鬼魅作怪，有心前来收伏，然但恐术浅，制它不下，已来了几夜。那时刚从外面走入，向自己铺上坐定，闭息调神，蓦然见一个女子，站立面前，明眸皓齿，雾鬟云鬓，柳腰款摆，莲步轻移，举止淫浪，对着燕生敛衽下拜。

燕生道："不必拜我，有话请讲。"那女子低头弄带，半晌不答。燕生道："快讲！"女子慢慢的道："小女子系前村童媳，屡被恶姑虐打，趁深夜逃出，幸君子垂爱援救也。"

燕生道："不必说了，我早知之。尔这女子，小小年华，不向垆墓守躯壳，公然抛头露面，蛊惑行人，尔且试我钢刀厉害否？"女子听罢，吓得倒退几步，重复翻身，袖中取出十两银锭，丢于燕生铺上就走。燕生拾起，随向窗外掷去道："谁要尔的纸灰！"这女子晓得遇着正人，迷术不售，无可奈何，只得仍缩转身来道："今日既被爷窥破行踪，实不敢瞒，小女子本不甘做此淫贱，因强被老魅所逼，如果小女子去了，老魅必然亲自来寻爷。此去东北一里外，有一书生，结庐山麓，若去求他，可以躲避。"说毕，转瞬间，影影绰绰，行了数步，傍着墙阴而没。

燕生一想，既据女鬼说有高人在此，我何不前去访他？于是走出山门，望东北找去。行不到一里，果见灯光闪烁，一带草屋，在山麓之下。随即叩门，书生出迎揖进。燕生即将方才情形告知，书生令他在榻旁坐下。

两人坐甫定，正欲展问邦族，怪声又起，渐啸渐近，霎时间天昏地黑，月色无光，窗外碎石飞沙打在屋上，淅历有声。书生回顾燕生微笑，燕生面无人色，只见一个一丈多高的妖魔，口如巨盆，头若栲栳，狞目狰齿，奇形怪状，奋然直扑进来。只见书生不慌不忙，将桌上一个小小匣儿，揭开匣盖，即飞出一道白光，就这白光飞出时候，忽闻门外大声轰发，有如山崩岳陷一般，非常厉害。及看书生，已不知何往。

移时，白光敛影，则书生仍兀坐案上，并无移动。再瞧那鬼魅，乃全无踪影，倏忽之间，天已微明，走出门外一看，而满地斑斑点点，都是血迹矣。

那书生道："老兄见色不迷，根基已非浅薄，可惜功夫未到，尚难轻敌若辈。仆有盛剑的旧革囊一具，谨以相赠，如遇邪魔，便可将此收伏。仆曹仁父也，后会有期，今且从此别矣。"

燕生曰："闻名已久，今日幸遇剑侠，且蒙援救，曷深铭感！"于是谨谢订约而别。回至庙中，只见西厢一主一仆，均僵卧地上，细为检验，但见两人手足心都有针孔，缕缕出血，铺上遗下银锭一枚，方知必昨夜女鬼所为之事也。不禁叹息，一面只得代他掩埋，一面打开他行李查看，方知是浙江魏光国赴京会试，在此投宿，带一仆人，亦同时殒命。尚有一个驴夫，早已逃去。后来写信通知他家属前来认领，此亦燕生莫大之功德也。

欲知后事如何，且看下回分解。

第五回

述家难舅甥会面　报奇冤夫妻丧身

却说白泰官、曹仁父两人，一则剪除恶霸，一则扫灭妖魔，固为此书之主要人物，亦为天地间不可多得之豪杰，烈烈轰轰，如生龙活虎一般。秉山川灵秀之气以生，为斯世人民造福，是以青年子弟，始基最关紧要。自幼稚以至壮成，其间都令从正人硕德者游，含濯熏陶，无论为文为武，自必日趋于正轨，而不为邪僻之习染所移，奇才异能之辈，莫不由此养成也。然一代之中非独须眉方有杰出之才，即巾帼中亦莫不有芳史表扬者也。如今且说甘国公之后，得出类拔萃之二人，一男一女，男则甘凤池也，女则甘彤玉也。

甘凤池当冲龄之际，遭时不造，全家覆没，由台湾内渡，奶娘襁负而逃。未出国门，其姑氏彤玉小姐，竟被强贼抢去，幸奶娘保护，千辛万苦，一路旅行，投宿枫叶村，于夜晚睡梦中，忽失甘凤池所在，不料被大侠路民瞻劫走，带至麒麟岛，寄迹狄士雄家中。十三妹仗义相探，送信于谢氏，此一段事实，诸君谅能记得，可无烦著者重言以申明之也。

盖当时甘凤池自在降龙镇上，受路民瞻数年教授，将《大鸿造拳经》《龙虎锦身法》《二十四气聚散欢决》，悉心绘图练习，学成运用内功，吐纳罡气，身剑合一，心剑合一的功夫，实在非同小可。又得朝夕与毛刚、毛义、毛方、狄士雄及镇上之乐天等，互相揣摩，彼此切磋，皆有一日千里之势。

那时凤池业已成人，知识渐长，生得品格超群，相貌出众，亭亭玉树，蕴藉可儿，真是一个美少年也。

南洋岛中风俗，每逢秋末冬初，乡民循例赛会，以答神庥，祝酬一年中之阖境安谧也。盖迎赛时，凡会中点缀，穷极奢华，争奇斗胜，选择各家童男女，扮演各种故事，及古来戏剧等出，技奇淫巧，不惜资财，各出心思才力，将悲欢离合之状况，曲之传出。最足动人感触，妇孺空巷往观，兴高采烈，十分拥挤，呼声震地。

凤池少年心性，亦喜冶游，逐队在会场上游玩一番。回家之后，将日间所见所闻之事，询问民瞻。民瞻年老识多，举凡古往今来，一切形形色色，莫不洞知奥妙，口讲手画，历历如数家珍。渐渐说到江南风景，使人动家乡之感。又讲到凤池身上，髫龄即遭家难，台湾之如何被清兵打破，恍若目睹。

凤池血性男儿，听得自己，阖门殉难，恨当时一无知识，不能救此危难，不禁痛哭流涕，叹身世之畸零，举世莫与匹焉！凤池因此晓得有个舅舅，避在镇江谢村，世乱不肯出山，但想我自有生以来，从未尝见过一面，彼此面貌都不认识。呱呱坠地，即罹鞠凶，藐兹一身，几填沟壑，茫茫宇宙，托寄无所，幸被奶娘从火坑中救出，半路被师尊劫走，教养一十五年，以至今日成人，做一个顶天立地的好男子，则此后之幸福，皆为恩师所赐也，虽粉身碎骨，亦不足以报万一。怊早年既失岵恃，孤苦伶仃，能无兴风木之悲？罔极之深恩未报，即异日遭逢得志，奈子欲养而亲不在也，终天抱恨，其何以堪？以为我不得见双亲，得见舅舅一面，亦足稍慰人子之心耳！于是书空咄咄，终日无欢，忧愁郁闷，梦寐间常自惊醒，饮食锐减，不知不觉，酿成一病，惄惄瘦损，不似前时潇洒风流态度。

同学逗他顽笑，终觉无精打采，民瞻见此情形，深为焦灼，计无所出。迨后探知因思念父母，欲寻觅舅氏，访问亲墓所在而起，民瞻喜道："此子天性所赋独厚，孝思不匮，少年能如此用心，真为难得。未便阻止，应俟病愈后起身前往可也。"凤池听得师父允许，快活非常，顿觉精神陡长，病已好了一半，又复养息几天，民瞻以其年华尚幼，长途跋涉，苟令一人独往，岂可放得下？不得已乃谓凤池曰："老迈久不见昙空和尚，几次寄书来招，未得闲空，今当顺便陪尔一行。我到伏虎山小做勾留，尚须赴天台、雁荡一游。"即日收拾行装，将馆中诸事，嘱狄士雄暂权，吩咐一番，师徒二人，离了降龙镇。晓行夜宿，一路直望江南而来。

正值初夏，日长宵短，渡过南洋，行了匝月光景，民瞻究属有年之人，觉得疲乏殊甚。一路行到江苏地方，市城热闹，景物幽清，雇一叶扁舟，泛入太湖，伏虎山即在望中。凤池留心瞧看，三面环水，山峰陡峻，青翠葱郁，树木森浓，胜似一幅图画。远望形同伏虎，爪牙不露，果然险恶非凡。山麓之际，一片平坦，两岸古树夹道，几蔽人行；中间羊肠曲径，窄狭处石磴百十余级。

拾级而登，蜿蜒而上，山巅海珠寺在焉，寺后悬崖峭壁，蛇藤盘绕，可通东山小路。当时师徒二人，循路上山，走得汗流浃背。走到半山，早有招待僧迎接，遣人报与昙空知道。进入山门，昙空已在等候，相晤之下，欢然握手，表示久别乍逢之概。一面又将凤池细细审视，赞誉一番，谓此子实后起之秀也，吾道得传人矣。

民瞻在伏虎山住了十余天，终日与昙空和尚谈论剑术，有时或参讲禅机，凤池在旁反增进许多学识，私心窃喜。无如民瞻欲往天台访友，不肯久留，昙空只得备酒送行。于是师徒二人，别了昙空，迳向镇江趱行。在路上不止一日，已到丹阳，寻觅宿店住下。民瞻要与凤池在此分道，乃谓凤池曰："尔年尚轻，凡事须谨慎留心，不可疏忽。赶紧访问谢村，见了舅舅，切勿任意耽搁。约一月之后，尔务必仍回伏虎山昙空师叔处等我到来，一同回去习学功夫，无得自误前程，切记勿忘。"凤池俯首受命，挥泪叩别师尊，然后一人急急向前途趱赶去了。

未几，进了镇江城池，只见人烟稠密，百货云屯，是个商埠光景，当下找寻旅馆歇下。天气炎热，赤日当空，胸中颇觉烦闷，且在街坊上游玩一番，回到店中，向店家探询谢村路径。店家道："谢村离城仅三十里，出了东门，饭时即可到彼。"凤池不胜欣慰。

当夜无话，翌晨，算清饭钱，辞别店家出城，果然不到半日，已抵谢村。风景十分秀逸，山环水绕，村中二三百人家，都是谢姓。凤池不知品山家在何处，颇为踌躇，步过一条小小石桥，侧首有一茶铺，打算歇息歇息，再问路径。岂知无巧不成书，刚刚奶娘出来买物，看见茶铺中坐一个美少年，面如冠玉，目若点星，以为此乡并无华贵人物，留心察视。只听凤池口口声声向人问"谢品山"三字，十分疑虑，遂走上前去道："相公贵姓？"

凤池答道："我姓甘，此间谢品山是我亲戚。"奶娘惊讶道："莫非台湾甘老爷之少爷乎？"凤池曰："然也。"奶娘惊喜交集，随将十余年前之事，一一备细告诉凤池。

凤池听得，泪珠纷纷坠下，竟向奶娘作了一揖，以表感谢之心。于是奶娘领了凤池，走不多远即抵谢家。品山适在门前闲眺，瞥见奶娘领了一个少年，不胜奇异。凤池趋向前，双膝跪下道："舅舅，想煞甥儿了。"谢品山一怔，慌忙问道："台驾是谁？"凤池道："舅舅，我名玉儿，即外甥甘凤池也。"品山道："玉儿，今日见到你，真是梦想不到之事。"

品山仰着头，瞧了瞧天，瞧了瞧凤池，方才大喜，乃将凤池拉起，又携着他的手说道："我们家去讲罢！你这孩子，几乎不曾把舅舅想疯了呢，那年得着十三妹一个信，晓得你被什么大侠路民瞻劫去，究竟在什么地方？而今乃如许长成，可称甘家有后了。你且慢慢讲与我听。"一面说，一面已到里面。

凤池道："甥儿要见见舅母，并表兄表嫂。"品山道："你表兄今日恰入城去了。"原来品山之子采石，才名燥甚，已入黉庠，早与乡宦结婚。今日夫妻相将赴外家去省视。当下见过舅母，十分亲热，请了安，谈谈说说。又见表妹芸妙小姐，坐在一旁，偷看凤池，果然粉妆玉琢，人中龙凤，可见甘家世代忠良，究属不凡，暗暗羡慕。

是夜，品山宿于书房，与凤池谈论当时情事。台湾失败，甘氏阖家殉难，自己挈着先期逃避出来，到此隐逸。说得惊心动魄，如同目睹，凤池泪不能干，亦将幼稚被劫，寄在狄士雄家，及民瞻尽力教养，告于品山。嗣复告诉凤池，尔姑彤玉小姐，半途被马上少年贼将抢掳而去，如今不知存亡，闻得现在湖北襄阳做了参将，未卜确否，殊令我时刻悬于梦寐之间耳！

凤池听罢，随即说道："甥儿明日拜辞舅舅、舅母，迳往湖北找寻姑姑，若得见面，天可怜我，乘机将这参将杀了，方泄胸中之怨恨！"品山道："去不得，他是朝廷命官，岂能妄杀？且尔小小年华，路径又不熟悉，倘有差池，这还了得！"凤池道："不妨，甥儿只须随机应变，即去即回，断不使舅舅担心。"品山再三相劝，凤池气闷得一夜无寐。

越日清晨，凤池见过舅母，决计要起身前往。舅母亦十分阻止，品山明知小孩子家任性，拗不过他，只得向夫人说道："我看甥儿年纪尚幼，然他的行事，很有方寸，不至一味胡闹。此去谅无妨，且由他去走一遭。但是早早回来，免我记挂。"凤池当下一一答应，欣然领命，遂将行李检出，匆匆叩别而去。

然彤玉小姐当时做出一番事情，颇足惊人骇俗。其于台湾失散时，被马上少年贼将抢劫，彤玉此际吓得魂飞魄散，失了知觉，任他横拖倒曳，迨至苏醒，已在一家小屋中，形象十分简陋。该贼将独自坐在椅上，令将彤玉唤至面前，殷勤慰问道："小姐受惊了。小将非害人者也，小姐无须惊怕。"

彤玉玉颜惨淡，如雨洗海棠，于凄绝中露出香艳来。该贼将见此光景，通身酥软，直欲拜到石榴裙下，向彤玉道："小将虽身为武职，然亦属旧家子弟，今日与小姐有缘，无意中得睹花容，如许我得亲芳泽，小姐如有命，即捐躯糜骨，在所不辞焉！"

诸君试想，彤玉一个贵家弱女子，既入虎口，岂能瓦全，势不至迫至委屈顺受不止，否则以一死塞责，守身为重，固亦无补于甘氏一门也；况亦安肯令其死耶？

彤玉挥泪对曰："妾幼秉庭训，颇知大义，岂肯畏锋镝，幸求苟活？唯是父母兄嫂，一门暴骨，心实不忍。将军若肯念弱质无能，许代谋窀穸之安，使魂有攸归，则妾岂敢自爱，侍将军中栉，固妾之愿也。唯将军垂察。"于是该贼将乐得手舞足蹈，饬令手下兵丁，速即驰回原处，将甘国公一门老幼，凡死于兵刃者，妥为收殓，择地安葬。并率同彤玉小姐亲至墓上祭奠，哭拜如礼。

彤玉感恩报德，一诺千金，遂委身许之，成为夫妇。盖彤玉因为不出闺门之弱女子，仅知大义，不顾小节，安知世路崎岖，人心奸诈耶？原来该贼将姓秦名德辉，本是甘国公家一个书童，因坏了事，被甘国公赶逐出去。他孑然一身，无处可依，乃航海到施提督麾下，充当一名小卒，渐渐积功升至骑驻长。此次随征到此，素知彤玉娇艳之姿，早有非分之念。遣兵一队，先来杀戮，自己来抢小姐，果然被他哄骗到手。而彤玉处繁华富贵之境，层楼叠阁，家内僮仆，岂能一一识认，况又逃去多年，因此竟被他瞒过了。

这秦德辉自得了彤玉，心愿已足，伉俪之间，一因慕色，一因感恩，爱情十分浓溢。二三年间，已生一男一女。德辉王事驰驱，战功颇著，事定之后，论功行赏，得授游击，旋借补湖北参将，未几实授。任事以来，武职衙署，政务清简。

韶光迅驶，倏忽已十有余年。他的少爷，头角峥嵘，颇堪夸耀，小姐亦婉变可爱。德辉觉得悠闲自在，对名花，饮醇酒，极人生之幸福。故每逢佳节良辰，必设筵后堂，偕夫人儿女辈，团坐畅饮，乐叙天伦。

有时彤玉触景伤情，想起甘家不幸，猝遭祸患，遗雏凤池，莫卜何地，往往对酒一哭，感伤不已。德辉必劝曰："夫人且尽一杯，下官年逾而立，人生行乐，会当及时，过此则年华渐长，电光石火，瞬息即逝，夫人何必长此郁郁，以自寻烦恼乎？"彤玉不得已，勉强回眸以笑答之。

且说凤池到了襄阳，找寻客寓住下，急急问明参将衙门所在，想先探访一回。不料行至那里，只见左右角门开着，兵弁人等，乱哄哄忙碌异常，似乎出了事的光景。凤池不胜疑虑，打听旁人，都说不知。后来盘问一个兵丁道："署内为何如此模样？"兵丁曰："我们大人出了事也。"

凤池道："莫非参将出缺了？"那兵丁道："不差！"凤池失惊道："哎呦！我来得不巧了。"那兵丁看了凤池一眼随笑道："你老毋庸懊悔，我们大人向来不肯照呼亲戚，谋事是不相干的。"凤池道："我并非谋事，且请问你，你们大人几时死的？"

兵丁道："昨天还好好下校场看操，尽早即没了。"凤池道："谅是急病而亡。"兵丁道："被人刺死的。"凤池吃了一惊忙问："可知被谁人刺死？"兵丁道："此刻尚不甚明白，听说还关系着夫人在内呢！"凤池便不再问，别了兵丁，慌忙赶回寓所中去也。

彤玉处心积虑，已非一日，她虽与参将十分相爱，都却胸中平日未免终怀着疑忌。这日也是合应有事，刚逢中秋之夕，合家欢饮，参将一时高兴唤丫鬟取一只绿玉杯，斟酒相劝夫人。彤玉饮毕，取杯在手，细细审观，认得是自己家中之物，查问根由，参将酒后忘情，以为夫妇恩深，毋庸隐秘，遂将从前如何图谋，有意杀害一家，如何哄骗等情节，备细缕述出来。

彤玉当下变作笑脸，并无他说，殷殷劝酒，柔媚更增，令人难禁。立刻把参将灌得稀泥烂醉，命丫头二人扶去睡了。彤玉独自思想：此时大敌当前，杀我父母之仇，不共戴天，安可不报？我隐忍一十五年，反以身事之，今日方能明我心迹，岂非列祖列宗在天之灵乎？夫彤玉舍身报仇之时期至矣，亦即彤玉之死期至矣！

　　挨至天将黎明时，将参将一剑刺死，自己恐怕当官问讯，辱没门楣，于是赶为写了一张含冤报仇的单子，藏在身上，然后纤纤素手，力握宝剑向自己咽喉间一勒。正是：桃花揉碎胭脂溅，一缕香魂惊上苍。

　　欲知后事如何，且看下回分解。

第六回

失御珍欣逢草上飞　造利器寻取云中燕

却说长江之中，白浪汹涌，烟波浩渺，港汊纷歧，芦苇丛杂，为枭匪之巢窟，萑苻之渊薮也。举凡剧盗悍匪，往往聚众结盟，出没其间，劫人财物，害人生命，与江苏太湖中之盐枭头目，联络声气。故官兵虽设水师，巡舰密布，然亦办不胜办，防不胜防。养虎为患，固非一日矣。

忽一日，燕子矶地方，停泊大号官舫十余艘，并无旗号张帜，自旁人视之，莫不知其为巨绅富贾也。当时船上水夫及仆役人号，均在船舷纳凉，形状颇露暇闲之意。

时当正午，一轮赤日悬空，照澈水面，波纹微漾，如万道银蛇蜿蜒，抽掣不定，煞是好看。凉风拂拂，远山如画，此情此景，殊足荡涤旅行者之愁绪耳。

岂知天下事有不可解者，而奇变之发生，即在此万不及防之时，是以闲暇之适人心志，早以寓变迁之惊人肺腑也。即此目不及瞬，念不易虑之时间，忽来一阵大风，吹得船桅动摇，众人反都称爽快。忽闻舱中主人传呼，仆人等进舱查问，始悉此风过后，竟失去珍珠汗衫一件，宝玉围带一条，价值连城，无踪无形，遍寻不得。

其主人深晓此中三昧，明知无端来此一阵怪风，必有蹊跷，果然风定时，有此奇异。当时大家面面相觑，都觉骇然，猜不出其中秘奥。一面各在主人面前跪下请罪，一面只得赴地方官报案请缉。翌日，仍解缆缓缓同前途进行。

诸君试猜船中主人是谁？即学艺海珠寺之罗邦杰也。他在路民瞻与凤池到山之前，早已动身，一路担搁至今，这日始抵该处。大江中出此意外之事，虽似王侯之尊，亦莫可奈何，急切不能破案，只得恝置不究。迨船抵南京，住在利涉桥一家极大客栈，流连风景。秦淮莫愁、雨花台、桃叶渡，并紫金山各处胜迹，无不留有题咏。闻得城外报国寺为极大丛林，颇称幽雅，方丈是个有道德之人，意欲访他谈谈。即带了两个仆从，轻衣缓带，岁出东城，找到报国寺中。

方丈出迎，表示欢迎，展询邦族，知为燕京人物，并从伏虎山昙空长老处来，更为起敬。且见邦杰仪容华贵，举止不凡，早料是富贵中人，对待益形谦恭，忙备素筵款接。席间谈论风土人情，考经据典，娓娓不倦。宾主十分投契，正不觉驹光之迟迟也。

正在兴会淋漓之时，忽见外面走进一人，头上扎一方青纱包巾，额上打一个英雄结，脚下缠足麻鞋，衣服极其褴褛不堪，而形状颇为雄伟，目闪有光，腿长多力，走入旁屋中去。看他将一口破钟，约有七八百斤重量，溢在地上，尘土布满，他用手轻轻将他抬起一角，向其中挖取一包东西，匆匆向外而行。

邦杰看在眼内，忍耐不住，动了爱才之念，连忙将他唤住问道："尔是何人，亦在此寺居住否？"方丈即代答道："此人前月从湖广而来，都称他焦大。因此间无熟识之人可靠，是以借宿在此。"邦杰道："尔两臂颇有奇力，年轻力壮，何故落拓至此？我姓罗，北方人氏，初到此地，住在城内利涉桥悦来栈房，尔于明日正午到位栈中，我有用尔处，尔肯去否？"

焦大垂手侍立答道："罗爷差遣，赴汤蹈火，即亦不辞，安敢有违台命？"邦杰道："好。"随唤仆人将桌上肴馔撤去一半，并赐酒与他。焦大立饮数巨觥，狼吞虎咽一番，叩头谢赏。邦杰于是告别自回城内去了。

翌日，时当正午，外面传报进来，昨日城外报国寺内姓焦的求见。邦杰听罢道："此人真信实者也。"立刻命他进见。

焦大叩头，垂侍一旁。邦杰命他坐下，焦大道："罗爷贵人，小的何敢僭抗？"邦杰道："我有话与尔讲，不妨坐下。"于是焦大斜签着身子，坐在下面一张椅儿上。

邦杰问道："我观尔仪表不俗，且一身武艺，何至穷困若此？"焦大道："不瞒爷说，小的姓焦，名旭，绰号'草上飞'，父母双亡，孑然一身，流落江湖，形同乞丐。大江南北，足迹殆遍。小的实是一个义贼，平时济贫劫富，扶弱锄强，最恨贪官污吏，淫妇奸夫，如遇此等人，小的从未放过他。若有孝子顺孙，忠臣贤士，小的必暗中扶助，尽力保护。是以单独出马，从未犯过案。今罗爷在上，勿笑小的趋于下流，小的久欲改邪归正，恨未逢明主耳！"

邦杰道："原来是个壮士，英雄末路，大概如斯，只须抱定宗旨，不与流俗为伍，激浊扬清，亦未始非壮士之所为也。"

焦旭道："爷不加谴责，已属万幸，安敢更荷夸奖？如蒙不弃微贱，有所差遣，小的敬效微劳，唯爷鉴察之也。"

邦杰听了焦旭一番言语，十分喜悦，晓得此人颇知大义，不妨告诉他，看他如何。遂将自己那日在大江中停泊燕子矶地方，一阵风来，失去宝物，找寻无踪，现在不胜抓疑一节，细细说与焦旭，并将什么物件亦告诉他。

焦旭道："罗爷若问别人，必不能知道，小的颇识此中梗概。若论燕子矶地方，相离十里之遥，有个苇荡，深奥无比，里面有座山峰，名'盘谷'。这盘谷山路，回环曲折，人不易进。此处有个著名江湖大盗，叫做窦林，手中聚有一二千人，在彼踞守，四围均密布小艇巡探。这窦林本身武艺，惊人出色，常能御风而行，往往青天白日，只须一阵风，劫人财物，如探囊取物，易如反掌。他于山东、湖北绿林，都通声气，结为党援。小的曾到过他山上，今罗爷所遭，据小的想来，除此窦林，谅无他人矣！"

邦杰道："壮士既知其处，敢烦为我一行？绿林中岂乏贤者，我生平向不反对此等人物，若果有如此手段，曷勿为国家出力？博一个封妻荫子之荣，何必沾沾于水泊哉！"

焦旭道："窦林与小的有一面之缘，此人志高气傲，不受羁勒，唯尚存忠义之心，并非一味蛮做者可比，此行谅不辱命。"

当下邦杰甚喜，即与焦旭对酌谈心，叮咛了好多话，赠以盘费。濒行目谓之曰："尔如得手之后，可迳往京中寻找。我之住址，此时且不必明言之也，尔日后定能知道。"焦旭亦不敢究问，只得唯唯而别。

焦旭素性粗莽，遇事不假思索，说行就行，果是英雄本色。别了邦杰，他连夜即沿江而下，不消两日，已至燕子矶地方。随由后山寻路进去，却被芦苇中小校看见，疑是奸细，喝问："你是何人？在此窥探。"焦旭道："我与山上大王有旧，专来晋谒，烦哪位大哥带往一见。"喽兵道："你姓什么，叫甚名字？"焦旭道："我姓焦，名旭。"喽兵道："你且下船来。"焦旭于是跳在船中，船如箭一般的去，片刻即至山麓，一望遍插旌旗，刀枪林立，好不惊人。

焦旭随了喽兵，走到半山，在亭子上等候他去通报。歇了一刻，喽兵传出话来，命令进见。只见聚义厅上居中坐着的就是窦林，两旁两个头领，一个唤郝照，一个唤王天铎，都是窦林结义兄弟。焦旭走上前去，唱了两个喏，立在下面。

窦林道："你是焦旭么？"焦旭道："小的就是！"窦林道："尔到此何干？"焦旭道："小的因受了一个姓罗的客人之托，前者蒙大王在大江中青眼垂盼，甚慕大王威望，特遣小的进谒麾下听命。"

窦林笑道："哈哈，原来如此，是燕子矶的事情。你这人好大胆，妄替人家做说客，无端来窥我水寨，意欲何为？孩儿们将他去砍了！"左右喽兵哄堂大声答应，刀斧手走了进来。

焦旭面不改色，徐徐答道："大王在上，容小的一言以死。"窦林道："你尚有何说？快讲来。"焦旭道："小的为江湖义气相重，并无丝毫私意，如能得报罗某之命，即所以见大王之大度汪洋也；如若不能，即请死于大王之前，以报朋友知遇之恩。"

窦林听了，反笑道："你这人好生糊涂，枉算我们道中人。你所说罗某，你晓得他是何等之人？他是当今皇帝的太子，现称贝勒爷，即未来之天子也。咱不念往日交谊，一口杀却；咱今将两件宝物还你，让你去报功，显得我们绿林豪杰，非无人也？"焦旭听了骇了一身大汗，怪不得我看他势派，原是如此，我真枉为男子汉也！

当时窦林即下座慰劳，备席压惊，相叙了半日，然后将出原物还与焦旭，送下山来。焦旭、窦林至高宗时代，都效力疆场，做了将官，建立功勋，此是后话不表。

邦杰自遣焦旭之后，恐在南京担搁日久，不免露出马脚，故于次晨即吩咐家丁辈，收拾行李，向北进发。在路私忖道："这焦旭虽是一个义贼，却看他体相粗鲁，人实诚忠，一身奇力，可举千斤，他此去必能报我之命。但是我亦未便告诉他明白，只觉含糊住址，使他日后得知，或者此人可为我所用，亦未可知。然据他说窦林一种气概，谅必是绿林中豪侠，竟能于白日之下一阵风劫人财物，令人猝不及防，可知他的本领，又在焦旭之上也。可惜未尝遇见，不能收为己用。此时草泽间有如此盗贼，深为国家之患也，奈何，奈何！"

有话即长，无话即短，一路行程捷速，并无所事。

这日已抵山东地界，虽山东济南府尚有五里路程，其间有座法华禅院，住持僧法名静修，半路出家，实则亦是江湖上有名的豪客。少年因闯了祸，逃遁至此，削发为僧，隐居己身，借作避罪之地。本身武艺，专用弹弓，百步取飞鸟，百发百中；一应经典，全不知晓。而寺内凡经忏等，均有监寺支持，他每日使弄拳棒，习飞墙走壁之能，殊少佛门中规范。

寺内三百多僧人，却被他薰然得都有武艺，故闲来时常在寺内讲武，弯弓射箭，视为常事。他与昙空长老素来熟识，结为兄弟，唯武派两宗，各不相同。昙空是少林派，静修则武当派也。

今日邦杰北归，昙空旧雨情殷，寓书于静修，聊申久阔之意，并嘱邦杰顺道往访，探问静修起居。是以邦杰怀了昙空书信，迳找到法华禅院，则见山门煊赫，气象庄严，虽远不如伏虎山海珠寺之广大宽敞，而该寺结构，层墙叠栋，亦算十分势派，非寻常庵院之所可比拟也。

当时邦杰带了从人，问至寺前，说了来历，即有知客僧招接进去，在客厅待茶，然后静修出来见面。邦杰递了昙空的书信，并致来意，静修殷勤答询，颇报谦茶状态，一时即命备酒洗尘。席间宾主殊深款洽，互相问答，邦杰道："吾师清闲自在，优游快乐，能如我佛如来，于一粒粟中，参丈六金身。非若吾辈尘寰碌碌，终日忧攘不休。以视吾师，实足自愧。"

静修道："檀樾贵人，燕京望族，清华雍贵，转瞬即为玉堂金马人物，是天上之安琪儿也。"邦杰听了，不禁嗤之以鼻，遂答道："吾师过誉，何以克当！"

两人渐渐讲到当世人才，又论了一回拳棒，静修不觉技痒，高兴起来，向邦杰道："公子在昙空师兄处多年，涵濡陶育，日受亲炙，定必青出于蓝。小僧斗胆，初见公子，即欲请观武艺，俾小僧旷展眼界，实为万幸，未知公子肯容纳否？"邦杰道："罗某雕虫小技，奚足以当大雅之堂，岂敢班门弄斧乎？"于是酒酣耳热，烛影摇红，主宾酬酢，略迹言情。邦杰乃于院中空地上，使了一回拳棒，月明之下，更学助兴。静修喝彩不已，重复入席，更杯洗酌。

邦杰遂向静修问道："吾师于拳术一道，深得精微，固此中三折肱者也。吾询吾师，而天下之利器，果以何者为最锋芒无匹者乎？"

静修道："公子此问，殆有深意存焉者耳！盖世界之大，万物之孕育，当推人之心理为最万能，一入其千孔百窍之思想，无论为人所向未目睹者，均能穷其巧力才智而制造。且并有为人所梦想不到者，一若有极大之魔力驱使于其间也。吾有一故友，渠自创一军器，能杀人不见点血，且人头亦无从觅得，本人亦不自知其被杀，恍如梦寐，而其人已登鬼境矣！真有奇妙不可思议者也，请为公子缕述之也。这个东西，是用一种坚韧革囊造成，系于背上，好似一个皮袋，平平无奇。其囊口上安放湾形之柄，可以随时启闭，里面暗藏着极锋利吹毛削铁，纯钢刀四把，若要用时，只须将柄向左一推，囊口即张开，那四把倭刀，亦即交叉让开，方向敌人头上一罩，急将囊柄向右一拉，则四把利刃，锋对锋、口对口，合了个紧凑，自然被罩在革囊中的脑袋，一刹那即坠入里面，连一滴血水都没有漏出。这被杀的人，尚未知自己如何，但觉眼前一黑，则已无及矣！公子想此器迅快不迅快，厉害不厉害？其名儿叫做'血滴子'。这血滴子所造者，即故友云中燕也。上年因小僧贱降，四方豪杰，都齐集与此，蒙云大哥亦惠临此间。他来的时候，已经夜半，屋檐前如飞鸟落地，轻轻一响。小僧早知云大哥来了，只见他背上还背了此物，竟在囊中滚出一个毛茸茸人头来。小僧当时还同取笑他，莫非云大哥送小僧寿礼来了？"

说未说完，邦杰出言道："这云中燕，吾县空师亦曾说过，他是山西大同府怀仁县锦屏山人氏，自幼聪明，灵机无比，能独运心才，制造各种机器，安置各样消息。有里人在广东澳门，跟外国人学过制造学者，尚且比他不过。'云中燕'三字，据说并非绰号，他一身本领，专使一柄钢刀，五支袖箭，端的神出鬼没，百发百中；腾空跳跃，飞高落下，可赛其名，却是他从堂哥子云中雁教导的。闻得他家中，凡守夜之犬，应门之童，都用木器削成，安放机关，如活的一般。至于飞轮转轴，木牛流马，更不必说了。罗某惜乎未见其人，但听县空师讲说，已觉可爱之至，未知吾师肯为我介绍否耶？"

静修道："公子有命，敢不敬承！唯云大哥之行踪靡定，无处找寻得着。大约明年此时，他必来此会晤，届时小僧当敬致公子之意，嘱其进京，备公子驱策。或者公子那时遣人到此处等候，同贵使偕往京中，更为稳妥。"

邦杰道："吾师所言，甚合鄙意，特未卜云壮士肯赴罗某之约否？"静修道："云大哥生性爽直，断不负公子盛情，小僧可代做保证。"

当下鱼更三跃，席上烛尽见跋者屡矣，两人颇有倦态，于是撤席备寝。静修命小沙弥领至净室中安睡，从人等各在外厢歇息。

自此邦杰在法华禅院住了一月有余，久客思归，遂欲告辞起行。

北地早寒，草木黄落，砂间积水，渐有欲冻之意。朔风砭骨，湿云低罩，寒鸦一阵阵飞鸣。重裘不暖，炉火不温，第觉寺院钟声断断续续，似诉怨鸣哀，打入心坎，令人添无限凄凉；况邦杰天潢贵胄，何等繁华，虽在伏虎山练心已久，然当此隆冬萧索，似亦不能耐此岑寂，想我若一入燕京，即还我无量之尊重，享受此人世间荣华之境。我身幸福，来日方长，唯我离京以来，倏忽之间，已数更寒暑，凡民间利弊，一切风土人心，早已了然在我掌中，遂变姓易名，不无有委曲之处。岂知增长智识不少，平添阅历甚多，我不为苦，我甚乐为之也。且天下英雄豪杰，被我暗中留心察探，默识于心，将来都是药笼中物，取之殊易也。是以世间青年英隽，断不能贪安逸，晏安即鸩毒之媒也。尝闻欧西各国，往往王太子及亲王等，咸于少年时，远履邻国，或入学堂，或入各种制造厂中，实地练习，甘做苦工，以期学成返国，大有为耳，其志岂在小焉者也。

邦杰率领从人起身，与静修握手告别，颇有依依之状，静修亦送出十里，道旁相践，友明情重，于此可见一斑矣。各道珍重，坚订后会而别。正是：劝君更尽一杯酒，此去燕京便上天。

欲知后事如何，且听下回分解。

第七回

觅居停主仆仓皇　卖图画君臣遇合

　　却说北京城中有一家人家，论门第确是阀阅缙绅，诗书望族，其主人年姓，龚尧其名。这时龚尧已高中了乡榜，是个举人，明年会试，便联捷进士，钦点翰林，旋升授内阁学士，朝廷要他入阁办事。然当他新点翰林之初，少年科第，为清秘堂中人物，何等清贵，何等光荣，而旁人视之，莫不啧啧称羡。在龚尧心理中想来，却并无十分得意，遂请了几个月的假，托言扫墓，跨了一匹铁色青马，带了一个家仆年福，徜徉驰出都门，游山渡水，肮脏风尘，到处流连名胜，物色人才，迳向山东、直隶一带旅行去了。

　　讲到他幼年的历史，殊足令人发噱。他父亲名遐龄，功名却是武职，做过几任南边提督军门，麾下裨将武弁、门生旧部，散处在外不少；性情和平，为人慈厚。后来归命本朝，未尝有所表现，不过随朝备员而已。乞休在家养疴，优游度日。但是他在军营时候，一般威望，能慑人心，唯有惧内性贞，一入寝门，怒目将军，即变了低眉菩萨，吓得不敢开口多话。偏偏年逾四十，膝下犹虚，私下着实忧虑。要想置妾，碍着夫人，哪里敢提议？未免背着夫人，家中婢女仆妾，偷偷摸摸，做出许多暗昧情事。然夫人管得极严，无由放荡，恰巧夫人回母家去，因事担搁三日，这年老爷便如一只野马，放了笼头一般，实在不安本分起来。

　　先是他房中有个侍女，破瓜年纪，双鬟低垂，身材娇小玲珑，宛如芍药海棠之初绽含苞，弱不禁风，令人怜爱，固寓青衣中之翘楚也，小明春华。年老爷看在眼内，垂涎已久，因慑于阃威，不敢下手。今趁夫人归宁之隙，岂能再放过她？即将春华叫至房内，百般哄骗，许她将来收作偏房，决不亏负。春华因主人加以宠幸，不得不勉强顺从，于是半推半就，成就了好事；反羞得粉面通红，娇喘微微，星眸锡涩，越觉得销魂荡魄。

岂知一度春风，而珠胎暗结，殆所谓前生之凤孽者欤！迨夫人回家，并不疑心，春华亦自己觉得不肯常在人前做事，深自敛抑，以此竟瞒过一时。后来日复一日，肚腹逐渐膨胀起来。

一日，也是合当凑巧，夫人唤春华去拿衣服，衣箱叠幢甚高，须用小梯子垫步上去。上落之际，夫人看她十分累赘，不禁大起疑虑。想春华丫头，日来古怪，腰围带宽，身容带懒，不似从前形态。遂将她唤至近身，细细察视，竟被夫人察出机关，着实盘诘。春华明知不能隐瞒，只得哭诉被老爹偷过一次。夫人听得大怒，立刻将春华重打一顿，打得如雨后繁花，零落殆尽；披头散发，哭泣不休，一直逃往她房中去睡下了。

岂知春华虽是丫头，自小进府服役，反觉娇养已惯，身子本来单弱，自被夫人作践之后，愁闷哭泣，惊动胎气，含育不住，竟将一个七个足月的小孩产将下来。当下夫人醋兴勃发，怒恨交并，与老爷吵闹好几回，亦无别法，只有将春华撵出，以除眼中之钉。

年老爷无可救护，本来惧内，不敢扬言，只得由夫人摆布。当夜一面命年福唤卖婆到来，将春华领去卖了，一面又吩咐小孩子弃诸荒野，不许作弊，察出重办。年福唯唯答应，照此办理。可怜一个美貌丫鬟，在人矮檐下，怎敢不低头？只因一念之差，依从主人，弄得初生雏娃，莫能庇护，生死不知，羞颜难向人前道也。

年福当下将小孩抱出，看粉团似的一个男孩子，不免踌躇起来。又不敢抱回家去，只拣了离后门不远一间空房子中，着地放下，将褓裙裹好，自己匆匆回家去了。回至家中，闷闷不乐，叹气连声。他老婆向他问道："丈夫有何心事？"年福道："说来实在不忍。"遂将主人家春华私养小孩一节，一五一十均告诉老婆。

年福家的道："想起主人，偌大年纪，并无子息。今难得春华姑娘私生小孩，亦是年家骨血，正可传宗接代，夫人真太不晓事！我想你受主人的恩典，无可报答，何不将此孩偷偷抱回家中，抚养起来，亦算一桩积德之事。"年福讶道："呸！喂乳若何？"年福家的道："你不要管，我自有法子布置，你只管去办来可也。"

于是年福听了老婆之话，翌日起来，走至空屋中一看，只见一只老母猪，正在哺小孩的乳，荷荷叫着，旁边许多小猪尚在争夺不已。年福不胜骇异，想此孩将来必然大发，连忙用双手抱起，一条裙把他裹得紧紧，赶回去交与老婆。年福家的接着，欢天喜地，喂牛乳与他吃，十分尽心领养。外面询问，只说她阿姨家寄养在此，因此无人动疑；夫人亦不知晓，竟被瞒过。

不知不觉，过了几个年头，其时已有五六岁光景，生得气概轩昂，骨格清奇，声音洪亮，资性聪明，常往门房中寻他老子。邻家一般孩子，都惧怕他，虽共同游玩，不敢不听他说话，淘气异常，专会胡闹，年福亦管他不下，也只得由他。

忽一天，有一个相面先生来年府谈相，据云望气而来，看见这小孩由门房走出，惊为贵人，且决为大贵，说了多少一生奔走天下，未遇过如此骨相；飞黄腾达，拜相封侯，未可限量等话头。临走再说如者日后不准，挖了小子的睛子。年老爷只是不信，来查问年福。年福知难欺骗主人，只得将从前收养一番情节，和盘托出。原是老爷亲生之子，一面跪下磕头请罪。其时夫人已生有一子，年方八岁，取名希尧，不料此事被夫人得知，乃与老爷商量，将孩子领进府来，仍旧复为己子，跟他哥哥排行下来，取名羹尧，令与哥哥一同入学读书。而羹尧对于父母，非常服从，且能孝顺，是以夫人很为喜悦，深自追悔，不似当初之愤恨交加也。

当日兄弟二人，延师教授，请了几个宿儒，岂知都被羹尧得罪，甚至先生训斥他，反被他挥拳打逃，年府竟无人敢坐馆了。羹尧在书房中顽耍，捉了无数耗子，藏在抽屉内，分为十队，桌上聚米成堆，以五色小旗插为标帜；耗子身上，另以五色绒线缚为记号，然后一队一队的放出，不令乱走。某色应走某色旗下就食米粒，以军法部勒之，进退疾徐，各有步伐，如有违犯，即以小刀斩为两段以徇，作为游戏之常。迨出了书房，率领府中子弟僮役，习拳弄棒；又好驰马，闹得一塌糊涂。年老爷不能禁止，以为此子成则为王，败则为寇耳。

羹尧十岁那年，从南边来一个先生，自称苏州常熟县人，姓顾号肯堂，效毛遂之自荐，年老爷遂聘为西席。不到半载，不知如何，竟被他将这位二公子教训得服服帖帖，不敢丝毫倔强。学业在进，而且甚听顾师爷说话，不能一日不见顾师爷之面，因此天天在书房中用功。

这位顾先生的本领，出乎其类，拔乎其萃，文武兼长，三教九流，诸子百家，金石书画，琴棋杂技，莫不精通。悉心教导，循循善诱，成就了一个极不受范围的孩子，轻轻送入清秘堂中，至日后羹尧一生事业，拜大将军，封经略史，节制九省军务，挂九头狮子黄金印，拥百万貔貅，功勋铭诸竹帛，烈烈轰轰，不愧须眉男子，为满清河山生色。何莫非顾师爷识途之老马，有以玉成之也。惜乎脱节蹉跌，不肯急流勇退，威望震主，忘了顾先生之预为诰诫，未免富贵中人，不早做大解脱耳。

如今且说羹尧主仆二人，驰出都门，年福虽已年老，然精神矍铄，宛如中年，行路风霜，尚不畏怕；且照料一切行李，处处均能尽力，江湖上的勾当，亦多谙练。是以年老爷派他跟随公子，亦借以充保护之任也。当时走过来卢沟桥，一路下去，都是些荒野所在，两边山色黯淡，朔风砭骨，四围冻云密罩。将近黄泥岗、老树湾，忽然飘飘扬扬飞下一场大雪来，初则搓盐扯絮，后竟越下越大，仿佛棉花球一般，空中飞舞，更觉寒冷异常，手指欲僵。看看天色渐晚，年福胸中私忖：此地如此偏僻，恐怕跑出强盗来，如何对敌？于是向羹尧道："爷，我们紧行一步，寻个夜店方好。"羹尧道："好！"

四个马蹄，立刻如翻盏撒跋相似，在枯草地上，踩着零琼碎玉，疾驰飞奔。霎时间，似觉前面有个小镇，年福道："好了，就在此处宿歇罢！"只见远远一带人家，在森林中隐露出来，却都被新雪罩住，似乎白茫茫浑无涯际，看不清楚。迤行至面前，中间一家，走出一个少年人来，把马嚼环拢住，口中喊道："爷们住店么？前去没有人家，天又要黑，小店房屋很干净，照呼格外周到。"羹尧点点头，于是一直把马拉进门来。

主仆二人在院内下了马，年福即将行装卸下，吩咐小小鸟喂料。羹尧走进去一看，这店门面三间，走进二门，一个大院落，十分宽畅，两面游廊很长，迎头五间正屋，正屋之后，尚有一进三间；侧首另有精室两间，余房尚不少。左右厢房内，已有客人居住，只有正屋西偏房空着。羹尧即指定此房，然后小二掸扫浮尘，搬水点灯，忙个脚不点地。

其时外面的雪越下得大了，风亦甚紧。小二道："爷们用酒饭么？"羹尧道："你将店内的好看馔，买些与我，再打两角酒来。"小二答应，不多时，摆在桌上。羹尧慢慢独酌，年福一人在旁伺候。

羹尧饮了一回酒，觉得身上渐渐暖和，仰着头，看雪越下得不止，恍若白龙飞舞，战断天空，旋绕不休。一回又低头思想，蓦然间想起京中父母、兄嫂、妻子，未免离怀振触，忽然洒了几点英雄泪。又想到顾肯堂，师生情重，我幸亏受他教诲，成就了功名，将来如何酬报？他左思右想，反觉不耐烦起来。

凡人初次出门，不惯孤零，触景生情，往往有这种现状，乃命撤去残肴。年福倒了一杯茶，放在桌上，自去吃饭。羹尧独自一人在房中，走来走去，无聊已甚。不知不觉，走出房外散步，只听东厢房有人长吁短叹。羹尧走近窗前，瞧是一个老人，年约七十余岁，状貌清奇，双目炯炯有光，颇有威严；一眼瞧见他房内挂着一幅墨龙画轴，画得十分飞舞，东鳞西爪，隐约蟠旋黑云中，其取势直如活的一般无二，几欲点睛飞去矣。羹尧不觉看得呆了。

那老人道："公子请了。"羹尧见他招呼，即走了进去，向老人拱一拱手道："请问老丈这幅画是自己祖传，抑购诸市上？"老人道："此是古画，小老儿因一时窘迫，想求过往客官，善价而沽，凑些盘川。"羹尧道："愿闻价值。"老人道："实价百金。"羹尧道："此画确值此数，可否请让些？"老人道："丝毫不能减短，若遇识者，五百金亦不为昂贵也。"羹尧道："就是如此，乞老丈卖与在下。"老人道："公子错爱，理当奉赠，请问公子高姓贵名，仙乡何处？"

羹尧道："在下姓年，名羹尧，北京人氏。"老人道："原来是年公子，失敬，失敬！少年科第，头角峥嵘，异日必为国家栋梁，名不虚传。"羹尧道："好说，老丈之姓名，可得闻乎？"老人道："小老儿姓周，名浔。"

羹尧一面闲话，一面看画，瞧见题款处有一行绝细小字"周浔作"，不觉奇异，连忙问道："此幅墨龙，得非老丈所自画耶，何款字若是之符合也？老丈具此白描手段，何尚潦倒若此？"老丈道："小老儿即是周浔，此为游戏之笔，且贱性疏懒，不与世俗同酸咸，然亦无容深谈。"

羹尧即亦不追问，回头欲命年福取银交易，老人道："无须去取，既承公子见商，小老儿即以此画奉赠，断不敢领价也。"

羹尧听了欢喜非常道："既蒙老丈高谊，无端领受，实不敢当此重惠！"老人道："小老儿行囊尚裕，区区微物，奚足挂齿，而四海之内，皆是朋友。公子前程万里，后会有期。"

羹尧不便推辞，只得道谢，遂将画轴取下卷好，正欲袖之而出，突有一个小童，走至面前，低声道："主人停候已久，幸移玉趾过访。"羹尧不觉一怔，期期言道："贵上何人，因何事见？唤乞道其详。"小童道："请爷去，当知之。"于是别了老人，跟随小童转了几个弯，跨入游廊，见一少年倚栏而立，神采奕奕，丰华高朗，容光照人。迎面一揖道："足下年某乎？当此客中寂寞，奉屈文星，一罄衷曲，度此雪夜，吾兄亦有意乎？"

羹尧不知所答，但唯唯而已。相让走入精室，铺设十分齐整，光怪陆离，似属别有境界。红烛高烧，金樽满泛，桌毯椅披，锦绣繁华，羹尧私忖必是富贵中人。当下彼此分宾主而坐，少年先开口道："某姓罗，名邦杰，燕京人氏，晓得与年兄有桑梓之情，突然相请，乞恕冒昧。在下生平浪游天下，萍踪所至，相交者无非俊杰。兹倦游归来，行将入都供职矣，今夕当与吾兄作一夕之谈，胜读十年书也。年兄其不吝珠玉，幸甚！"

羹尧展询官阀，则含糊应之。飞觞对酌，渐渐情投契合。羹尧道："蒙兄谬奖，愧不敢当。某侥幸通籍，亦出于圣上之恩赐也。"

邦杰顾而之他，询画轴之所由来，羹尧即以适间老人所言，并承慨赠相告。邦杰微微一笑，遂命家人悬挂壁间，赏鉴一番；见黑云漠漠，乌龙矫矫，张牙舞爪，泼墨淋漓，神圆气足，洵非寻常画家所可同日而语也。

当夜罗、年两人，娓娓而谈，讲究一回天下英雄人物，又比较一回本身武艺拳术，论议时局之是非，及历代兴亡之得失源流，慷慨激昂，均能以一身担天下大事者。直至四更向尽，方分手回房安寝。

翌晨起来，邦杰又来相请，彼此互询年齿，却是邦杰为长，于是肺腑相亲，肝胆相照，亦效世俗结拜习惯，认为异性手足，百般亲热。

羹尧呼邦杰为四哥，邦杰呼羹尧为大弟，原来天潢贵胄，邦杰排行第四，为四皇子，而羹尧不知也。

羹尧此次出门，原无特别事实，不过因初入翰林，遨游山水，亦文人应有之事，以资阅历，借浇胸中块垒。仅就山东一带，旷观人情风土，打算两三月时光，即便回京供职。而邦杰则久涉异地，于南方情形，颇称熟悉，即社会普通习惯，亦能谙练。幸自己系一个富贵闲散，青宫储贰，本无所事事，况清朝例无预立太子之位，正可趁此闲暇光阴，考察外面世故，以备他日治平之具，此亦英明之主之作用也。故此刻进京，并不十分急促，但省视宫寝久疏，未免于心忐忑耳；因此不肯过为担搁，只为龚尧暂留行踪，约于京城聚晤。至彼之住址，初未尝明告龚尧，唯云："大弟回京需时日，届时愚兄当问府探询。候兄驾到，然从再领教一切也。"龚尧不知就里，只得唯唯答以遵命而已。

追分袂之日，两人颇觉依依不舍，各自吩咐家人收拾行装，分道而驰。邦杰赠龚尧名驹一匹，宝剑一柄，以表纪念。龚尧拜谢而受，感极滋零。天涯知己，于无意中萍水相逢，即成至交，更觉得格外情深，岂知龚尧此次遭际，实关系其一生之事业，日后君臣同德同心，如鱼得水，言听计从，且与邦杰干了许多秘密，谋达践位目的，谓非前缘之作合耶？

濒行时，龚尧留心看那老人，不知去向，不胜感慨，折知此周浔老人，亦明清之闲一垂老不遇之英雄也。平时托画隐志，专画墨龙，殆有深意存乎中欤！即是路民瞻一生专喜画马，往往题以"青云得路"四字，不知作何解说，莫能猜测；今周浔睹故国之河山，念亡君于梦寐，亦伤心人也。

闲话少述，如今邦杰由此进京，咫尺即达，谅无意外之虞；而龚尧则直望山东一带游历而去。

欲知后事，且看下回分解。

第八回

祯贝勒组织暗杀团　年羹尧统领血滴子

却说羹尧自与邦杰分手之后，带领年福，向山东大道而去。一路瞻山眺水，胸襟为之涤荡，耳目为之清爽。或行于羊肠曲径之间，探奇索险，蜿蜒曲折，平仄无地，旁有涧泉，潺潺奔流，细石可数，荇藻浮滑；或憩于峻岭危崖之巅，奇峰突兀，虎啸龙吟，攀藤附葛，拾级登临，手挽缰勒，缓缓直上。森林中鸟声杂还，松风谡谡，互相答和。

行走了三四日，领略风景，沿途赏鉴，到晚逢驿驻宿，尚觉安谧。忽一日，走了一百余里，人马困乏，天色渐暝，欲找宿处，匆促赶路，经过一山麓，其势十分险恶，港口纷歧，芦苇丛杂。离小麓一箭之远，露一高冈，暮霭笼罩，霞光四起，说不尽冷峭光景。

主仆二人将缰放宽，慢慢而行，第见深林内似有人窥探。年福早知不妙，保护着羹尧，意欲偷过此处而已。只见对面来了一队人马，约有二三十人，为首一个大汉，生得豹头环眼，身躯矮小，形状十分凶恶；手中横一柄开山蘸金大斧，腰插朴刀一把，背后都是些小喽兵簇拥着，个个头扎布巾，身穿衲袄。那为首的大汉，坐于马上，拦住去路，口中喝道："你这两个牛子，赶快拿买路钱来，放你们过去，否则看老爷手中家伙！"

年福明知这班强盗，终是大言吓人，他心中私忖：幸亏我们主仆手脚都来得，可以开发他们，若遇别人怎了？不禁大怒，欲想上前相斗。岂知这班强盗，瞧他们一个是文弱书生，一个是白发老儿，却不放在心上，以为可欺，决不肯罢休。

当时羹尧拍马向前问道："你们这班狗贼是哪里来的？辇毂之下，竟敢如此混行？真真没有王法。"随即拔出双剑，喝道："尔敢与我斗几个回合么？"

那强盗听了大怒，把马冲了过来，劈面就是一斧砍到。说时迟，羹尧不慌不忙，将手中双剑举起一架，挡住大斧；那时快，兜转马来，还他一剑，向腰间刺去。那强盗刚要举斧相迎，不意羹尧忽然将剑收回，趁势向他肘下钻进；轻舒猿臂，把他勒甲丝带擒住，提过马来，横担在马上。

喽兵看见主将被擒，正欲一齐上前厮并，被羹尧喊道："你们敢动么？咱即将这狗强盗一刀杀却。"于是喽兵们呆呆相看，不敢动手。

原来羹尧深得顾师爷之手法，另有一家派头，非可轻敌。即年福虽老，亦是惯家，臂力颇不弱，实算这班狗强盗晦气，三四回合，遽被擒获。羹尧一面把这强盗掷于地上，喝叫年福："与我捆了！"

小喽兵瞧着主将已捆了起来，一声喊，大家跑散，羹尧并不追赶，由他们逃去。年福跳下马来，把这个强盗捆个结实。正欲料理起行，忽见山坳内无数人马蜂拥而来，年福道："不好！强盗大帮来拼命，爷快走吧。"羹尧道："不要慌，一不做，二不休。来一个，杀一个；来一双，杀一双，杀得他一个不留，方显我男儿手段！你只须看好这个被擒的狗强盗，不可疏忽。"

等了片时，羹尧抖擞精神，整备厮杀。那强盗到了面前，并不举手中武器，一个个在马前草地上跪倒，叩头如捣蒜，口中说道："好汉爷在上，小人们误犯虎威，愿求好汉爷高姓大名，高抬贵手，饶恕则个。"

羹尧道："你们这班人在此做什么？今被擒获，理当杀戮，尚有何说？"那强盗道："小人弟兄三人，在此落草，此地名为'小梁山'，前面山冈叫做'白虎冈'。小人姓殷，名洪；这个兄弟，姓张名大头；被好汉爷所捉的兄弟，姓孙，名起蛟。当初在小寨结义时，小人们三人，均愿同死同生，发誓血盟，并不劫夺人家财物，害人性命，只因被贪官污吏逼迫得无路可走，才权在此处安身。现在兄弟既被好汉爷擒住，情愿在好汉爷手内一并请死，誓不皱眉。未知好汉爷肯容纳否？"

羹尧道："我姓年，名羹尧，京中人氏，一介书生，蒙圣恩授职清要，此刻乞假往山东一游，即日回京供职，不意在此得遇君等，我将你兄弟放还，好么？但你们要依我一件事，未知君等愿意么？"

殷洪道："原来是贵人，小人们罪该万死，蒙爷许放我兄弟生还，不要说一件事，即十件、一百件，都可依得。就请爷吩咐。"

夔尧道："你们在此冈聚义，固属迫不得已之举，据你们说来，向未尝杀害人性命，劫夺人财产，殊堪嘉尚。然草泽英雄，亦可为国家出力，岂非终胜此水泊中生活哉！倘日后我如有用你们处，遣人来邀，要立刻就到，不得片刻迟误，你们肯答应我么？"

殷洪道："爷说哪里话来，小人们蒙爷不杀之恩，虽粉身碎骨，亦不足以报万一，况肯录用小人们，真是莫大之幸。准自今为始，即在小寨恭候爷的命令就是，誓不二心。"

夔尧喜道："既如此，你们且起来说话。"一面回头叫年福把孙起蛟松绑放还。起蛟遂亦过来叩谢，夔尧道："此去前面多少程途，可有宿店？"

殷洪道："二里外即有市镇，经过王家驿、青州道，一直大路达济南府省城，不过四五百里，并无多日了。"夔尧道："既有宿店，我们去休。"殷洪道："天已昏暮，请爷暂屈小寨歇马，明日早晨，小人们护送一程，以表兄弟们一点孝敬之心。"

夔尧道："不消劳驾，后会有期。"说着把马一拎，与年福一齐冲将过去，回转头来，对他们点点头儿，竟自长行去了。

有话即长，无话即短。在路上不止一日，已抵山东地方，当即找到寓处。刚将行李卸下，坐在房中憩息，忽见店外进来一个年轻貌美女子，骑一匹小小黑驴，嘚嘚而进。头上扎一方元青绉帕，身穿青色小袄，淡绿罗裤，脚蹬薄底皮靴，腰悬宝剑一口，手执丝鞭，眉不画而翠，唇不点而红，娜婀轻盈之中，捎带三分杀气，一望而知是个侠义女子。当时走近夔尧房前，瞧了夔尧一眼，似有相识之意。夔尧不胜诧异，想不起在何时见过，意欲过便询问店中小二，后来不知何故竟忘怀了。

夔尧在山东地方耽搁了两个月光景，并无熟识亲友，踽踽独处，即至各处名胜游玩，颇觉乏趣，是以倦游思归，想起家中天伦之乐，无心在外流连。那日整理行装，回京都而去。不止一日，迤进了府邸，门公拦门跪接，禀道："太老爷、太夫人都安好如常，唯天天盼望老爷回来团聚。"夔尧点点头，一直走了进去内堂，叩见父母及兄嫂，禀述路上一切经过情形，然后回房歇息。只见门公进来回道："自爷动身之后，所有来客，一概挡驾，唯此一月以来，有一位自称罗姓罗爷，天天来府问爷的行踪，可几时回来。每逢来时，必在府前瞻仰一番，不忍即去。昨日又来过一次，有时或派人来询问。罗爷若来，请爷的示下。"

羹尧道："哦！我知道了，原来四哥如此挂念。"遂向门公道："罗爷若来，快禀我就是。"门公答应一声是，退了出去。

一宿无话，翌日约莫饭时光景，外面传报进来，具有谏贴，正是罗邦杰名字，羹尧喜不自胜，连忙说："请！"当时开中门迎接，两人携手而进。羹尧道："承蒙四哥垂爱，失迓恕罪。"邦杰道："好说。大弟是几时回来的？想煞愚兄了。"羹尧道："昨儿才到京。"说着同入书房坐定，书童献上香茗，密切谈心。

邦杰道："大弟此次山东之游，一路物色人才，想必不少。"羹尧道："途次略略认识几个，苦无特别英豪。"随将别后的事诉说一遍。

自此之后，罗邦杰每天到年家，或是联吟高唱，或是对酌细谈，甚至挥拳击剑，论古证今。举凡世上之友朋，情投意洽，固无逾此二人之美满无间者也。如鱼得水，如漆投胶。

一日，因年羹尧忽然欲回拜邦杰，询及住址，邦杰仍一味含糊，羹尧怫然不悦道："四哥，咱们俩既拜把子，结为异姓苔岑，犹如同胞手足一般，彼此有事，不得隐瞒。四哥住址，为极平常之事，尚且不说与小弟知道，遑论其他耶？岂小弟之所望于仁兄，亦岂仁兄之对待小弟者哉！"

邦杰听罢，晓得羹尧动气，只得说道："这个容易，今儿就带你家去走走，但是咱们俩既要好在先，无论如何，这称呼不可更改了。"羹尧道："那个自然。"当下吩咐套车，哥儿俩个同行。迨到紫禁城内，羹尧慌忙将缰扣住，不敢前进，瞧邦杰时，已驱车直入。羹尧大惊，喊他不住，只得亦跟了进去，心中忐忑不定。

走了好半天，只见迎面一所金碧辉煌的大官院，中门紧闭，东西角门开着，羹尧在车中偷瞧外面，门额题着"敕建多罗贝勒府"七个大金字。邦杰下车，拉了羹尧尽往里让。门上家人，如雁翅一般站侍。羹尧瞧此气概，心中早知就里，进了几重门，看见局额楹联，处处都称"贝勒四爷"字样。

羹尧当即恭恭敬敬请安道："原来四哥是贝勒爷，天潢嫡派，小弟罪该万死，以后实不敢称呼了。"邦杰道："可又来？愚兄早有言在先，难道吾弟忘了？咱们有要事相商，不要罗嗦了！"羹尧道："谨遵四哥之命。"于是手挽着手，进入书房。

邦杰即命侍卫请到一班豪杰，个个器宇轩昂，人才异众，都是从各省挑选来的。内中唯云氏兄弟，更觉得有鹤立鸡群之概。

原来云中燕已早由邦杰回京之后，派遣心腹赴山东法华禅院静修和尚处，敦请到京，佚养在禁中，以备驱策。至云中鹤、云中雁，系云中燕的哥子，亦由云中燕写信唤到，一并留养在宫，量才录用。其余一干人物，业经邦杰训练，授以方略，组成暗杀团，全部分布京内外及湖南、湖北、山东、山西、苏、浙、闽、粤等省一带地方，探访官僚之贤否、人民之向背、风俗之良窳；并贪官贮吏，淫妇奸夫，土豪恶霸，以至前明遗孽、山林隐逸。设有发生异议，欲谋为不轨，与本朝反对，不肯顺己之辈，均在必诛之例，饬令相机办理，暗中便宜行事，施出暗杀手段，得了首级，回京复命，记功不次超迁。故这班有本领的人，咸乐为之用，个个唯唯听命而已。

识者详其于光天化日之下，行此鬼域技俩，虽一时雷厉风行，严则严矣，然未免失之太酷矣！甚至在朝各大臣，人人危惧，朝不保暮，诚恐护谴致死。往往至微极细之事，朝廷均能一一知晓，即私宅中与妻妾谈话，亦莫敢妄说，忌讳常存念虑，跬步之闲，竟易触罗纲。而时或有一二京僚，闲来无事，偶尔作叶子戏，顽至中间，忽欠缺一张，遍寻不得，翌日入朝，主上询问在家何所事，则对以闲暇偶兴发聊作零蒲以消遣长日。天颜含笑，俯视地上，则赫然一张牌发现矣，不禁失色，叩头而退；又有需次窘迫，临朝乏衣冠之备，窃叹贫穷，岂知朝退时，内侍捧锦缎一端，呼名特赐某某，令谢恩跪受。苟有阴谋诡计、作奸犯科者，自不待举发，已忽丧其元，人亦相戒不敢妄言。

盖其时奇异之事，书不胜书，都下喧传此种人来去如风，飞檐走壁，如履平地。朝廷待遇独隆，称之为兄弟行，利用之以利探人家私密，而投之法纲。每晚自皇亲国戚，以至在京百官，私宅屋上，伏伺窥察，报告善恶，以定赏罚，然此皆雍正登极以后之事实也。

如今且说云中燕见了年羹尧，惺惺惜惜惺，好汉识好汉，十分投契，各道渴慕之衷肠，恨相见之已晚。其如云中鹤、云中雁及暗杀党中飞来燕子铁林、陈文龙、倭克达尔等人，亦皆俯首服从，听候命令。邦杰吩咐，严守秘密，不许张扬，倘在年羹尧府中，仍称罗邦杰，以掩人耳目。至羹尧自知邦杰即为祯贝勒之假名，微服出游，借此探察天下从违大势，故遂赤胆忠心，与之图谋远大之举。不数年间，竟干了几件惊人之事，除去宫庭心腹之患，使日后践祚时，勿至竞争，只须用小小机谋，即可无阻疾，盖皆羹尧一人之力也。

当时祯贝勒与年羹尧商量，欲使云中燕制造血滴子利器，以横行天下，收服这班前明遗孽，山林中隐逸，与本朝反对，欲起兵相抗者，往往遣人暗杀，或是派遣血滴子出发，取他们的首级，前来报功。羹尧道："人倒够了，直隶、河南、山东、山西一带，英雄好汉，能听我指挥，供我驱使者，约有一百余人，只须分途遣人请来，授以职权。只是这血滴子如何造法，如何作用，还请云中燕大哥劳心戮力矣！"

云中燕道："此事大难，血滴子里面用四柄尖刀，都要纯钢折铁倭刀，非寻常之刃可比，请问从哪里去找这么许多宝刀？只消有了刀，别事都容易办理。"

祯贝勒喜道："若如此说来，我现藏着一二百把倭刀呢，取出来瞧瞧看，不知合用不合用？"云中燕道："只要是倭刀，无有不配用的。"祯贝勒大喜，即时饬人取出刀来一瞧，果然寒光闪烁，冷气逼人，实是锋利无比的削铁纯钢宝刀。

云中燕瞧了，赞不绝口，于是精心筹度，画出图样，注明尺寸，配齐式样，选了高手皮匠、铁匠三四百人，分头按图制造起来。不消一个月，已造成一百二十个血滴子，云中燕亲自动手装配停当，听候指派发落一切。祯贝勒就把这训练血滴子的事情，交给年羹尧署理。年羹尧点出几个名字来，派人分头去请，不到一个多月，果然请到白虎冈殷洪、张大头、孙起蛟；法华禅院静修，带了一个徒弟了尘，唯嵩山毕五，回说并无着落，不知此人去向，只得罢了。年羹尧一一殷勤接待，并引见了祯贝勒，十分奖慰，且令在各分头住下。

年羹尧又在原有的暗杀团中，挑选几个出色人才，觉得人数已齐，即将血滴子演练起来。练至纯熟，点视分派，计二十四个人为一队，共分五大队，前、后、左、右、中；每队置队长一人，共计一百二十五人。监军一人，专司全队勤惰，记录全队功过；监器一人，专司修理器械损坏，及添造应用事宜；统领一人，指挥全军队众，主持一切党务，赏功罚罪，黜陟之权，均由统领主裁。

年羹尧自己做了统领；云中燕做监器、静修监军；白虎冈殷洪、张大头、孙起蛟、云中雁、云中鹤充做队长；了尘做了押后。从此血滴子飞行天下，干出惊心动魄之事，民间无缘无故，往往脑袋丢掉者，不知凡几。有时两人好好行路，一转眼一个人已尸横草野，因此弄得世界上疑鬼疑神，都防备得了不得；然而防备亦是毋庸了。

忽一日，中路血滴子队长孙起蛟，飞骑护送一人到客店。扶入房中，将被揭开，众党员围住一瞧，只见那人血淋淋两足齐胫截断，众党员面皆失色，莫明其故。孙起蛟道："监器云中燕快到了。"才说罢，听得庭中如一叶飘坠，有声飒然，飞进一个人来，正是云中燕。

云中燕向孙起蛟道："万金良药，幸已得了，快给他敷上罢！"于是大众帮忙，把那人扶至床上睡好，云中燕亲自动手，替他敷了伤口，一面叫煎参汤。刚灌了几口，那人一口气回了过来，张开眼道："哎呦！这是什么地方？"

毕竟此人是谁？欲知后事如何，且看下回分解。

第九回

吴银亚荻溪怜佳士　甘凤池萍水娶美娘

却说甘凤池自从谢村谢品山家起身之后，行抵湖北。征尘甫息，即闻得襄阳参将秦德辉惨变，乃由伊姑氏彤玉手刃之。毕生大仇，知已报复，无可留恋，心中反觉十分伤感，不敢流连于此，恐有漏泄，祸及于己，遂即匆匆离开襄阳。晓行夜宿，途间想起我师父路民瞻吩咐，见了舅舅，约一月之后，须赶到昙空师叔处等候，同归麒麟岛狄士雄家中。屈指计算，已将逾期矣，不及再往谢村叩别舅舅，只得迳向伏虎山趱行。

在路并无担搁，迨抵山上，见了昙空和尚，不免酬应一番，寒暄之间，昙空袖出路民瞻留下手示，与凤池阅看。略谓此刻尔勿必等我，当速赴南京，此去有姻缘之奇遇，切勿错过，且关系尔一生之命运及幸福，事毕后，可再与尔相见也。至嘱，至嘱。

当下凤池看了一呆，晓得师父平时很有道德，断无与我顽笑、必无舛错，今既如此嘱咐，安可违拗他的言语耶！随问昙空道："请问师叔，吾师父几时来此的，现在究否回岛去？尚乞一一详示。"昙空含糊以应，亦不肯明白告诉。

凤池急得无法，只得勉强在山上住了两三天，辞别昙空，独自一人向南京去了。

但是谢品山是个有年纪的人，一时间放凤池走了，事后越想越追悔起来。想他小小年华，离乡背井，因欲报父母之仇，不辞千里之遥，单身迳往，志决心坚，倘或有失技脱节，事机不密，惹出祸来，老夫岂能见亡妹于地下乎？从此书空咄咄，终日无欢，长吁短叹，度日如年，老境益增。

其时芸妙小姐已出嫁于镇江城绅王翰林之子王少穆，一双璧人，天造地设，少年夫妇，恩爱逾恒。且彼此书香旧族，闺房之中，联吟赌句，有更甚于画眉者，殊令人健羡不置。回家省视，见老父如此模样，明知因凤池表兄而起，忧愁恻悒，无时或释，无法解劝，只得徒呼负负而已。

诸君亦记得芸妙小姐房中，有两个丫头，一名春华，一名秋实。秋实年纪较小，于小姐嫁时，已随带她充媵妾家去也。春华因标梅已过，娇小容颜，忍令辜负春光，落花无主？是以谢家赔赠妆奁，与之觅一士人，订结丝罗，不至兴小姑居处无郎之叹。出府后，闻得士人带她往别处，如今已不知着落。据著者晓得春华这个丫头，实非等闲之人，即从前年遐龄之弃婢，春华姑娘为当今赫赫一品之太夫人也。盖以她当时被年家太太察出与老爷私通，连夜赶出，眼前并无亲人，竟被一个人买去，挈了南下。行至扬州地方，不幸生起病来，那人旅费耗用一空，几有束手待毙之势。遇了谢品山老人，发起慈善之心，出重价购归，令与秋实一同侍候小姐，颇蒙十分宠爱。岂知其中暗藏这一段情节，而谢家亦不知也。

直至年羹尧平西回南之后，晓得她生身之母，尚然流落在外，饬人四处暗暗访寻，得之于扬州城外某尼庵中，业已落发作行，迎归奉养，享受荣华。那时年羹尧父母早已不在堂矣。呜呼！此婢之遭遇，亦云苦矣。然此是后话，暂归正传。

谢品山之子采石，在家攻书，学业有成，少年登第，早已中了乡榜，而品山亦含饴弄孙矣。家庭之间，融融泄泄，真可称积善之家也。唯采石素性甚孝，今瞧他老人家终日愁眉泪眼，实在有些放心不下。有时乘机用言劝慰，并无什么效验。日复一日，而凤池音信全无，推老父之心，有不得凤池终不欢者也。嗣复听得外面沸沸扬扬，传言湖北官场，出了一起大案，襄阳参将无故夫妇二人都被人刺死，闻听之下，更为着急，疑是凤池所干。但凤池报仇心切，仅在参将一人，而何以波及参将夫人？况参将夫人，确为凤池之亲姑母也，断无害及自己人之理。此中情由，真费人疑猜不出，更觉忧上加忧矣。

于是采石想出一法，先与娇妻商量，然后再告诉老父，意欲亲身出去找寻，找得回来，或得着一些消息，借以解老人之愁颜。无如伉俪甚笃，一时似不忍分离，奈顾及大局起见，亦是无可如何耳！家庭计议了许久，决计取道襄阳，如无着落再顺流至江浙一带探访，走遍天涯，终须将凤池寻到。遂择了吉日，整治行装，随带书童喜儿一人，以便长途伺应照料。况男子志在四方，年少气盛，固当旷观山水，增长学识，非闭户读书，即可自诩为深知天下事也。

采石拜别父母，嘱咐妻子，在家小心侍奉堂上，自己带了喜儿，出门一直向襄阳而去。沿途留心侦察，毫无踪影，真如大海捞针。迤至行抵湖南，再赴湖北，找到襄阳府城，住下寓所，赶即缉访凤池踪迹，亦并无人知。唯闻传说参将已委了人接署，此案亦已悬搁不题矣。然采石人地生疏，无从探问，住了十余日，心中焦闷，自思凤池怕不惧祸及己，早经避开，得无往南洋去耶？觉得无聊之极，乃算清房饭钱，决计由彼南下，向江浙方面追去；或可追赶得着，有些头绪，亦未可知。于是即日与喜儿离了襄阳，顺流而下，不知不觉已至江浙地方不远矣。

一日，嘉定相近，地名荻溪，离嘉定尚有四五里之遥。天色昏暮，夕阳在山，两岸芦苇丛密，树木翳深，两人心慌觅宿，急急赶路。刚刚转过山冈，不料草际舒出两把挠钩来，将他主仆二人钩住，拖了就走。全是荒僻路径，到一小庙中，将他们用绳捆缚，然后十余个小喽兵，解上山来。

迤至到了山上，过了几座关寨，只见一片空旷操场，当中聚义厅上，灯烛辉煌，如同白日。至滴水檐前，出来一个喽兵道："取得货来，大王宿酒未醒，不可惊动，且自押去亭子上等候一回便了。"

采石自被擒之后，心中不觉昏迷，且这班喽兵将他东拖西跑，弄得脚不点地，及至清醒一看，自己与喜儿均赤膊着，捆在亭子柱上。旁边两三个小喽兵，在那里监视，喜儿更吓得瑟瑟乱抖。

采石并不作声，但想我堂堂男子，今日死于草贼之手，真不值得。正在想时，约莫半夜光景，忽听堂上传呼大王出来坐殿，叫将两个牛子推上来问话。于是亭子上喽兵答应一声，解了绳，即将他们押上殿庭，饬令跪下。

采石偷瞧居中虎皮椅子上，坐了一个盗首，相貌魁伟，身躯雄壮，身上穿一领洒绣绿袍，头扎红罗帕，额上一个英雄结，脚登粉底皂靴。年纪约四十余岁，额下一部黑髯，根根光亮，虽草泽强梁，然看其一番布置，确无异边塞上一员战将耳。

当时盗首开言道："你这两个牛子，为何半夜三更出来混闯，你可知道我山上的规矩？孩儿们与我将这两个牛子的心肝取来做汤醒酒，快快斩讫报来。"说罢，呵呵大笑。

左右即欲动手，采石道："大王在上，容小生一言而死。小生姓张，名权奇，适因寻友路过宾山，不意误犯虎威，乞贷其一死，虽有所命，敢不敬从。小价僮儿无知，亦求一并怜悯。"盗首听了，举起虎目一观，笑道："这个小的儿，很是好顽，咱且留在身边伺候。"一面向采石道："你想是念书人么？"采石道："是！"那盗首回头吩咐近身喽兵道："这个人与我羁禁起来，听候发落。"说罢，站起身来，扶了一个小喽兵退入殿后去也。

原来这个盗首，姓吴，名杰，幼读诗书，长娴经略，他的祖父曾在史可法营中充作文案，迨可法殉难扬州，吴杰之祖父亦遭波及。那时吴杰初生，由伊父吴则絜挈之赴南闽，诸臣拥立唐王，则絜亦参识其间，后竟死于王事。那时吴杰已成人矣，蒿目时艰，慨然挥故国河山之泪，屡次欲起义师，别建大功，以承乃父之志，无如权不寓己，徒伤老大，居恒常郁郁不自得。未几，避地至嘉定，看见水明山秀，径密草肥，遂即据以为根本之地。聚众数百喽兵，权为落草，其实非其素志也。噫，其亦前明知遗孽也欤！

吴杰膝下，只有一女，今年才十六岁，工吟咏，习骑射，花容月貌，婀娜生姿，文武兼长，固不灭于当年之花木兰、聂隐娘也。吴杰爱之如掌上明珠，有所陈请，无不立允。且家庭教育，放任主义，不好束缚，因之父女二人，在内堂常自弦诵之声不绝，虽在山寨之中，仍不失风雅之怀。

这位小姐身边有个丫头，小名香桃，年华十四，生得伶俐透澈，可算一个伶而且智。这侍婢平时跟随小姐，亦喜拈弓搭箭，逢围猎时候，马上功夫，亦颇纯熟。扭小蛮之腰，一搦身躯，真个我见犹怜。第性情天真烂漫，喜报新闻，鹦鹉弄舌，呖呖清喉，盖亦小儿女之常态也。

一日，香桃听见山上掳了一位公子，连忙报与小姐知道。小姐听了，半晌默默无言，低头弄带，两颊渐渐红晕起来。香桃道："小姐何不出去看看，究竟是一位什么公子？"小姐微笑道："啐！痴丫头，真个傻了，你去看老爷在内宅否？"香桃应声而去。去不多时，回来复道："老爷在书房看书。"银亚听了，轻移莲步，走入书房。见了吴杰，敛衽万福，一旁坐下，开口道："爹爹在上，孩儿闻得昨日山下取得一人，请问爹爹，是什么样人？乞道其详。"

吴杰道："昨日喽兵们捉得一人上山，为父看来，倒亦是一个读书种子；且带来一个童儿，很为清秀。我儿如喜欢见他，可唤他来见小姐就是。"随即回头命人去叫唤。只见一个小小童儿，跪在阶下，战战兢兢，令人着实可怜。小姐举凤目一睃，默默无语，停了片刻，命他立起身来，走近身边，细细问话，一寸芳心，不觉想到他主人身上。以为有此雅童，其主可见，必是一个风华倜傥的人，我何不乘机救了他，以遂他家庭团聚之乐。想罢，辞了吴杰，闷闷归房，倚在绣榻，手托香腮，不禁倦极思睡。

忽见一个人闯进房来，银亚意欲回避，迨一细看，乃是一位公子模样，生得骨格清奇，体态俊俏，亭亭玉树，清秘堂中人物也。不觉停伫脚步，问道："你是何人？擅入人家闺阃，意欲何为？"那人道："小生姓谢，名采石，江南望族，侥幸已登乡榜，因访友路过宾山，昨被令尊呼唤，羁留狱中，暗无天日，不料得亲小姐芳泽，真三生之幸也。"银亚娇羞满面，一句话都说不出来。那人走近身旁，依依不舍，自有一种说不出的温柔情状；并云此次须求小姐发慈悲之心，救人危急，拔出火坑。正在相推相就、若即若离之际，猛然由后房跳出一只斑斓猛虎，直扑过来，吓出一身冷汗，狂叫"香桃""香桃"不已，原来是南柯一梦。

此时谢采石在荻溪受铁窗中滋味，正为甘凤池白门洞房花烛之夜也。原来凤池自抵金陵，举目无亲，住在寓中，凄凉特甚，真个"闲来高眠一觉，闷来浊酒三杯"，借以解旅况岑寂。

一日薄暮，只身无聊，步至状元桥下狮子楼上，临窗独酌，倚于栏干，远眺野景，觉得背后有人，走上楼来。迨回头一看，原是白泰官、吕元二人，连忙鞠躬致敬，邀请入座，重整杯盘。凤池道："旅况萧然，独自到此消遣，不意两位师叔降临，有失迎迓。"

白、吕二人道："好说。贤侄抵此，正好相商一事。前承令师嘱托，代觅亲事，耿耿于心，本欲介绍杭城吕四娘，正是一对璧人，天上人间，难逢巧合。无如伊老子固执性成，难以说话，因此不敢造次。顷间闻得此地夫子庙前，到一卖艺者，父女二人，此老精神矍铄，内功充足，非寻常江湖可比；其女则巾帼丈夫，天然秀丽，正好与贤侄作撮合之山也。贤侄其有意乎？"

凤池唯唯，白、吕二人道："天时尚早，我们去看看，再来饮酒不迟。"凤池只得跟去。至则围场宽广，环绕看视之人极多，因时候未昏黑，尚未撤场。中间地上安放两个酒缸，凡有入场角技之人，须先将此酒缸举起，绕场行走一圈，然后交手，犹如报名一般。如举不起，则不与角技。酒缸形状虽小，重非千斤之力，休想动得分毫，不知究以何种原料造成也。当时举不起者甚多，凤池立在一旁，看了一回，不禁技痒，复经白、吕二人撺掇，只得向前拱手道："老丈请了，在下不自量力，欲与令爱比较一回，未知肯赐教否耶？"

那老人瞧见凤池状貌不凡，不觉起仰慕之心，才答道："小女鄙陋，恐不足辱大贤之手。"一面向他女儿扬手作势，似令其下场相角之意。

女俯首作羞态，缓缓走来，各立门户。女进一步，飞一足起，弓鞋闪亮，尖处固以铁片包头者也。凤池侧身让过，欲将手捉其莲翘，而女已改作"蛱蝶穿花势"，迎面扑来。凤池迎拒之间，一掌虚扬，作"鹞子翻身"，女欲急避，岂知凤池已自其后腰抱之而起，女即亦不拒，但红晕双颊，云鬓微蓬，俯首不则声而已。

凤池轻轻放下，彩声雷动，群相赞叹。老人即前致词曰："公子艺高，固堪钦佩，小女曾自誓技胜己者，则当倚之终身。今公子既胜，当收之为妇。"凤池不应，老人曰："公子嫌弃老朽，不欲结丝萝之好，别无所求，请与公子一较高低耳！"言毕，见场上有合抱大松树一棵，即轻以手抚之，如携枯拉朽，带根而起。凤池大惊。

这个当儿，白泰官、吕元二人排众而入，趋前致辞曰："老丈高谊，吾侄凤池，无不允从，吾辈当任蹇修。"老丈曰："公等何人？请道其详。"凤池道："此二位凤池之师叔也。"老人道："很好！然此处非说话之所，请到寓处一谈。"于是撤了围场，收拾家伙，一干人共赴寓所。

彼此通了名姓，方知老翁姓陈名四，系一个老于江湖的豪侠。其女名美娘，父女二人，相依为命。陈四因女儿年纪长大，急欲为之择配，急切拣不出出色人才，兹遇凤池，可算得成龙佳婿，是亦天缘之前定也已。

当时白、吕二人为媒证，一切说定，另觅香巢，择吉完婚。陈四大喜，白、吕二人做主将凤池腰间所悬宝剑解下，作为聘礼；陈四亦将女儿常用金镖一支答赠凤池曰："此吾儿绝技也。"凤池无可推托，只得应允。况有师命在先，故悉听二位师叔调度。未及一月，诸事均办备妥帖，房屋暂赁在三牌楼相近。

合卺之夕，尚称热闹，陈四与白、吕二人，瞧见一对小夫妻双双交拜，笑逐颜开。迨夜深送入洞房，花烛交辉，真个是"合欢帐里，同眠合欢之人；连理枝头，并栖连理之鸟"。其乐融融，如鱼得水。著者一支秃笔，无暇描写此闺房之趣事也。

第十回

游西湖订交方外　瞻东岳隆礼圣人

却说陈四自将女儿美娘与甘凤池成婚之后，看见他小夫妇十分恩爱，可算美满姻缘，私下不胜欣慰，以为女儿得所，自己可以遨游天下，无内顾之忧。过了几日，提议此层，置酒后堂，酒酣谓凤池曰："贤婿少年英俊，日后前程远大，未可限量，蛟龙断非池中物也。惟吾小女自幼娇憨成性，如小有过失，幸看老夫薄面担待一二。老夫将于一二日内，起身遍游海内，上嵩岳，渡黄河，越秦岭，叩函关，西行陇上，一探周、秦、汉、唐遗迹；然后再由陇入蜀，遍历剑阁栈道诸险。浮长江而下，东至浙江，涉会笼，穷禹穴，一占天台雁岩之胜，则为之素志遂矣！我有青驹马一匹，连鞍鞯都送与贤婿，以卜他日疆场决战，借此以斩大将之旗，系俘虏之颈，贤婿乘骑，并以作纪念之品也。"

凤池起身谢受道："遵岳父命，自当敬从。但岳父春秋高大，理当养天年，待小婿竭诚供奉，何必远游跋涉，以自劳苦耶？"

陈四道："贤婿有所不知，老夫生性喜动不喜静，贤婿勿必忧虑。"于是择定日期，请到白、吕二人，同在寓中话别。陈四临歧握手，向白、吕二人曰："公等为南中八大剑侠之辈，吾婿亦得附骥，老夫一朝而遇三侠，何幸如之？兹老夫与公等别，望公等善教吾婿，则老夫受赐多矣！"

美娘洒泪相送，一面向陈四道："爹爹年高，路途间一切须自当心。"陈四道："吾儿不必以老父为念，后会有期，当辅凤池赶立功名为上。"说罢，竟自一人飘然而去。

凤池送了陈四，稍耽搁几天，将房子退了租，收拾行李，想道："如今有了妻子，还是到舅舅家去，先安置好了，此去路又非远，然后再去寻师父不迟。"

夫妇二人商量妥当，次日即行起身。岂知在路北嵩山毕五一直跟了下来，约行了二十余里，凤池叱之不返，回身用指将他一点，不知不觉昏迷过去了。此名"点穴"，夫"点穴"之法，有用两指，有用一指，所点之穴，有"九手软麻穴""九手昏眩穴""九手轻穴""九手重穴"，内中惟重穴，就是致命。

这"九手重穴"，就是"脑海穴""气门穴""耳根穴""气俞穴""当门穴""名门穴""肺海穴""气海穴""脐门穴"。其余麻、眩、轻三种穴道，都是不妨的。凤池现在点的是昏眩穴，所以立刻就昏不知人了。实则他们武帮里头都晓得的，不过猝不及防，就被凤池算了；而其实毕五早知是凤池，亦断无此一举了。

闲话少叙，迨至到了谢村，尚未过江，凤池一时失着，将年轻美娘独自放在船上，自己先去谢村报信，及至见了品山，说明就里，再来接美娘，已影踪全无了。后来，甘凤池寻获美娘，夫妇团圆，借美娘相劝之力，甘凤池赴京应试，钦点武状元及第，授职一等侍卫，出入禁中，保乾隆驾幸江南，建功立业，轰轰烈烈，为甘家后起之秀也。此是后话，暂且不表。

如今且说罗邦杰，即吾书中主人翁祯贝勒之假姓名也，自从学艺回京之后，以为南方着实不靖，与年羹尧组织血滴子，实行暗杀手段，狠奏奇功。内面宫廷，外面督抚，一举一动，瞬息即知，是以京内外官场，咸怀危惧，革面洗心，不敢做违犯法纪之事。

祯贝勒如有特别事情，要血滴子侦探，常常亲自到年府交代，或是亲笔写字条知照，年府中不过都以为是年羹尧好友罗邦杰，并无有知其为多罗贝勒也者。那血滴子的月俸，亦由祯贝勒按月送来，经年羹尧匀派支给至各路血滴子，听各路头领的号令。各路头领均听年羹尧的指挥，是以臂指相联，心手相应，天下事无不归其掌握之中矣！

那时年羹尧升了翰林院领袖，有专摺奏事之权，他暗中既有这许多血滴子作为耳目，替他探访，或是条陈时事，或是动摺弹劾，自然比众灵捷，比众确实。政府见他言皆可据，事无妄行，渐渐格外的宠用起来，屡蒙宸赏，不次超迁。到这年年底，居然入了内阁升授学士。那年羹尧入阁办事，其权势就更大了，益展其生平之抱负，替祯贝勒干了许多预备日后谋袭皇位的奇功异绩；就表面几件事实上观察，已知其大概了。如皇太子忽遭罪废，皇十四子忽被远遣，鄂尔泰、张廷玉、隆科多等一班大臣，无端都与祯贝勒交好连络起来。朝廷又得各大臣，不约而同的特摺保奏，都说他精明干练，才堪大用。于是遂降旨，四川巡抚着年羹尧去，请训陛辞下来，就要出京莅任。

忙碌了几日，便约定了起行日期，欲与顾肯堂先生一齐起身赴蜀，借资襄助。岂知到了动身这一日的清晨，顾师父竟留了一封书信，不别而行去了。然而此书中作何言语，诸公切不必性急，此实关系羹尧一生之命运，若听了顾肯堂的言语，不至有后来之挫跌，可见急流勇退四个字，是极难行的。著者当于此书之末，述及年羹尧之结果，然后将这先见之明的师训，表而出之也。

年羹尧开府川疆，这血滴子的统领，当然祯贝勒自己权摄了。其实用他一个名义，所有一切动作，概归云中燕调度，所以年羹尧走后，而祯贝勒反觉清闲无事，日与几个小黄门作耍，也就厌烦得紧。

一日，走至海子地方相近，有一处颇偏僻，人迹罕到，名为什么"幽闭院"。是个由民间选来美丽十六岁的处女，都贬谪于此间，专司终日洗衣之职，派有几十名闲静太监在此轮流看守，故虽名花招展，而怨气弥漫；院中花香鸟语，悉呈凄绝状态。那日恰巧宫内有什么热闹，众女子均结队往观，看守太监亦偷懒自由，不知走至何处去了。

祯贝勒信步闲游，不知不觉走了进去，四面一看，寂无人影，惟远远瞧去，西廊下好似有一个垂鬟女子，低垂粉颈，看不清楚，在那里做什么。祯贝勒不胜诧异，思欲穷其究，乃轻轻的走到该女子身旁立定，方知原来在那里洗衣。

那女子听得脚步声响，抬起头来一看，不觉呆了一呆，以为此系禁地，断无外人进来，必是一位皇子无疑矣。于是连忙立起身来，跪于地上叩头道："贱妾罪该万死，贵人到此，不知回避。"祯贝勒一时高兴，双手将女子搀了起来道："此间有多少人在此，何今独你一个？"

那女子道："此间为幽闭院，凡由民间选进来，而不得幸者，悉令居于此，执贱役，有终身不得见天日者矣！平日有太监们守之，今日听说宫内兴挂灯彩，姊妹辈都往看视，独贱妾在此守院，不知驾到，有失迎候，幸恕妾之罪。"

祯贝勒听她言语之间，如呖呖莺声花外转，已有十分欢喜，遒看她苗条身材，真算得豆蔻含苞，樱桃初绽，平欺西子，赛过南威，越看越爱起来。一时色胆顿炽，遂问女子道："你叫什么名字，今年几岁了？"那女子道："贱妾小名侠龙，年度十五。"祯贝勒道："甚好！我记了你的名字，日后身登九五，必将你接进宫去，同享繁华。"一面说，一面走近一步，笑面相迎，用手将侠龙揽入怀中，问长问短。

那侠龙亦非常乖觉，早知其意，便做出一种媚态，星眼微荡，罗衫欲卸，真令人魂消魄荡。祯贝勒不能自持，挽了侠龙女子，两人走进旁边房中，春风一度，第觉蜜意柔情，二五之精妙合而凝也。此实为侠龙梦想不到这遭逢也，然就事实上观这，莫不为侠龙之幸福，而岂知其逆运至矣！

事毕后，祯贝勒走出该院，却有几个小黄门跑来寻找，接着回归自己宫中。此等天潢贵胄，王子王孙，粉黛满前，金钗遍列，哪里肯把这点事情放在心上？这叫做一时兴至，事过即丢向九霄云外。翌日带了数十名心腹宫侍，拥护着出京往浙江游行西湖去也。

岂知侠龙这个女子，与众不同，性情孤僻，眼界颇高，平素本不合时宜。其自被祯贝勒鬼混以来，终日思念，如痴如醉，即觉做事懒倦，心神不宁，腰肢宽腿，肚腹亦复膨胀异常，信水不至，茶饭不思。自知有了身孕，不敢声扬，只得遮遮掩掩，姊妹辈见她如此，莫不嘲笑侮弄，只得忍受着气，其苦楚惟有桌上银灯知也。后来日复一日，难以隐瞒，肚腹竟隆然高起，举动累赘，终日思睡昏昏，望穿秋水，杳如黄鹤，泪珠儿枕边不知流了多少。自叹命薄，候至夜静更深，乃仰药而死。自此一缕香魂，情天证果。而守院太监，见此光景，恐干罪戾，不敢奏闻，只得偷偷将这玉人儿掩埋起来。可见天下埋香埋玉之所，正不知淹没着多少冤魂也。噫，侠龙女子，其真不幸也哉！

祯贝勒一抵杭州，仍旧假称为罗邦杰，先在城内热闹地方，如清河坊、梅花碑、上城下城游鉴一周，寻了寓所，耽搁了几天，偷偷的带领一群人到西湖去了。

遒至到了西湖，罗邦杰诚恐有烦扰，不能自适己意，即吩咐手下人专寻庵观寺院宿歇。随于西湖边招得一所青微道院，房屋亦堪敷，其中掌院，乃是上天竺凌霄宫特派下来的。这个道长，年纪已有五十余岁。当时接了进去，安排洁净房间。这道长瞧见这等势派，又是京中下来，估量着非皇亲贵族，即是大宦臣卿，哪里敢怠慢？遂提起全副精神来对付。这道长俗家姓潘，取法名漱霞，从小时就出家的，是以经典极熟，现在常自面壁诵经，终日无倦容焉。

罗邦杰寓于青微道院，十分合意，夜间与潘道长剪烛谈心，尘心一洗，参经引典，酌古准今，亏这个潘道长尚能对答上来，实是不易，每日又叫他陪侍了出去游玩。举凡西湖风景，如雷峰夕照、断桥残雪，以及飞来峰、岳王墓，莫不细细领略，到处留有题咏，乐而忘返，将及一个多月。

罗邦杰自知他们人众，这小小道院哪里供给得起，暗暗饬令手下人将银钱送与道长，叫他开销。潘道长犹欲谦却，其实则香积厨中，真有些儿支持不住了。

一夜宵深，颇觉凉意透窗，两人对酌，谈至更深，彼此情浓，无有倦意，殊有相见恨晚之叹；乃略迹言情，订起交来，结为方外友，相约日后每到杭州，必至该院相叙，决无相忘。潘道长令香火进豆腐浆两杯，邦杰见白如凝脂，举起一吸而尽，觉得滑腻异常，味至甘美，遂启口道："吾师适间所啖奶茶，不知从何处得来？如此适口，回京后当令他们仿造。"

潘道长道："罗爷非也。此为豆腐浆，乃极易得之物，不过须在五更过向豆腐铺内购买，俟豆腐将凝时候，漉漉出来的汁也。敬能常服，滋养肠胃，极为有益。"邦杰道："原来如此！"不禁呵呵大笑。

又过了两三日，潘道长陪了邦杰，正扁舟一叶，荡轻桨于烟波瀚浩之中，如人在画图，飘飘乎有凌云之概。游得高兴，忽尔邦杰提议即日回京之说，潘道长不觉奇异。原来邦杰已暗中得有四川巡抚年羹尧的报告，略谓主上春秋已高，现闻龙体微有违和，未知确实，殿下不可久留于外，当即回京等语。是以邦杰接此秘密，无心游鉴山水，急欲整理归鞭。岂知潘道长相伴日久，人情熟谙，遽即临歧握手，依依不舍，难免于赋黯然销魂者矣。

邦杰叹曰："人生聚散，会有定时，吾师达者，岂不知离合悲欢之致？"握笔写了数字，付与道长，嘱其异日若到京师，可持条至前门外琉璃厂古玩铺中探访，必有所遇。说罢，即率众策马道谢而去。

邦杰辞了道长，由杭州北上，水路兼程，不辞劳瘁，赶行了十余日，前面近山东地界，沿途接得各路血滴子禀报事情，络绎不绝。其中有为别项事故者，亦有说及圣上龙体欠安，现正饬御医诊治，皇爷幸勿滞留于外云云。邦杰一想，孤此次出京，志在一瞻泰岱，然后再真诚曲阜，当令衍圣公陪从一游文物之邦、礼仪之乡，谒尼山之家庙，庋鲁之孔林，则引行庶为不虚矣！想父皇百灵呵护，万岁失调，或者适逢其会，孤正好借以申祷祝之虔诚、正一举而两得也。打定主意，吩咐手下人向曲阜进行。

不一日，已离曲阜县不远，前站即去禀报。衍圣公得信，赶忙接出郊外，跪请圣安，向邦杰亦请过安，然后接至家中，安置在偏殿上，作了邦杰起居之所。其余内侍人等，四面分住。此孔府中极为宽大，不比在西湖道院局促光景。每日衍圣公率领子侄至殿上朝参，听候吩咐，陪侍游幸。此时正值秋祭届期，当然罗邦杰主祭，孔氏子孙陪祭，济济跄跄，乐声融和，响彻云霄，颇极一时之盛。越日为孔氏家祭，而邦杰不与焉。且嘱咐衍圣公外面不许声张，仍称京中罗邦杰，即曲阜县令亦不令知之也。

过了几日，邦杰提议欲一登泰山，寻觅秦汉以来遗迹，即命衍圣公陪往。衍圣公不敢违拗，亦不敢阻止，晓得这位殿下，性格非比寻常，令出必行，断不容以言语干也。于是带领人众，向泰山方面而去。至则第见郁郁葱葱，苍苍渺渺，高与天齐，云气笼幕，登峰造极，正不知其几千万丈也。邦杰乃私忖道："自古帝王，每欲封于泰山，禅于梁父，吾闻得登者七十二，皆属有道之君。其余或阻风雨，或乃疾疫，咸不得登焉。秦始皇帝，屡登屡止，未及半而风暴雷电发矣。后乃禅于梁父，勉一登泰山之巅，而勒石纪功以退，藐予小子，敢希古圣王哉！"不得已与衍圣公在山下，徘徊瞻眺而已也。

盖"登泰山而小天下"，此语洵不诬也。兹罗邦杰仅莅泰山之下，未及登临，已觉目眩心悸，若有神灵监视之者也，是以不敢上登而回。迨回至孔氏，每日在偏殿上与衍圣公谈论古今，听弦诵之雅化，溯文教之源流；而衍圣公又将其家传秘书，及祭器、古鼎、乐器、孔子生时冠冕、衣服等类陈列出来，请邦杰浏览。而邦杰长日无聊，又与衍圣公围棋赌酒，借作消遣。但是身在礼仪之邦，然心中疑虑，虽与衍圣公异常相契，亦不肯久留，已欲打算秘密起行。哪料忽然省中有廷寄到来，查问邦杰行踪，是否在此。

欲知后事如何，且看下回分解。

第十一回

登大宝识破真龙　练双弹反输假虎

却说邦杰此次莅山东省，并无特别事实，不过如前游玩山水；又以住居衙门内，觉得不很方便，同了他几个侍卫，移居一所地方，近旁古刹，镇日徜徉风景，流连名胜，倒也逍遥快乐。且又恐旁人疑虑，看出他的行藏，是以居止动作，十分敛抑，不敢放出一般傲贵气度，反随随便便住下。然山东省一班官吏，亦稍有所闻，不知其详细，都不敢公然道破。其余百姓人民，莫不视邦杰为一个京官罢了，万万想不到他是一个金枝玉叶，当今之皇四子也。

有一日，邦杰闲暇无事，他唤了几个侍卫，跟他往谒孔林，在那里盘桓了几天，与衍圣公异常契合，刚要打算去别处去走走，忽然京中廷寄到来，转饬本省抚台查探消息，说他私自离京已居两个多月，是否在该省驻节，现今圣躬稍有不豫，着该抚台转知速即回京，以便省视。

抚军当日接奉此项廷寄，吃了一惊，连忙访问，晓得皇子在衍圣公处住下，乃亲自到彼开读圣旨。邦杰跪聆之下，曷胜惊惧，私忖圣上春秋已高，然素体结实，此次因宵旰勤劳，万岁之暇，或者失于调摄，邪魔侵入，亦未可知。倘一旦山陵崩，恐诸子中必有萧墙祸变者也。于是即日就同着几个心腹侍卫，奔回京中去了。不分星夜，飞骑捷速，看看将到卢沟桥相近地方。只见前面几匹飞骑，流星的赶到，远远见了邦杰一行人众，便即滚鞍下马，伏在地上，邦杰问道："京中近况若何？"

那几个原来是大内的侍卫，亦是邦杰一边的人，禀道："现今圣上病甚沉重，各位皇爷都在暗中争夺，闹得不成样子。皇爷的宫内，恐怕皇爷在外，忘了大事，故特差奴才赶来，迎接皇爷回京料理。"

邦杰听了，叱道："咱知道了，你们起去告诉他们，咱即刻就到了。"那大内侍卫，答应了几声是，站了起来，飞身上马，一齐先去了。然后邦杰在马上，一面走路，一面同他几个心腹商量对付之计划，不知不觉，已到了都门，偷偷的一队人马回归他府邸中去也。

原来圣祖所患之病，实因一则年纪高大，二因太子柔弱，诸皇子各蓄异志，私树爪牙，群谋篡夺。圣祖心中异常忧郁，已非一日，渐渐就养成一个怔忡之症。虽常饬太医院尽心开方诊治，却并不见效验，反弄得也不成寐，时时惊恐，精神疲倦，究属年迈，即玉食万方，亦觉无从补救了。

这班皇子更漠不关心，竟将父皇病体，置诸脑后，日夜聚讼纷纷，肆无忌惮。其时有十四皇子者，名允禵，素为圣祖所宠爱，恃势凌人，最与四皇子反对，宛如劲敌。（按四皇子即雍正，其登大宝年号为"雍正"，当时罗邦杰即其假名也，以下统称雍正。）

先是雍正造下一所极大的宫院，题为"雍和宫"，其中借以供养喇嘛，诵经礼佛，祷祝圣寿无疆为名，实则暗蓄死士，窥窃神器，昼夜设计，抵制诸皇子也。大喇嘛名呼图者，尤狡黠多智，并谙邪术，雍正倚为心腹，布置秘密道场，广收僧徒至数万人。每日与雍正计划，倾危太子，谋夺帝位，往往锦衣怒马，引导为狎邪游，纵欲恣睢，无法无天，道路以目，莫敢奈何。以其仗雍正做护身符，而清廷素重视喇嘛，尊之为活佛。

呼图乘机招致青年女徒，谓凡女得亲佛体，乃无量之幸福，异日有成佛作祖之希望。以是一般妇女，咸信仰之若神明，而参欢喜之禅，开无遮之会，固视若寻常矣。噫，其真意耻之尤也。至皇亲显宦之妻女，当时为风气所染，亦莫不以皈依佛教为荣，相率效尤，执弟子礼日，众喇嘛要为之摩顶、受戒、唪诵、经忏，以忏悔罪孽，或入宫中，或在邸第，夜以继日，借法门为宣淫之地。而喇嘛又擅房术，器具绝伟，遍洒甘露，尤得尝醍醐之味，咸被其迷惑，乐不思返。

妇女本生性娇媚，况长于富贵，业中则又饱暖思淫，得此烧香念佛之举，暗作送暖偷寒之人，顾安有不愿者哉？以是极意奉承，惟恐失喇嘛之欢心，甚至因争宠而肇雌斗者，亦时有所闻。

盖其时有黄馨哥者，吴人也，业贩杂货，寓居京师，已有年矣。娶妻郑氏，美而艳，夫妇甚相得，出入陈姓宦家，久而稔熟，情好甚笃，陈宦遂认黄妻郑氏为螟蛉义女。郑氏又善婉娴，能顺人意，夫人宠爱之不啻己出。陈宦本夤缘权贵旗人安拉格，趋奉甚殷，安邸素安佛，尤尊奉喇嘛，常日在邸哗经，恬不为怪。陈宦之妻若女，亦往宫膜拜，身濡目染，冶荣诲淫，势且随波逐流，早卷入漩涡而不觉迷信之深，并廉耻不知为何物。

郑氏因随侍陈宦，被喇嘛瞥见，惊为绝艳，居以奇货，以为天上安琪儿坠落尘寰矣，百般诱惑，谀言诒词。郑氏初不为动，嗣为各妇女耸劝，皈依佛教，必有好处。大凡妇人心地喜闻人誉，乃竟不自持，含羞向前乞大师行洗礼。香花烛焰，绵绵一室，而郑氏顶礼，三宝冀忏悔。迨受洗时，喇嘛神魂颠倒，粉膳珠光，笑声杂沓，误将手指触及郑氏之酥乳，郑氏不禁心动，遂被喇嘛留宿宫中，传授秘术，于是坠入万劫不复之境矣！

郑氏自被喇嘛蛊惑，遂致伤身，虽后悔亦不及，所谓"一失足成千古恨，再回头已百年身"也。且己身亦难自由，终日闭置雍和宫中作为禁脔，惟雍正亦曾宠幸，而郑氏谙房术，即劲敌不能挫其锋，以是雍正反在她笼络中矣。除喇嘛外，竟与雍正情好弥深。馨哥见妻不归，百计探访，后机事渐泄，慑于势不敢张扬，隐求陈宦，愿给事宫中为奴。陈宦委婉达喇嘛，喇嘛许之，洎悉其即为郑氏夫，意欲反汗，染业已许之，亦莫可奈何。馨哥因此乃得与娇妻见面，陈诉旧情，亦不幸之幸也。

雍正宠幸郑氏，不敢公然形于辞色，每私与之密商国家大事，有所筹策，悉合机宜，雍正恒韪之。迨见馨哥做事诚恳，心地憨直，颇亦信任，尝语郑氏曰："朕若登九五，当以此宫交汝夫妇二人执掌，可也。"郑氏顿首拜谢，更不惜以色媚之也。

无何，圣祖病笃，雍正商之呼图。呼图阳为设计，实则暗中已受允禵巨款，将欲乘机杀雍正，以报命，雍正实未之知。会郑氏以受雍正恩重，私下告密，泣诉道："贱妾蒲柳之姿，蒙殿下宠爱逾恒，今事急矣，何惜此残躯，以陷殿下于大难乎？然贱妾一言必死，今愿请死于殿下之前，以明妾志。"乃欲拔剑以自刎，雍正急阻止之，慰之曰："卿忠于朕，使朕有备，朕心实感，且卿当为朕图之。"于是授以嬲喇嘛之计。是夜但闻宫内金戈铁马之声，彻旦不休，旋报喇嘛呼图身首异处，而郑氏亦失踪。馨哥闻之，哀痛异常，请尸求殓，雍正谓之曰："汝妻并未死，朕恐伊受惊，迁于别宫，居住事定后，仍使汝夫妇团圆也。"

一日馨哥被召入宫，甫抵宫门，觉背后有人牵其衣，回视之，乃雍正也。不语，仅纳一小木牌于伊衣袋中，动之以目。正匆遽之间，忽内传圣祖驾崩，宣召喇嘛入宫诵经，照例用一大臣捧嗣皇帝名牌出，为大行皇帝之御笔也。那时禁卫森严，鸦雀无声，惟顾命大臣并喇嘛得入内，余均不得入。

未几，果见顾命大臣捧嗣皇帝牌出，偷视之，见书"十四皇子"，该木牌与雍正所给者一般无二，惊骇欲绝，闻捧牌者则属己名，乃疾趋前进及庭下，福至心灵，忽触奇想，乘人不备私将木牌换易，逭出宫门。而四皇子登极之诏，宣布天下矣。

雍正既登大宝，诏黄馨哥入居旧喇嘛宫，见禅床上其妻盛妆端坐，不禁狂喜，赶握其纤手，觉触指欲僵，视之，则赫然土木偶人也。询之侍婢，方知伊妻与大喇嘛呼图，同时做并命鸳鸯矣。乃恸，且虑祸及，遂仰药死。雍正闻之，饬令厚葬，并为之立祠，以酬其功焉。

禅事既定，改年号为"雍正元年"，励精图治，万岁之暇，尚习武功，即民间一切利弊，他却了然于胸，所行政策自无不合人情，实足算一代英明之主也。至宫闱间近支皇戚有不顺己者，早被年羹尧与他筹算剪除殆尽。而官僚大臣，适有异议或贪墨奸佞之辈，自有云中燕并一班血滴子收拾。故当时在朝诸臣，咸怀危惧，惟恐获罪，有朝不保暮之势。朝廷杀戮过甚，忌刻太深，颇有"宁朕负天下，无使天下人负朕"之概。噫，清室历代帝王中亦可称一个文武兼备、智谋杰出之魔君也！

一日早朝才罢，在偏殿办事，忽然想起苏州伏虎山一节事实。昔年南游时曾拜昙空和尚为师，该僧武艺高强，剑术尤精，往往飞剑取人首级，较血滴子还要厉害，况闻江南八大剑侠中很有几个能手，如路民瞻、白泰官、曹仁父、吕元等，常决心与我清朝作对，其中且有一个女子叫什么吕四娘，据说是浙江吕晚良之女，朕当慢慢设法召她进京。又闻有一个自称嵩山毕五，是十分了得。总之，此辈均非安分之徒，若不除灭，何能措天下于泰山之盅，而朕亦不能高枕无忧矣。虽朕利用这班暗杀团及血滴子，各奏奇功，然亦非一朝一夕即可肃清宇内矣。如且密缮诏书，暗暗将昙空召进京来，把他除掉焉，后再收拾他的羽党，最为上策。

于是饬年羹尧参议办理，遂密派心腹恭赍诏书，星夜驰驿南下。迨到了海珠寺，正有几个小沙弥在山门外站立，忽报京中有圣旨到来，已离本山不远，叫本寺方丈去接旨。小沙弥连忙进报，吓得阖寺僧人个个惊异，猜不出是吉是凶。其时适值昙空已先期往别地云游去矣，不得已，只得监寺僧代接，远远在半山亭上跪伏等候。

良久，诏书到来，一路同差官迎上山来，不敢开读，敬谨将诏书供在大雄宝殿之上，等候方丈回来接旨。一面监寺僧款待差官，探询消息，方知宣召方丈进京，参证佛典。等了数日，不见方丈回来，差官钦命在身，不敢迟延取戾，只得先行回京覆命，不在话下。

至于嵩山毕五，书中从未见过其人，著者亦不得不表白出来。他祖上原是安徽，父母早亡，伊父生前在镖局营业，与山东西、湖北一带绿林均通声气，有名叫做"毕黑子"，性如烈火，专门练飞弹打人，百发百中，无人能敌。以是他的镖旗所指，江湖上能者且不敢与之相抗，颇足睥睨。一时可惜，年寿不永，迨毕五十八九岁的时候，黑子一病身亡。

毕五自小素喜拳棒，又得父传打弹秘术，并又从师学习，故武艺殊不弱。惟其习惯不甚高尚，不过，智识中亦带些侠气，此等人真在可以为善可以为不善之间。后来他母亲亦死，虽有几个姊姊，因毕五脾气太坏，即不与往来，反弄得独自一身，东飘西荡，无所不归宿也。

那年，孑然流荡到了中州河南住了几年，因此自号"嵩山毕五"。其实他的真名，亦殊不可考也，除一身之外，并无长物。凡人不务正业，年复一年，虽乏家室，终至弄成一个闲汉，适为朋友牵引，必至做了些不端不正之事。他与云中燕素有瓜葛，亦时常到云家闲住。惟云中燕有几个哥哥，叫云中雁、云中鹤都与他自幼相熟，所以见面唤他"老五"，言语之间，素来熟不拘礼。

不知如何，有一日，与云中雁口角起来，竟不别而行，好几年不到云家去了。至山东法华禅院静修处，他借云中燕介绍，曾到过几次，岂知与静修和尚反合得来。究其原因，静修本半路出家，他亦是此等人，因避祸削发，且喜发双弹，功夫纯熟。迨见毕五，以为同道，所谓物以类聚也。惟与路民瞻、昙空、白泰官虽彼此均闻名相慕，然无特别之交谊也。

毕五自从在南京地方做过一桩歹事，亦因一念之贪，有以启之耳，至今思之，尚觉心悸。原来他漂流至南京，住在一家小小客寓，看见先有一个老人带领一个年轻女子，住在一个房内，似乎等候人的光景。果然，翌日来了一个美少年，当夜即与此女成婚。合卺之夕，喜酒一杯，合寓颇为热闹。成亲后老人先辞了他小夫妇去了，寓中就剩下他新夫妇一对璧人，旁观啧啧称羡。而年轻女子满身绫罗，满头金珠，十分奢华，惟于晚间卸妆之后，即将贵重东西均藏在两个小小瓮儿之内，移放床下，然后双双同入鸳帏中，赴十二巫山去矣。

当时他看在眼内，以为似此雌儿，容易相欺，候至深夜，轻轻摸进他房内，觉得漆黑，偷向床下摸去，摸着两个瓮儿，想要取出，岂知竟有千斤之重。听听床上一无声息，暗暗将帐子揭起一看，吓得魂不附体。所谓一对新人对面跌坐在床上，动也不动，不禁诧异，正欲退出房外，只觉背后已有人搭住喝道：“你是何人？竟敢到此班门弄斧，我且取你的命。”说着似乎抽出刀来。

毕五明知自己错极，遇了高手，百般求饶，幸亏床上女子说情，把他放了。于是毕五晓得自己本领平常，世上能人尚多，不敢自炫。其技一挫于云氏兄弟，再挫于旅馆少年之手，因此发愤回到河南，择碧鸡山麓最僻静的地方，隐居起来，每日习练功夫。晚间至山上山下，独自游行，几与木石麋鹿为伍，不知人世间尚有何事也。

时光迅驶，倏忽间已一年有余，英雄心性改恶从善，即在一念之分，如水之就下，反觉优游自得，所谓高人自有卓见也。

一夜恰是月明星稀，微风送爽，夜景不胜清幽。毕五又高兴起来，袖了双弹，慢慢在山前游玩一番。见一座碧鸡山被月色笼罩得好如水银泻地，一白无垠，四围树林环护，附近小山峰即若北辰拱极之势，惟一路芦苇业杂，危石高耸，适常人抵此，踽踽独行，未有不寒而栗者。而毕五并不介意，自由自在，其自制之力自能加人一等也。

看了些时，喝彩一回，意欲步至山峰最高处，习练一回拳术，借此荡发荡发心机。想罢，竟一直走上去了。岂知走到半山，见旁边一丛树林，十分浓密，林旁一块大石，横在地上，光滑可爱，毕五不禁坐下，以便歇力，一面看看山光。

约莫有二更时候，坐了片时，正想往前再走，忽然对面树林内吹来一阵狂风，吹得树叶簌簌而下，毕五正在诧异，风过处忽从涧水旁跳出两只斑虎，着地扑将而来。毕五并不防备，叫声："啊呀！"身子直立起来，一个剪步，跳出一丈多远，连忙对准猛虎，发出双弹。说时迟，那时快，但听得"拍"的一声，前面一只虎，由山旁直滚到涧水下去，后面一只虎，兀然不动。

毕五自忖：我的双弹，百发百中，从未失错过去，何以今日如是……念头尚未想罢，该虎又直扑上来。毕五心中火起，握着双拳，拿出全身本领，敌斗起来，此跳彼窜，斗了一个更次。毕五依旧抖擞精神，而虎势渐衰，似有敌不过意思，虎背上及虎臀上均着毕五好几拳。毕五心中疑虑，闻得虎最会吼叫，何以今日只虎打得如此模样，并不吼叫？于是毕五又是一跳，跳离一丈之外，只见该虎一个窜步，望对山直窜过去。

毕五当时晓得虎逃了，并不追赶，喘息了一回，自言道："方今天下汹汹，举义乏人，草泽内自有英雄。我毕五顶天立地，惜不遇明主，做一番大丈夫应为之事，徒在此小山内与猛虎相并，其亦不智甚哉！"想罢，慢慢走上去，一路察看，并无痕迹。再走一二里光景，瞧见草中有一张虎皮遗下，旁有一把尖刀，毕五拾来一看，心中打算大约是猎户捉虎故，不足为异，是以输在我手内了。

毕五哪里晓得，雍正自接位以来，他专遣此等人在各处访问，相机暗杀，意欲灭尽天下这班英俊豪杰，使皆帖服他威权之下。兹嵩山毕五所遇之虎，即其也。

欲知后事如何，且看下回分解。

第十二回

断指焚身矜气节　飞头沥血照肝胆

却说嵩山毕五，醒来一看，认得云中燕一辈人，不胜惭愧，心中又十分感激，只得让云中燕替他把伤治好了，养息了几天，跟了云中燕到京，即录入血滴子麾下，派他充了五路总稽查；倒也克尽厥职，立了许多功劳。云中燕又待他极好，捐除前隙，雍正亦颇加信任，此算是嵩山毕五，东奔西走所遇辄阻，究竟归于清廷一生的结局。但是，那时雍正自袭位以来，倏忽几载，这几载中，事情不少，内有云中燕、嵩山毕五替他明察暗访，外有年羹尧替他征讨不停，是以底定一时，比康熙朝法律更觉得严重了。

然而"乱世用重典"，古有明训，岂知压力愈重，则其反动力亦愈甚，所谓"明则易见，暗则难防"也。当时明朝的宗室以及孤臣遗老，遁迹山林，效那伯夷、叔齐，把世俗事情都置之度外，一概不闻不问，此效高人之风范也。其间有英雄豪侠，具有爱国爱族之思想，见清廷暴虐无已，就将一股血性激起革命风潮，或则占据山岭，揭竿聚盟；或则统率义师，效死沙场，表示抗衡。不是个个肯做奴隶，受人压制，而事之成败，虽未可知，即其行动、事迹却都可泣可歌，足以震天地、泣鬼神，令后世崇拜，资为楷则者，得二人焉。

那时宿州有个著名拳师，姓张名兴德，一手俞派、祖传两柄双刀，使得神出鬼没，江湖上因之称他为"双刀张"；名驰天下，教徒日众。此老性喜游，他有一头健骡，日行五百里，是关外一个商人赠的；他有一个爱徒邓锦章，出入相随，不离左右。张兴德带着邓锦章两个，各骑骡子，在扬州地方，凡属名胜之区，都已走遍，颇觉厌烦。后来专从荒烟蔓草之间，寻视断碑、残碣以为乐事，倦则即宿于山林古刹，或相对倚树而眠，此亦他们武帮中之一个奇人也。

一日夕阳在山，暮鸟归巢，张兴德忽然发现一段残碑，在一堆荒坟旁边，拨土细认题曰："指坟"，兴德曷胜奇异，叫邓锦章同瞧，明明是"指坟"两字。自此，张兴德逢人便问，后来遇到一个白发老翁，谓能知其事者，将这"指坟"的历史叙述出来。

原来明末时候，史督师部下有一个何尔埙者，幼而聪明，长而豪迈，落落有大志，其父之屏，委赞于朝，颇有风骨，恒教其子以忠义，立身尔埙，凤秉庭训，且当启祯之世，目击阉宦擅权，败坏法纪，爵赏由心，刑商由心，所爱光五宗，所恶灭三族，百僚结舌道路，以目天下乱，乘机闻风而起，有志廓清者，每欲献其身而未有其遇。呜呼！亦足伤已。

京师沦陷，思宗殉国，忠义之臣一时从死者，不乏其人，尔埙每读朱虚侯，非我种者，锄而去之，未尝不废书三叹也。其所交友，皆当世英俊，尔埙与子谈时事，咸表同情，乃慨然曰："今天下糜烂至此，身为朝臣，不能弥祸于无形，使至尊损躯宗庙坠废，岂一死足以塞责？况流寇无守，天下之志，余当以社稷为重，留此身以有待。惟北地处强权之下，欲图恢复之计，必难自振，要非南方不可。"于是瞰贼无备，星夜南下。贼觉遣铁骑追至不及，而福王已立于南京，史可法督师扬州，尔埙谒可法，痛哭流涕，指陈破贼大计，可法奇其才，亟赏识之，留于幕府，借资襄助，敬如上宾。尔埙亦深知史可法之忠诚，愿赤心以事之，每迈擘画，可法未尝不称许也。

初南都议立，可法意在潞王，谓福王七不可立，贻书于马士英，厥后，卒立福王，而士英遂挟其书，以胁可法。于是可法事事为之击肘矣！尔埙闻之，谏可法曰："方今蛮夷猾夏，中国式微，残碎江山，剩兹半壁，清兵之来，即在旦夕，今所持以屏藩王室做东南之保障者，惟在公耳。敬朝廷有金壬之臣，而欲将帅立功于外者，岂不难哉！今公赤心为国，鬼神咸知，士英剽狡，窃柄摧挠栋梁，公当直举往事，暴曰于天子，庶天子无以疑公也；一面公亲率六军以与清军决一胜负。"于是，可法感尔埙之言，即命尔埙统兵以攻清军。

清廷得讯，知非寻常之敌，乃遣大将鄂勒齐，统率大兵南下征剿。尔埙据探报，即与几个将弁密商，都道清将统兵南下，其势必锐，我军现在暂且停止进攻，趁清兵未到，蓄锐养锋，以逸待劳；待清兵一到，就给他一个下马威，挫折其锋，以寒奸胆。商议已定，就照着进行，传令军队，暂且停止过攻。附近州县，静待后命。于是尔堮所统的军队，咸皆卷旗息鼓，退守营垒，按着不动。

黑云幕布，黄尘滚滚，鄂勒齐统带了十万清兵，卷地一般的赶来，离开青云山不到十里，已是黄昏时候，鄂勒齐就传令停驻，不再前进。刚欲安设营帐休息，猛不防尔堮领了兵，从山上如水的冲将下来，摇旗呐喊，金鼓齐鸣，清兵不知底细，吓得魂飞天外，魄散九霄，非但不战，竟自相践踏起来。尔堮见此景象，就传令冲杀进去。

清兵无心恋战，私自逃生，鄂勒齐仅以身免。尔堮已得了大胜，就鸣金回营。检人数，伤折不多，夺得粮食、器械不少，尔堮也照便设宴庆贺，这都不在话下。

鄂勒齐既败了下来，狼狈不堪，细点人数，足足丧失一大半，饷械不算，何尔堮又不时的来搦战，鄂勒齐哪里敢再出去应战？只好挂了免战牌，严守营垒。一面飞报清廷，求援兵请议处。

清廷得耗大惊，都道鄂勒齐措置乖方，致遭大败，丧失国威，就传旨革职，解京审办。复传旨改派呼克图，再统精兵十万，火速南下，克日荡平。呼克图得了旨意，就点兵调将，一路浩浩荡荡的南来了。

却说这个呼克图，原是清廷一位惟一无二一员大将，非但枭勇绝伦，却亦足智多谋，到了青云山，他就便服，暗暗在那山附近细细的打量一次，知道不可力攻。因为这青云山三面都是削壁，只有一面有条羊肠小道，可以进出。他就把十万精兵四面团团如铁箍一般的围住得水泄不通，并不搦战；一面密遣心腹，混上山中去运动兵士。

尔堮的部下见利忘义，竟有许多松懈起来，不如以前的勇敢，有的暗暗的溜走，有的竟投入清营，致剩下一半尚肯听尔堮的命令。何尔堮旦晓得清廷必不肯罢休，故亦竭力防守，后因粮尽饷绝，无法挽回，一味死守不降，惟终日神思恍惚，郁郁不自得。每仰天长叹，又深念史可法未知存亡，痛南都人民咸皆苟安偷息，任人宰割；长此以往，祸至无日矣！然一息犹存，此志不变，仍密筹重整之策，相对涕泣，以死自誓。

有高准者，福建人也，与尔堮为莫逆交，深得其臂助。尔堮不忍见山破后同罹锋镝，每劝其选返，准不从，后经尔塥力劝，故从焉。

其时尔塥之父之民间，方奉命巡抚闽省，适系高准梓里。尔塥以亲恩未报，国仇方亟，后顾茫茫，不知命在何时，恐长此以往，更无承欢膝下之时。且天地晦冥，海飞日暗，国之不存，家于何有？于设宴招客饯高准。

行酒半酣，尔塥忽于襟下出利刃，一挥断其指，鲜血淋漓，襟袖皆赤。血点点滴杯中，酒作紫色，一座皆惊骇失色不能语。然尔塥谈笑自若，绝无痛楚状，以袍袖拭血刃入鞘中，举血酒一饮而尽。乃右手持指，向高准泣而语曰："此尔塥之指也，请语我父母，指归而尔塥不归矣。尔塥委身戎马间，无余暇以事父母，尔塥罪当死，请父母视尔塥为已死。尔塥情殷报国，而国终不能报，死有余恨。惟能变作厉鬼以杀贼，敬有继尔塥志而起者，则请父母尽鬻家中田产以资之。如是，则尔塥死且慰。且史公忠臣，尔塥且当以身许之。古人云：男儿当马革裹尸，尔塥尚未得死所，万马乱军中，何从得尸？得尸亦奚益，徒增父母痛尔塥之尸，愿化为泥尘。尔塥死，请父母即以尔塥之指藏可也！"言已，以指受高准，准泣而受之。尔塥语时，声调激昂，须髯尽张，举座倾耳悚听，至是，亦尽相泣下。未几，高准持指行，而尔塥之血尚未干也。

高准既下山，见四周皆清兵，仓卒不得出，即晚巡者至，高准系杀之，而取其衣衣之。遂行，清守兵不疑，竟纵之去。

呼克图知何尔塥已势竭力尽，不能再持，惟见其忠勇，遣使招之降。尔塥怒曰："何尔塥何如人者？岂肯奴颜婢色，求降虏廷以偷生哉！战而耳，无他言。"遂斩来史，以自誓。呼克图知尔塥无降志，乃四面围攻，尔塥亦率兵坚御，然以饥困之兵，安能抵抗士壮马饱之师？又人数相差太远，遂败，尔塥乃仰天大呼曰："天不佑我，我力尽矣！"阖门纵火自焚，尔塥与士卒均死。呜呼，烈哉！时在清雍正朝。尔塥已矣，不图复有。

李文蔚者，其行为事迹，亦足与何尔塥并传。文蔚，渑池人，幼即膂力过人，身材伟岸，神采奕奕，双目灼灼有光，见之者感惊为天神。性好骑剑，每戎装舞剑于野，父怒迫之就读，文蔚辄逃学。父复痛责之，每答曰："男儿当长枪大戟驰骋于戎马间，立不朽功，岂能长此呀唔读死书，老死牖下哉！"其父不能强，听之而已。

文蔚见父不再拘束，遂益放肆。会后父母相继病殁，文蔚竟携资浪游江湖，遇异人传授，遂谙剑术，疾如旋风，取人首级，只见白光一道，尤工弹子，百发百中，自此文蔚名渐远播。途过虎翼岭，岭上有寇，绰号"铁枪姚鹏"，善使铁枪，尝劫人财物。兹见文蔚过其地，竟下山与之斗。文蔚绝不畏，往来驰骤，如入无人之境。鹏服其勇，因拜降文蔚，亦见其可为，乃嘱其静待天时，他日共出，恢复汉业，乃与之结义而去。

文蔚复得二友，一史孝杰，乃史可法之嫡裔；一武忠，均慷慨有大志者也，且均娴武艺。

康熙十二年，云南吴三桂起兵，一时金风铁雨，将有会师武汉、直捣幽燕之势。文蔚闻之，拔剑起舞曰："剑斩胡虏头，痛饮黄龙血，此其时乎！我汉族子孙，岂可坐视，此神州大陆永远沉沦耶？"遂访其至友史孝杰曰："击楫渡江，闻鸡起舞，我将偕子揽辔中原，澄清天下，复我河山，子果有同情乎？"

孝伙沉思良久，乃答曰："君意良佳，大丈夫固当如是，惟今者天下大定，清室基业已固，我汉族人民蛰储存其下不能一动者，天也，时也，亦势所使然也！三桂僻处滇南，兵力未充，人心未附。荆襄武汉，天然要隘，三桂至今尚不能得，安能成事？况满主才在冲龄，尚能诛鳌拜，索（伦）清兵百万皆养精蓄锐，猛如狮虎，一旦悉师南下，如石压卵，焉有不破哉！且三桂一反覆无常之小人，忘国深恩，不惜以祖国之锦绣河山，以殉其爱妻陈圆圆，引虏入寇，首先臣服进缚，由榔于缅甸以卖虏欢，而欲使有明之子孙无其类，真乃卖国求荣、狗彘不若者也！今者弄兵滇池，岂真为故主哉！实私己耳。我行见娇贵满盈，将自毙焉。即幸而成事，当亦南面称尊，岂尚肯立人乎？即肯立人，何不于明社未亡之前，拥立真主，号召天下，岂非事半而功倍，名正而言顺？今木已成舟，大错已铸，其势已张，方乃出此，不亦愚之甚耶！俯首就戮，血膏原野，将有日矣。我兄幸勿自误，徒逞一时之血气而不顾其他也。"

文蔚曰："兄言固当，顾弟年逾弱冠，正建功立业之秋，吾不为国用，则没世而名不扬，非自误之大者耶！矧胡虏入关，鹊巢鸠占，嘉兴三屠、扬州十日殷血未干，惨酷奚？如今天佑我辈得以手刃之，为国复仇，为民吐气，不亦大快事哉！况天定未必胜人，人定亦能胜天，安知三桂之终不可成大事哉！设人皆观望不前，则三桂势孤易败，预想彼时之屠戮，必更有甚于前日者矣！若虑三桂心怀叵测，擅自僭号称尊，则弟亦可与兄共起诛之，重立明裔，以定天下。男儿负此七尺躯，当统百万兵，上马杀贼，下马草露布，方不虚生。我诵岳武穆'马蹀阏氏血，旗枭可汗头，归来报明主，恢复旧神州'诗句，而不兴起者，非人也。兄其然我言而起乎？则会看金戈铁马、剑啸戟鸣，百万健儿齐唱凯歌还也。速起，速起，幸毋迟！"孝杰颔允之。

鼓声中，旌旗阵里，天地为之变色，山川为之骇崩，此盖清将岳乐与吴三桂作战时也。三桂军中主将名马宝者，率一军出湖南，遇清兵于兴国。甫交锋，清军有副将洪大金者，骁勇绝伦，引军直薄吴师右翼，右翼乃溃，清军继上，势如潮涌，宝军大败。忽山坡侧突出一军，如飞将军之从天而降，衣甲皆白色，直扑清军，手银枪、跨骏马，凛如天神。清军于是不敢复上，此人非文蔚其谁欤？

文蔚自得孝杰允后，遂与武忠等集死士数千，厉兵以待。闻清师南征，因引兵来逆，至是退清兵救吴师，遂入三桂军中矣。

洪大金，清军骁将也。善长刀，每出战陷阵，喜夺敌人之大旗，岳乐尝命为先锋。是日见文蔚救围，遂于翌晨，亲至吴营搦文蔚出战。马宝即命应敌，文蔚欣诺。出与大金战不十合，即引退，大金率师后追，文蔚出其不意，发连珠弹，毙大金，反戈杀敌，大败清兵，于是李文蔚之名大著。

三桂即耳闻文蔚名，即命之为将，统军出黄州，以挠清师。抵黄坡，索伦兵至，其将校素以骁勇善战名，文蔚命史孝杰统左军，武忠率右军，接站十余日，奋力杀敌，清军几不支。岳乐闻警，遣兵助之，文蔚命武忠迎战，会大将敌杰书引兵三万，自麻城来，军势颇盛，文蔚又命孝杰领万军坚守，而自领一军以敌杰书，奈文蔚虽勇，以众寡不敌，劳逸相差，遂败。

文蔚收败兵七千，驻扎于某村，命一卒往马宝处乞援。马宝忌文蔚功出己上，恐文蔚得志与己不利，遂不之应。文蔚在某村，又得武忠败耗，军心益慌，文蔚曰："诸君无惧，当努力应敌，马将军不日遣大兵来援也。"

不料马宝之兵未至，而杰书之军又来，文蔚遂分军为三队，据险扼守，鏖战半日，士卒或溃或降或走，仅文蔚亲率壮士五百人，犹奋力拒敌，而清军大队又掩至，炮火连声，继以强弓硬弩。文蔚乃顾谓部下曰："事急矣！战亦死，不战亦死，不如冲阵而走，犹得幸免也。"众咸高声曰："愿从将军令，以死继之！"文蔚遂右手舞枪，左手仗剑，当先驰出，壮士皆横刀斫，清军当之者，无不头落。但见箭如飞蝗、刀如捷电而已。杰书命众将放箭，文蔚以枪拨之，无不坠落。

出清军重围，文蔚只肩中一箭，而壮士从者，仅剩数十骑矣！文蔚又曰："我等不如驰往史将军处，重图恢复未晚也。"遂率众去。

载驰载驱未及半途，而恶耗至矣，文蔚方知马宝忌功不援，左翼亦败，孝杰战死。文蔚遂仰天大恸曰："天不助我，奈之何哉！自古惟有断头将军，无降将军。"言讫拔剑自刎。军士急阻之曰："将军年少力壮，大仇未报，何出此短见？不如往别处去，重图恢复也。"文蔚曰："唯。直隶虎翼岭有我友铁枪姚鹏者，今可投之。我身一日不死，定当伸我志。"众曰："诺！"

文蔚率众至虎翼岭，姚鹏竭诚欢迎，推为大王。文蔚遂训练军马，海内豪杰咸闻风归附。文蔚专劫满人及汉奸献身物，无一留其性命，以所劫得者半充军饷，半以周济贫民，兵官皆讳莫如深，不敢告发。有一县宰，日中方出征山之令，而傍晚头已飞去，自此人闻文蔚之名，莫不震惊曰："此飞头将军也！"

三桂已死，清廷命将统兵南下，然而三桂子世藩懦弱无能，遂降清，于是三藩之乱悉平。文蔚闻之惋惜不置，叹曰："孝杰之言岂欺我哉！今孝杰死而我独存，于心殊愧。"孝杰之子孙在兖州，文蔚时时恤之，又遣姚鹏私出黄海，购战船于敌国，思欲操演水军。会飓风起，姚鹏与战船皆沉没，惟有一二人得脱于难，文蔚又叹曰："此天意也，人力不有胜焉！"

迨雍正临朝闻文蔚名，暗遣刺客陆真往刺。陆真夜上虎翼岭，与一卒私通，引至大寨。陆飞身上屋，忽见西厢中有一道白光，冲窗隙而出，陆大惊，知此乃上乘剑术，非所能敌，反身欲遁；而白光一剑，而真之头颅已去矣。

雍正自陆真去后，旬日无音讯，知已受祸，大怒曰："不去文蔚，大清心腹之患也。"遂命陆真之师吴大用，绰号"飞来燕子"者，再往刺之。且语之曰："若不能取文蔚首级来，汝一家性命休矣。兹限汝十日期，过十日，则先斩汝子以警。"吴大用大惧，唯唯受旨，星夜至虎翼岭。黇夜上山，一路见营寨关垒，悉井井有法，叹曰："文蔚非独剑客，亦大将才也！"至文蔚帐，见文蔚方秉烛观书，美髯飘动，盖其时文蔚年已老矣！

吴遂伏暗处，发一镖，文蔚闻风声知有暗器，即用手接住。吴连发三镖，皆未命中，不得已，乃拔刀而出曰："吴某奉皇帝密旨，来取大王首级。"文蔚笑曰："鼠子无知，李某之头岂易取哉！"

吴舞刀进，但见一道白光出帐中，吴知难敌，飞步遁，而白光忽上忽下自后追，吴惊甚，急下跪曰："愿大王恕某性命，某有言，乞大王闻之。"言讫，白光敛，而文蔚忽立于身前，喝曰："速言毋迟。"

吴曰："欲取大王头者，皇帝也，非小人也。小人一家在皇帝处，若不能取得大王头，则全家不保。上有白发老母，下有襁褓幼子，故我不惮千里而来冒犯大王，非我愿也，奈皇帝命耳！大王仁慈，幸恕我罪。"

文蔚闻言，抚髯叹曰："以我一身而使虏主坐卧不安，亦足豪矣！然我苟一日不死，则虏主决不甘心于我，而我汉族同胞受虏主逼而死者必益众。我老矣，无能为也，不如自裁，拯汝一家性命。"遂仰天高呼曰："史、姚、武三兄，地下有灵，文蔚来矣！"只见白光一起，而文蔚之首已落，然尸身屹然不倒，亦不见血，吴某乃拜而取其首级以去。

嗟乎！何尔埙、李文蔚二人，均以世家子弟、草野匹夫愤虏廷之横暴，奋然而起，谋为祖国，恢复河山，扬汉族之荣光；乃苍天不佑，不令竟功。人谓天忌才，吾谓天爱才，苟天而佑其成功，则不过得多数人之称颂，谀扬反不如使之失败，而永使天下千里长唏叹息也。

尔埙、文蔚，非愚者，若使其臣服虏廷，为之驱策，则二人早已爵显官高矣。其不如此者，适见其重名节，不苟且以求荣也。吾常见古来英雄、豪杰，以所志不遂，而致忍辱偷生、毁名败节者，以之较二人，不亦天壤耶！所谓奄奄息息而生，不如烈烈轰轰而死，吾有感下发焉！

要知后事，且看下回分解。

第十三回

变宗旨淫欲招殃　怀忠心奴仆救主

却说飞来燕子得了首级，心中自然异常欢喜，就取了首级，星夜赶回京，交了旨。雍正帝看见，胸中也觉得快乐非常，以为心腹之患已经除却，便可高枕无忧，做一朝太平天子。然而有人说飞来燕子取得的首级，并非是文蔚的，李文蔚也没有自杀，这个首级是他用法取了别人的，给与飞来燕子带回，北京雍正帝不辨真假，就此混过。然而文蔚则深恐走漏消息，于己不利，就同着他几个同志，隐遁海外，故日后雍正仍旧被他设计暗杀，此说亦近情理，惟都是后话，现在暂且不表，归就正书。

自古以来，人人说佛门清净，僧道高洁，话说有理，但是不能一概而论。有的佛门，本来是清净，反被那好色的淫僧，带了慈悲的假面具，不去普度群生，却转弄错了头路，专去普度一般妇女，把那本来清净的佛门反弄得异常龌龊，言之良堪浩叹。这都是因为有一般道行浅的和尚，真心守不住，中途变了心，有的仗着他拳术武艺，有心变心作恶的，这就是像那苏州伏虎山的昙空和尚。

昙空和尚在伏虎山，修炼了几十年，自持本坚，思想高妙，而且有一身好武艺。若能长在这伏虎山上静修，恐怕还守得住，不知道人事难凭，往往有出人意料所及的。自从是年雍正临了朝，就密遣几个心腹来宣召他进京，他执意不肯，足见他早已把那功名利禄厌弃了。然而自己个雍正所遣的心腹回京后，昙空和尚暗自思忖，深恐雍正疑忌他，算计了性命，故就同了他慈因、慈云、慈法、慈普四个徒弟下了山，隐居在附近熟识的民家，暗里托人往各处去打探消息，自己也不时同着几个徒弟到各处热闹的地方留览。

然而热闹地方即是奸邪的隐处，惟奸邪最足以动人，昙空和尚虽然修炼有年，然目常睹粉白环绿、耳常闻佚辞淫声，不多时，竟渐渐的变心了。又兼着慈云、慈因两个徒弟不时逗动，遂致内邪外奸相机并进，而迫得昙空和尚尽费前功，坠落地狱，做出不端之事，玷污佛门，且竟致丧折性命。淫欲之念，岂可妄动哉！

昙空和尚后来探听得外面没有什么动静，就仍旧移归上山。其时适值仲春天气，山上花方绽苞，绿杨荫芽，景色绝佳，以至一般公子王孙、大家闺秀成都上山来。游春的游春，烧香的烧香，倒把个寂寞荒山顿变成繁华世界。

昙空和尚已变了心，见着这般如花美眷成群结队的走来走去，岂有不动欲、心起邪念的？越看越想，越想越看，差不多眼睛里要看出火来。又有慈云、慈因两人在旁边撺掇，于是昙空和尚深悔当日何必剃光头，肉在口边，不能吃，眼饱腹仍饥。其懊恼形状，有不可以言语形容者。

昙空和尚已心迷于色，他的行动举止也就渐渐的放肆起来。不时遇着妇女上山来烧香，他就眉开眼笑的曲意奉顺。那般端正的妇女，固仍处之如常，不露丝毫轻狂态度；若有一帮淫浪妇人逞着昙空和尚这般景象，反大家欢迎，故意格外卖弄风骚，眉挑目送，做尽丑态，引得昙空和尚热锅内蚂蚁一般，坐卧不安，饮食无味，迫得他渐渐的由眉挑目送进了一步，动起手脚来。由动手脚而实行普度，遍散佛种，顿使干净佛土，变成宣淫秽地。

那般淫荡妇女，自得了昙空和尚的甘露味后，就不时的假着烧香为名，上山来做那无耻的勾当。甚至留宿庵内，日参欢喜禅，夜开并蒂莲，可算得常在极乐国里，逍遥贡界。

然而人的心胸终没有满足的时候，只想越多越好，非独于钱财如此，就如对于女色，也是如此的。有了一个，还想两个；得了美的，还要得丑的。就是像这个昙空和尚，他既有了好几个妇女与他来往，然而他的欲心尚未满足，又不时遣他的徒弟下山觅艳、访情。遇着有绝色的，就百计引诱她上山，或者遇贫穷人家的妇女，则昭以重利；不从，则强掠之上山。有的怕他威吓，有的贪他重利，都愿受他淫污者；或有抵死不从者，则紧闭密室，凌虐诱劝。然有不受其诱劝而凌虐至死者，亦比比是。

昙空和尚虽享尽人间艳福，却造下万重罪孽，到后来以至丧失他的性命。现今缓缓的来述他最造孽的一件事情，及他致死之原由。

有陆秋园，一文弱书生也。先世本望族，及生而中落，生父殁，家只老母，一妻以及老仆。妻年少而有殊色，且孝且贤，日则为人洗衣，夜则挑灯事女红。伴书生读，漏深不辍，以十指所得资家用。姑食辄肉饭，而己与夫恒以稀粥醢菜充饥，无怨色。有怜而询之者，则对曰："姑年老且病，非食不可。妾年少，只求腹饱，安希他哉？"是以邻居咸贤称之，宜天亦佑之也，而不知天竟不佑之而反祸之也，天亦忍矣哉！

其家适傍伏虎山麓，一日，妇方在河滨洗衣，忽为昙空之徒慈因所见，急报之乃师，并引之往山麓窥焉。昙空不见则已，一见欲狂，暗叹曰："天下岂竟有此美妇人耶！"回顾慈因曰："汝速为我图之。"慈因曰："诺！"

翌日归告曰："妇夫乃寒士，家居山西麓，除彼夫妇二人外，只有老母一，老仆一。若酬以重金，必可偿师愿。"

昙空大喜，即与慈因以重金，慈因即挟之往。无何，归告曰："若曹太不知趣，非但不允，且破口大骂，'我家虽贫，确系清白，决不做此无耻苟且事！汝贼秃失了乌珠，盲了双目，想以黄白物来诱人耶？速去，否则，仔细尔秃颅也'。徒实无法，故只得持金返。"

昙空和尚闻言大怒道："好不识时务的混账东西，你仗什么势，来敢得罪老僧！且看老僧的手段，弄得你家破人亡，才知道老僧的厉害，发泄完胸中之恨气！"说着，就贴附慈因的右耳道："如此，如此！"只见慈因拍手大笑道："秒极，秒极！看她再敢拗强不敢拗强。"说毕就走。

翌晨，妇又往河滨洗衣，忽觉后有人掖其腰，忽回顾，则即前日持金去妇家之慈因和尚也。妇方欲斥其无礼，慈因即挟之，狂奔向山上而去。妇骇甚，大呼救命。无奈野荒人稀，绝无应者，慈因已挟妇奔至山寺。

昙空见之，自然大喜过望，命暂幽之密室，命人看守。他却私自暗忖道："已入了我的樊笼，终逃不了的，无礼如何是我的肉。现在若去下手，恐怕她不肯，寻了短见，不是白白的送掉了，岂不可惜！倒不如先派已经服从我的几个妇人，去诱说她，软硬兼施，不怕她不从。她若从了，我就可同她永久快活着了。"主意已定，昙空就走去吩咐和他相好的刘、张两个妇人道："我现在又弄到一个好的，但恐不从我，白丢了命。故我来托你们两个去劝劝她。若然她肯了，这都是你们的功劳，我自然重重的报谢你。"

那两个妇人听了，都伸了一个指头，带笑骂道："臭贼秃，有了我们两个还嫌不够，再去弄了一个来。你已经弄了来，她肯不肯，关我们什么事？你自己去劝她好了。"昙空知道是拈酸儿，就嬉皮搭脸道："你们只管去劝，我是决不薄待你们的。"刘张两个妇人方暂抬起身来，往外走去。

却说朱氏被慈因抢了上山来，藏在密室内，知道身入贼巢淫窟，决无幸免的，故早已抱着必死之心，万不从贼，污掉自身。又想到，我已被掠上山，不知家中已得知否，若然得知了，必定急得无法，想到这里竟放声大哭起来，奋身向墙上撞去。早被看守的人拉住，正在闹得难解难分的时候，忽然刘、张两个妇人，款款的走进来。几个看守的人都道："好了，好了！娘娘来了，快去劝劝她，我们是不中用的，被她骂得也够了。"

刘、张两个妇人道："谁叫你们得罪她的？"说着，就走近前来，把朱氏细看。只见鬓发蓬松，然而越显她的娇媚；脸腮泪痕，宛如牡丹滴雨；星眼昏雾，酷若芍药笼烟。刘、张两个妇人就含笑启口道："何苦！来到了这个地方，是免不了的。我们起初被他们抢上来，也是像你一般的抵死不从。后来仔细一想，若然寻死，也是白死，性命是人人爱惜的，我们就从了。他倒弄的吃的是山珍海味，穿的是绸绫罗缎，异常的快活。你若然从了，是更不必说的，比我们还要好。因为你的年纪又轻，相貌尤好，师傅是一定格外哀怜你的。何况一个女人生在世界上，原是只讲的快活舒服罢了，那些贞洁节操，本来是诓人的，我们劝你还是从了罢！只这样也是无益的，白白的把好身子糟蹋了。"

朱氏方在发狠要寻死，听了这些话，好似火上添油，就破口大骂道："好没廉耻的妇人！你们当我是与你们一般的不要脸么？你们只图快活，不怕人家唾骂，要晓得做妇人最重的节操廉耻。若是节操廉耻都丧失了，虽生着，还不如死的呢！你们快给我滚开，我不欲看见你们这种没有廉耻的东西！"

一篇话骂得刘、张两个妇人闭口无言，瞪了一瞪，就说道："好不识好恶的怪妇人，我们好好的劝你，你非但不从，还要骂我们。唉，让你去罢！"说着就走了。

日落西山，群鸟归林，陆秋园尚不见妻返，讶甚，或洗衣失足坠水耶？遂命老仆陆忠往河滨寻觅，不之见。归报陆某，骇极，抑遭强徒劫掠去，日复一日，音讯杳然。陆忠四出探访，亦无着落。陆秋园迫不得已，禀明老母。老母闻言，大恸竟晕绝。良久，始泣曰："老身难得此孝媳，朝夕侍奉，今媳失踪，不溺于水必遭暴劫，老身安愿再生哉！"

秋园力劝，始稍已，然日必哀形于色。秋园心实痛，且恐老母病，家贫无资，报官亦无益，只日遣陆忠四出探访。一日陆忠归告曰："娘娘已有着落，老奴今晨外出，遇某牧童见老奴慌张，询其故。老奴据实告，牧童即曰：'我曾见一妇人洗衣河滨，其时尚早，后忽来和尚挟之上伏虎山去，未知是否？'老奴闻言，急复询其形貌、妆饰，牧童一一告，则赫然娘娘也。惟伏虎山昙空和尚同他几个徒弟都孔武有力，且娴拳术。起初本来是端正的，近来忽然变了心，专下山来抢掠妇女上山去奸淫。妇女被他们污辱的，不知道多少！有许多没廉耻的，就住在山上当了他们的妻妾；一般许多有节操的，则都寻死。老奴看娘娘平日举止行动，也是有节操的，虽然被他们掠上山去，是决不会受他们一般贼秃污辱。但是我们现虽去了求他们放人，决定是做不到。据老奴意思，势不得不报官或者可以归还，不知相公意下如何？"

陆某道："还须禀闻老太太。"说着就走进内房，向他老母说明种种。老母大怒道："贼和尚敢如此放肆，他们要我们的命，我们也要他们贼和尚的命，大家就此拼拼罢！"说完又大哭起来。

秋园力劝说道："让儿子去报了官，必定可把媳妇弄转来的。"却不知道非但没有转来，反被昙空和尚用计，弄得家破人亡，陆某差不多病死狱内焉。

昙空和尚自从吩咐慈因把朱氏抢上山来，藏在密室内，嘱托他的相好去诱劝。他一心愿望朱氏允从，夜间就可成事。哪知道朱氏节烈性成，非但不从，而且大骂一顿把昙空气得暴跳如雷，说道："你这个妇人不识好坏，我好好派人劝你，你不从就罢了，还要骂人。我不看你此般貌美年轻，早把你杀掉了。快给我仍旧藏着，留心看守，倒不要被她自尽了，怪可惜的。"

一日昙空和尚正在同他几个相好妇人调笑，见慈因急急忙忙的跑来说道："现在我们抢朱氏上山来，她的丈夫家已经知道，听说还要报官呢！"昙空和尚冷笑道："我道什么事，原来是这事，这有什么要紧！老僧不与他计较，他倒要算计老僧起来，真正叫做老虎头上想拍苍蝇，自己寻死。"

慈因道："虽然不要紧，也当想个法儿防备防备，别让他先动了手，就难办了。"昙空和尚笑而不答，只附着慈因的耳朵低声道："如此如此，就妥了。"只见慈因笑道："我遵师父的命去干那件事，但是将来若然有什么祸事发作起来，我就担当不起。"昙空道："一人做事，一人挡，你只管干去，有老僧在，还怕什么！"

街谈巷议，莫衷一是，惟都说奇怪，伏虎山脚下杀死一个人，头却不见。然一路血迹，直到陆秀才门口方才没有，或者陆秀才杀了人，也未可知。但有的人说陆秀才文文弱弱的读书人，人品也很规矩，岂能干这杀人的事？当地地保已经报了官，等一时就要来相验的，或者就可拿着凶手，也未可知。

俄而，县官果到尸场相验，委以被人戮死，惟头颅不见，命地保暂且棺敛，候缉凶手究办，并密寻尸首所在。验毕，县官正欲回衙，忽见差人走前禀道："小的见着一路血迹，直到陆秀才家门口，难免不是陆秀才行凶的，请太爷定夺。"县官道："先传陆秋园来问话。"差人就虎昂昂的去传了。

无缘无故飞来横祸，秋园正在命陆忠去报官，追觅失妻。忽见县差急忙忙的走进来，秋园大惊，便问何事。县差低声道："新近伏虎山脚杀死一个人，头颅不见，血迹一路沥到你们门口，县太爷有些疑心，故饬小的来传你去问话。"

陆某道："我一介书生，每日安守在家，岂敢干这杀人犯法的事？"县差道："你既没有杀人，你怕什么？去见了县太爷，问了几句话，就可回来的。"

陆某暗忖："我没有杀人，去见县官怕什么？而且正可禀诉昙空和尚强劫民妻之事。"主意已定，就对县差道："烦你再等半刻，让我禀过老母再走。"说着就进内房，禀过老母，亦只无奈。随后出来，随了县差而去。

到了尸场，县差先上前禀过，随后，县官就传秋园至案前，问道："这件杀人事件你与闻与否？"秋园答道："小生非但没与闻，连知道都不知道。"县官又问道："你既然不与闻，不知道，为何血迹直沥至你家的门口？"秋园道："小生也不明白。"

县官刚欲再问，秋园就上前一步，行了一个礼，禀道："小生之妻，近被伏虎山昙空和尚劫去，请老公祖饬提昙空和尚到案审究，并求追还原妻。"县官道："已有这事理当究办，惟这杀人案件，尚未审结，现在你处于嫌疑地位，本县拟亲往你家查察一次，再行定夺。"说毕就命起驾，迳往陆姓家中而去。

县官既到了陆姓家中，就命县差详细搜检，那般县差奉了命就动起手来。秋园的老母全身发抖，经秋园详解，始稍安心。

且说那般县差，在屋内搜检了一遍，并没有什么，遂后到后边庭中来。有一个县差看见西墙脚下院土浮起，心下疑惑，就同了其余的县差到那西墙脚下，用铲掘起那浮土，不到一尺深，只见一颗血迹模糊的头颅，埋在里边。

秋园见了，已吓得面如土色一般，县差也就吃喝起来。在东边一株梧桐树底下，掘得一把上有血迹的快刀。秋园至此已不能言语了，县差就拥着他去见县官。

县官见了，就大声喝道："给我跪下！凶器、证据都在，还敢赖么？"秋园听了一喝，方暂清醒，竟口喊道："冤枉，冤枉！小生足不出户，不知这颗头颅、血刀何处来的，一定有人有心陷害，还求老公祖明夺。"县官道："胡说！"就命一般县差带回去，再行究审。说毕就起驾带了陆某回衙而去。

这里陆某的老母已哭晕在地，幸有老仆陆忠救转来，劝道："老太太，不必着急，身体要紧，别急坏了。相公实在没有杀人，经县里审明白了，自然依旧放回来的。"然而她仍旧一味哭开说："这种日子我不要过，媳妇被人抢去，儿子被县里拿去，只剩着老身做甚？"说着就往墙上撞去。急得陆忠赶紧拉住，缓缓百般安慰，方才好了些。然究竟一时忙乱也无法可想。

诸君要知道，秋园为什么家里搜得凶器、头颅，平平的拿到县里？这都是伏虎山昙空和尚，因为秋园要报官，追究他，他就暗中命他的徒弟慈因下山，乘夜把走路的杀了，割下了头颅，并那凶刀蹚到秋园的后院，爬了进去，把头颅埋在东墙脚下，把那把凶刀藏在梧桐树底下一块石头内，果然他的计策达到成功了。昙空非常的欢喜，就走到密室中向朱氏道："你的丈夫已经杀了人，犯了法，拿到县里定了死罪。我劝你还是从了我，倒享些福罢！"

朱氏闻言，信以为真，就大哭起来。后来一想，或者这个贼秃诓我，或者他去用计陷害了我的丈夫，也未可知。现在不管什么，不如死了干净，省得受如许磨难。主意已定，就往墙上撞去，幸亏有看的拉住。

昙空起初见低头无言以为肯从了，心中非常喜欢；后来见欲撞墙寻死，就吓得走开了。但是他暗想不结果陆某，终不能成事，于是他又暗中差他徒弟慈因去贿通狱卒，想把秋园暗暗结果了。幸亏有一个狱卒，良心忠厚，不忍害人，他处处把秋园卫护，故不致被害。但是后来当堂审讯的时候，因为受不起那般刑，竟承认是他杀的。县官就叫他画了押，钉镣收禁，俟明年秋季处决。可怜他终日在狱中啜泣，暗想：何人如此丧尽天良，陷害无辜，想来想去，方想到昙空和尚，一定被他下此毒计。想到这儿，就咬牙狠声说道："唉！昙空和尚，我陆秋园与你无冤无仇，你把妻子强抢了去还不肯罢休，竟下此毒计，弄得家破人亡。我陆秋园无缘无故因受不过苛刑，认了罪。将来白白的身首异处，做那无头冤鬼。"

不表秋园在狱中哭泣，且说那老仆陆忠。陆忠自从秋园无辜陷入监牢后，知道定无生理，家中老女主人又急得患病在床，一息奄奄。他心中异常愤懑，就四处详细打听，准人设计陷害他相公。后来，渐渐的探得是伏虎山昙空和尚设下这个毒计，陆忠就暗骂道："好一个没心肝的臭秃驴，你抢了我们的娘娘不算，还要陷害我们相公，你贼心太狠了！我陆忠是姓陆的多年老仆，我家老爷去世后，就剩下相公一个人，若然害了，岂不是绝了姓陆的宗嗣么？我陆忠已老，在世的日子也是很少，不如拼我这条老命，去把昙空那个贼秃杀了，把相公救了出来，也算尽了我做奴仆的心。"主意已定，他就每日怀了一把利刃，在伏虎山四周走来走去。

一日昙空忽下山来，欲往城中去打探消息，途遇陆忠，也不疑心，以为是上山来游玩的。不防陆忠见了昙空，缓缓的欲下山去，就暗暗把那把利刃取出来，拿在右手，随了他下山来。走得不远，就从后面向昙空腰间用力一戳，只听得"啊呀！"一声，昙空就倒在地下。陆忠还用力戳了几下，看他不动，知道已死，陆忠就一口气奔到县里，击鼓呼冤。

里头听见鼓声，就跑出几个县差，看见是秋园的老仆，就吆喝道："你老昏了？你家的相公已定了罪，你还到这里胡闹什么！"陆忠央求道："我还有别事声诉县太爷呢。"县差被他迫不过，就回里去禀了县官，出来升了堂，传陆忠进去。

陆忠见了县官，就拜了几拜，跪在旁边。县官问道："你家主已定了罪，你再有什么声诉，快诉上来！"陆忠就哭诉昙空和尚如何抢他的主母上山逼奸，禁在密室，后来因为我家相公欲告官追究，他就用计吩咐他的徒弟慈因，乘夜把路人杀害了，拿了首级偷进后院，埋在地下，这是明明的陷害。县太爷不察，被他蒙混过去，定了我家相公的罪，可怜我家老爷，自从去世，只剩下相公一人，接续香烟。若然相公再有什么，那不就对外绝了姓陆的宗嗣么？奴才受了我家老爷去世时的嘱托，不得不竟力设法援救相公。天天出外打探，人人都说是昙空和尚有心设下毒计陷害的，奴才愤不过，就天天藏了刀在伏虎山四周走来走去。可巧今天下山来，奴才就乘他不备，就把他戳死在山脚下。"这都是实话、实事，若太爷不信，请太爷派人上山查察后，再定奴才的罪，死也愿意！"

县官见陆忠侃侃而谈，毫不畏缩，就准了他，就命亲往伏虎山而去。

将到山上，县官就吩咐上山去查察，而后验尸。因恐若先验尸，怕昙空的徒弟得了信逃逸，于是一路蜂拥上山，缓缓的走去。将到寺中，只听得里面妇人笑语，县官心下就信了一半陆忠的话，及走进去，恰好慈因、慈云两个徒弟，正在乘他师父不在，与两个妇人调笑，县官见了大怒，就厉声喝道："拿下来！"那两个贼秃和尚、两个妇人正调情得火热时候，猛不防听见有人厉声喝拿，回头一看，见是本县县官，想欲逃走，已被几个县差赶上就用绳捆了，把两个妇人也锁了。然后往密室把朱氏放了出来，再往各处搜得许多武器、衣服、钱财，就押解了人犯、捆载了东西，下山来验过了昙空的尸身，就回县衙去了。

要知后事如何，且看下回分解。

第十四回

打擂台称少林一派　哭祖墓得武当正宗

却说县官下了山，验过县空和尚的尸身，命着地保备棺殓了，就打道押着慈因一众人犯，回转衙门。吩咐县差暂且关押起来，待至明天，再行详细研审不提。到了明日早晨，县官就坐堂，慈因等及两个妇人都铁索唧当的牵上堂来。两旁站着衙役，几个刑房、书吏坐在县官旁边，只听得两声吆喝，慈因等就吓得连忙跪下。

不多时，只听得县官把惊堂木拍了一下，厉声道："慈因，你这个该死的淫僧，不守清规，竟奸藏妇女，玷污佛地，糟蹋净土，快快从实供来，不准撒诳！"

原来慈因起初存心要撒诳不认，后来看见县官动了怒，两旁站着的衙役犹不时的吆喝，要打要上刑，就把他吓软了。心里仔细一想，现在证据都全，赖也一定赖不了的，不如认罢，免得皮肉受着痛苦。主意已定，就将县空如何吩咐他，将陆秋园的妻子，乘她洗衣的时候抢上山去。后来探得陆秋园欲报官，师父又吩咐他下山，乘夜把过路人杀害，割了首级偷进他家的后院，把首级埋西墙角下，凶刀放在梧桐树底下石板里头。"后来师父看见事体成功，又吩咐小僧去……"刚要说，两旁的衙役努嘴，慈因会意，就不说了。

县官听见中途停止不说，就喝道："去什么？"慈因忙道："吩咐小僧去打听消息，以后师父下山，被谁杀害，小僧却不知道。"县官就看过录的供，就命慈因盖了指印，慈因还在地下磕头说："这都是师父的主意，并非小生愿意干这犯法杀人的事件，求太爷格外开恩。"

　　县官道："虽然不是你的主意，然而人是你亲自动手杀的。杀人者抵罪，还有何说？"慈因俯首无言，县官就判了他绞罪，其余诸人逐一审过。判道："慈云、慈普、慈法虽然未曾一同作恶，亦难免不有不端行为参与，念年轻免罪，勒令还俗，庙产发封，没收入官。刘、张二氏，当堂申斥，查无家族，交官媒择配。陆秋园与妻朱氏无罪开释，且念伊能孝事老母，赏银二十两，作为养伤费。陆忠虽以救主心切，手刃仇人，然亦已犯法，着暂收禁，容后定夺。"判毕后，县官便将案情详报，不多日，批下来。余均照判治罪，惟陆忠救主心切，致杀死昙空，然不能同因故杀加罪，着特赦开释。

　　一般百姓见昙空已死，地方安宁，县官又能秉公处断，自然大家称颂。这都是闲话，不必再表。

　　当时恰是雍正皇帝临朝天下，虽然太平，然而禁不住那般严重的压制下，百姓虽是服从，心里仍旧是反对的。古语说：以力服人者，则人之不服之；以德服人者，则人恒服之，这句话自然只好心里反对他，也不敢口说手动的。那般强昂的，却都不怕死，竟敢明明的反对起来。然则为何仍旧一无成功，清朝依然没有失败，做成了皇帝，这个说起来，却是很伤心、很可耻的。因为百姓中有本领能干的人，他们的心不是一样，有的是慷慨激昂，富有节义；有的寡廉鲜耻，喜欢争名夺利。那般寡廉鲜耻，喜欢争名夺利，他们就顺逢着清朝的意旨，去显媚乞怜。清廷见着这种人，也就乘势利用起来，命他牵制百姓。那种人本无爱国的心意与观念，只求有官做，还管什么同胞不同胞。清廷命他如何，他就如何，自己毫无自主能力，随势转移，博得一官半爵，以之夸耀乡里。清廷亦不屑此区区结其欢心，使其杀歼同族，于清廷则可省却许多内顾之忧。

　　至于那般慷慨有节义之人，却都有确实功夫，有擅长剑术者，有娴习拳艺者，各人有各人本领。有了这般本领若然向名利场中争斗，猎取功名，实在容易。但是他们既有节义，则对于功名利禄，早已视若云华泡影，不屑去逐波浮沉，摇尾乞怜，争夺名利。安我所安，适我所适，但是我已有才安愿埋没？那般有节义的一般英雄豪杰，抱着非常之才，已不肯为敌用，然而也谁愿让他埋没，负天负己，势不得不有所动作，发展长才表扬名声，以此而有反清复明的观念。

人孰不爱国？人孰不爱惜其生命？然若徒逞一时血气之勇，不顾大局，则于国仍无补；于国无补，则爱国无由，甚且害国。故己欲爱国，则必须处处忍难耐劳，沉毅如若，然后可为。即如当时八大剑侠，吕元其人年富力强，不苟言笑，其所交皆一时贤俊，展示清廷之无道，僭窃神器，每常谈及，辄以抱负为己任。

元本好剑术，尤精拳击，称少林派。吕元因思居处，穷乡僻壤，无所裨益，曷若到各处去游历游历，多得些智识，或者还能结识几个英雄豪杰，日后有起事来，也可大家帮助帮助。主意定了，就告诉他几个知己，都说很好，就此一路寻山玩水的走去。

不到几月，到了山西。吕元晓得关中素多豪杰之士，就立意多住几天，访觅访觅，或者可以遇得着，也未可知。然而不知那时的真有用的许多豪杰，大半都隐匿起来，很难出头露面，吕元在省城住了好几天，一无所得。心中暗想："关中是豪杰的出产地，竟是慌人的。为什么我吕某诚心诚意，特到此处访觅，连一个都没有得，好生奇怪。莫非我吕某够不上一般英雄豪杰，故所以他们连把影儿都不与我看？"想来想去，心中异常焦躁。他的几个知己都来劝他不必着急，万事都要忍耐。所谓"欲速则不达"，一月不得，一年不得，十年终有遇到的日子。而且越容易遇到的，却不是真豪杰；越难遇到的，方才是真豪杰！

吕元听见大家说得有理，他的心气就平了许多。吕元出门的时候是春末夏初，这是已到了秋天，牧马悲啸，壮士拊髀，正是一般豪杰思逞的时代。关中习俗，在秋天时候，常有许多能拳的人，设台打擂，自有四方的能手来应会的。胜者有赏，败的不必说。吕元看热了眼，高兴起来，暗想："这也很好，若然我也设擂招打，我吕某自信手段尚算不差。若能胜人，我也可逞此扬名；若人胜我，则他的手段必定高出于我，我可与他结识起来，岂不很好？结识得多了，我就可以责以大义，动以利害，共谋恢复，清廷亦疑我不到，我稳稳当当的干去，必可渐渐成功。到那时，我吕某也可不算处生一世，对国对己，尔皆无愧。"

吕元想到这儿，暗暗欢喜，但是我初来斯乡，决不可仓卒从事。若是我就即招打，恐怕他们妒忌我起来，反为不美，不如我先去设擂台地方观看观看，也可知道他们的实在本领，然后再与他们较手。胜过了他们，我再设擂，则他们也不妒忌我了。一般无能的，也必不敢上我台上来献丑；能上我台来的，必是脚色。吕元打定了主意，就每日同着他几个知己，往设台的所在观看。

起初几天都很平常，心中有些懊丧，忽然一日，吕元正在观看，台下忽的跃上个人去，身材高大，气势轩昂，交了十来回合，就把台上的摔了下来。台下的许多看客都咋舌，有的欢呼，有的交相窃议，咸说这个大汉是山东人，绰号叫做"铁狮子"吴猛，也是一个有名的能手，今天哪里知道也到了。

吕元看了，听了，心中就觉到有点意思，但是仔细一想，吴猛不过有些蛮力，看起来也没有什么真实本领，我上台去胜了他，就可以了。只听得台上的吴猛大声喊道："有本领的上来，没有本领的快别上来送死。"

吕元不听则已，这一听就激起他的怒气，不能再忍，就把身一跃跳上台去，厉声喝道："暂缓撒野，尚有我吕元在也！"说毕，就动起手来，一来一往，宛若龙争虎斗，棋逢对手，各不相让，引得台下的观客都看呆了。

后来吴猛渐渐的敌不住，只有招架，不能还手；吕元则精神越增，胆气愈壮，台下的观客也吆喝起来。只见吕元用了一个"饿鹰扑食"的调门，就将吴猛从台上摔了下来。台下的观客，一齐大声欢呼喊好。可怜吴猛跌得头青额肿，吕元则气昂昂的同着他几个知己回寓去了。真正"强中自有强中手，能人头上有能人"。

且说吕元自胜过了吴猛后，名声大震，他就选了日子，择了地方，设起擂台来。等了许久，却连一个人也没有上台来。原因吕元得胜后，人人都知道的是个脚色，非寻常者可比，故都束手旁观不敢上台与他对手。可巧这事渐渐的传到北京，被雍正知道，他心中就觉得有些不信，就暗里派了两个能干的心腹，来到山西去打擂。

其时吕元设的擂台尚未撤去，日日台上去等，终没有人，心中不免有些不快，暗想："好手除去我吕元，就没有了么？"可巧雍正暗派的两个心腹，不识好恶，不看三四，一个先走上台去，一脸骄气。

吕元忽见有人上台来，以为他必定好手，却不道只交了三四下手，就不知不觉的将他摔了下来，跌了个半死。两人方知道是不好惹的，就此暗中溜回北京，去告知雍正，说吕元如何厉害，他的拳法却是少林派的传授的，小的不知其详，竟上台去，即被他摔了下来。

雍正听了，异常不快，就起了嫉忌心，以为这种有本领的人，多一个就多一个暗敌，少一个就少一个暗敌。明敌好防，不如乘他不备，去刺掉了他，也算除去一个心腹之患。若然置之不顾，日后难免没有什么祸害。主意已定，就派了两个能干的刺客，去行刺吕元。

但吕元自从那天把雍正的一个心腹摔了下来，起初心中以为这种没用东西也敢上台来厮混，自讨苦吃；后来他仔细一探，方知是雍正派来的心腹，暗中来探听他的行动。吕元也素知雍正嫉忌心重，我已经得罪他的手下，他一定不肯罢休，难免他不派人来暗算我，我死不足惜，也无所惧；但我吕元抱定志向，留得此身，虽然不能与他明抗，然而可以暗中与他捣乱，使他不安不稳，时常提心吊胆，亦未始不可算略消我汉族的怨气。想定，吕元就即日同他几个知己起行，隐匿在四川峨眉山中。待雍正派的刺客赶到山西，依旧撞了空，只得怅然而返；雍正也无可奈何。

"若何为生我家"，此明思宗殉国时语公主言，然我以一人妄想九五，则我造孽之恶心，与人心咸同。我所欲即人所欲，然所欲之只一而欲者，奚止千万人。以我一人之欲而不许千万人之同，我一人之所欲然千万人岂愿哉！势不得不用我一人之心思，破千万人之所欲，而达我一人之所欲，此所以争帝位，必起兵端也。兵端起而争益烈，造孽益深，必得残尽与我敌者，而我一人，始可南面称尊，身登九五而御天下；然此固非一朝一夕所能致。致此，而苍生之因之牺牲者，奚致千万。此千万人为一人争夺帝位而牺牲其生命，心所不甘，此所以结无尽之冤孽而于后世之子孙偿之也！

然历朝开创之君，每以为我争帝位，所以益我之子孙也，岂其然哉！迨我一朝死去，传及其子孙，其子孙不得不焦心积虑，深防严备，仍不得百安，以欲得者众，恐起而争也。及一时疏忽，人即乘时而起，其子孙必受人之摧残，受人之屠戮。然其子孙无辜者，奈何受人之摧残，受人之屠戮者，以其祖昔亦摧残人之子孙，屠戮人之子孙，俗所谓"一报还一报"也。祖造孽而使子孙受，人之摧残屠戮，岂其祖所得料及而亦其子孙所梦想不到者，其子孙才受人之屠戮摧残时，咸以我祖历尽艰辛，争得天下以传与子孙，使我子孙享福；奈其后所享得者，乃引颈受人之屠戮。故帝皇之为末世者，为最惨绝，为其祖偿孽债也。愿我世世不再生帝皇家，乃末世亡国帝皇，受人屠戮时，求为一庶人而不得，故发惨痛之语也。皇帝岂好为哉！然历朝王国帝皇之受苦最惨者莫若明，故我述之于左。

明社即亡，清廷肆虐，纵其豺狼，恣意淫戮，株连无辜，以致血流成渠，尸骸遍野，惨不忍睹。清廷尤注意朱明嫡裔，明谕特颁，侦骑四出。一般臣工，亦逢君之恶，加意搜求，借结欢心，致使一般朱明嫡裔，天潢贵胄，东奔四窜，酷似丧家之犬，心胆常惊，魂魄不安。有的得天之佑，苟廷残喘，不为清兵所得，几属万幸；有的狼奔兔突，卒入罗网，一般臣工走卒得之，如获珍宝，献于清廷诛之、戮之，万无一免。其昔以天潢贵胄、金枝玉叶之身，而受遭如期终局，如此境遇，倒不若荒野庶民反得逍遥如适也。

明朝皇帝殉国之时，仅存三子，长即太子慈烺，次即定王慈炯，三即永王慈炤。这三位皇子年皆幼小，起初都合在一处，忽然后来大家走散了，各赶各路，亦不能管你我。且兼清廷严缉，风声鹤唳，草木皆兵。太子年最小，只身远窜，屡频于难；兹后辗转民间，幸亏有忠厚良民知道太子的来历，暗自招留。然竟不敢久居、久留，仍旧流荡各处，风餐露宿，天地为家。

忽有佟珏者，明之遗臣也。探得太子漂泊无所归，急设法抔之至，泣曰："殿下流落民间，独叨天佑不为清廷所得，微臣无状，不能出死力为国保疆土，更累殿下受崔苻之惊，罪该万死。然现今虏势方张，株连杀戮尚多，胜殿下为圣明嫡裔，更遭清廷之忌，缇骑四出，穷搜细觅，皆以得殿下而甘心。据微臣浅见，为今之计不如屈尊寒舍，免坠陷阱。"

太子以为然，改姓佟，朝夕与佟子攻读，清廷虽百计搜求而不得也。宜太子可久安矣，然事有大不然者，使太子卒为清廷所得也。

不数年，佟某以病故，佟之族人，本咸嫉太子惟惮于佟某故，尚不致有所动作。迨佟死，佟之族人屡窃窃私议，众以太子若久居于此，非但多耗用度，且难免不为清廷所知。若为清廷所知，则我族人咸将蒙难。曷若乘清廷尚未得知，执之以献，讳说系得之于途，则清廷非但不罪我，且可望得重赏。议已决，忽为佟子所知，不忍见太子之被害也，急私告于太子，并泣诉以年幼不能援助，求勿罪。太子急慰之曰："非汝罪也，实余累汝家耳！今汝能告密，我且感汝，安忍加罪？"于是太子挥泪与佟子别。

太子既与佟子别，乃复只身下江南。然江南风俗浇薄，遗老先达惟炎势之是附臣侍清廷，稚发易服，奉新主，朔吴臣，罔谓何益？若无闻，欲求王某之忠心耿耿，虽社稷邱墟而汝不忘故主者，无有了。太子以举目无亲，茕独莫告，计不如洒脱红尘，遁身空门，力加忏悔，庶得来世不再投生帝皇家，重罹苦恼也。计诀，太子竟祝发剃度，为释氏弟子矣！

太子既为僧，即浪游苏、浙两省，间以离京稍远，尚得自适。足迹所至，士夫咸乐与之交，惊其相貌堂皇，才思敏捷，群劝其留发还族，博取功名，拾当贵卿相，实甚易易。太子辄逊谢，盖人咸不知其乃朱明一脉龙凤之裔，秉质既异，则威仪才学固不可与常人论也。

一日，太子往游金陵明之故都，亦朱氏祖墓之所在地也。太子见故宫依然存在，人事全非，傍晚往展祖墓，则碑碣巍峙，气势雄壮，惟荒草夕阳，乘人践踏，不若以前之禁人窥视也。太子徘徊感慨，暗想朱氏历代祖先，昔日何等艰难备尝，争得天下传之子孙，方冀诈福无疆，永承天露。而今何若夷虏入寇，僭窃神器，诛戮我朱氏子孙殆尽，今剩我慈良一人在世受苦，何竟祖先长眠墓中而不加少助乎？

太子想到惨痛之时，竟伏于墓旁大哭，声音凄惨，哀草悲啸，宿鸟哀鸣。太子正在哭得昏晕时候，忽觉有人抚其背。太子大惊急回顾，则见一彪形大汉，气宇轩昂，矗立在后，脸上也带着泪痕。太子又疑又骇，骇的是，恐怕他是清廷的缇骑；疑的是，他为何脸上也带泪痕？太子正欲开口询问，只见那大汉先和颜悦色低声说道……

不知他所说何话，且听下回分解。

第十五回

十三妹单刀杀总督　八千里双剑助将军

却说太子正伏墓大哭之时，忽然觉得身后有人抚他的衣服，急忙回头，却是一个彪形大汉，深眉浓髯，气宇非常轩昂，心中又疑又骇。方欲询问，不道那个大汉先开口道："汝非殿下耶，何为乎来哉？"太子愕然，良久始答道："我姓佟名良才，实非太子，惟因我祖我父均无辜被清兵杀害，家产破散，流落至此，举目无亲，心中觉着异常酸苦，故在此痛哭，消散胸中怨气，请贵客不必疑虑。"

那大汉道："俺并不是清廷侦骑，实系好百姓。眼见那清廷无道，株连无辜，又将明室宗胄恣意杀戮，俺心中深为不平，就此离家，一路探听。有人说现在只剩殿下一人在外，余均已遭清廷诛灭殆尽；又看见各处城邑，都悬有图像赏格缉拿太子的上谕；还有说，太子已到金陵，俺闻到心中格外着急，就赶到此地各处打探着落。不想今日走到此处在山后，听得哭声甚惨，什么父皇呀，娘娘呀许多话，心中就觉着奇怪，莫非就是太子，急忙转过山来，仔细一看，却与那城邑所悬的图像丝毫不错，非太子是谁？"

太子听到只好认了，转问姓名。那大汉道："俺姓陈，名士龙，殿下已是太子，快速想法为要，现在清廷亦已探得殿下踪迹，暗遣缇骑，南下密缉。现在殿下欲走，也恐怕已迟，舍下离此不远，为今之计，曷若屈尊殿下到舍下居住，再行设法。"

太子见他诚实，谅必可靠，就从了他，感谢过一番，就随之而去。诸位只道陈士龙是谁？原来他却也是当时一个好汉，素精拳术，是一个武当派的正宗。自从他留下太子在家后，密图恢复明朝天下，不幸被清廷侦知，就将他与太子一同拘去处死，这都是没要紧的话，暂且不表，归入正传。

前述曾经述及十三妹因有事亲往麒麟岛，打探甘凤池行动，兹后事毕，她就一味仗着她的本领，尚行侠行义，所向无敌，使得人人都敬畏她。然而十三妹的志向很高超，胆量很勇敢，以为尚侠的事不是男人所独干的，女子也是应当干的。有的事别人都不敢干或不愿干，她却一些不怕，事事都愿，从无畏缩不前，踯躅不进。所以当时一般好汉都佩服她，称赞她。但是十三妹以近乡无甚大事，不能发展她的本领，不如到各处去走走。于是她就打定主意，就扮了男装，同那般好汉一样的浪游起来。因她的浪游，就干下一件惊人的事，其事为何，即十三妹单刀杀总督是也。

一日，十三妹正浪游到浙江省杭州府地方，恰值正月十五元宵佳节，俗例庆祝，满城都悬灯扎彩，笙歌笛奏，异常热闹。乡村妇女都成群结队上城来观看，来来往往，络绎不绝。一般狂蜂浪蝶有何都趁此机会，挤在人群中去拈花惹草，恣意笑乐。再有那一般宵小，也肆展他们的伎俩，于是弄得一般妇女莺声娇啼，坠钗落钿。

正在纷纷扰扰的时候，忽有人喊道："龙灯来了，快看，快看！"于是那般人方才肃然垂声，注目静观着。十三妹也混在人丛中，举目远看，只见灯烛辉煌，听得鼓乐喧天，到了面前，一般视者有抬头的、有跂足的，然而不多时，也就过去了。于是那般人又议论起来，有的说狮子灯好看，有的说蚌灯好看，各说各是。正在那扰扰攘攘、嘈杂不堪的时候，忽又听得又有许多人嚷道："我们快快让开，'小魔王'来了，别再惹他的气，招着祸害！"说着，众人就渐渐的避开。

十三妹不胜诧异，只见一个年轻的人，面貌狰狞，骑在马上，虎兜兜的前来，前后蜂拥着许多高声吆喝，随后又有两个壮丁押着一个年轻美貌女子，差不多十七八岁上下，却在哀声啼泣。两个壮丁毫无怜惜，硬逼她往前走，旁边的人都说："不知哪一个又被他看上了，好有福气，要做姨太太了。"

十三妹正在看得奇怪，欲向旁人询问，忽然后头急急忙忙跑来一个老妇人，号啕大哭，一直往前追去。十三妹一把抓住她，那个老妇人不明原故，苦苦哀求释放。十三妹道："你放心，别着急，我问你为何号哭，往前追赶何人？快细细说来，或者我可帮你的忙。"

那老妇人细看她是个年轻男子，料她没有什么，就开口说道："爷快别问我，你有多大本领，好帮我的忙？你照管你自己身体就罢了。"十三妹道："你说无妨。"

那老妇人方在哭声说道："老身姓张，只有一个女儿，年纪只十七岁。在她三岁上，她的老子就死了，幸有老身细心抚养，到今也倒没有什么，不道今晚老身自近乡张家宅地方，带她出来看灯，忽然被那个总督大人的儿子，绰号'小魔王'李如璋看入了眼，抢了去。老身只此一块肉，安愿白白的被他抢去？故此老身欲去同那小畜生拼命，不管他什么总督的儿子，俗语说得好：皇子犯法，庶民同罪，总督的儿子抢了民家的女子，就不犯法么？"说着就欲走。

十三妹见她可怜，就安慰她几句，命她跟到她的客寓，替她设法。那老妇人没法，就跟着走去了。十三妹同那老妇人到了她寄寓的那所庙宇内，细细的告诉她一般，另外给她十两银子，吩咐她在家静待，十天内必定将你女儿送还。那老妇人非常感激，别了十三妹回到家中，不题。

十三妹自听得那老妇人所说之后，心中大为愤怒，就欲发作。然细想或者老妇人所说不确，也未可知，且待打探着实后再下手。主意已定，十三妹就逐日穿了随身衣服，亲自到各处去打听。

一日走到东城门口，有许多人聚齐在一处谈讲，十三妹就走近前去一听。有一个人说："我们这里的制台大人，太海外了，东首我家间壁有个姓王的老头儿，卖果子过日子。有一天，王老头儿近挑了果子担，走过制台衙门，不过喊了一声卖果子，声音高了些，头门差役说他不肃静回避，在衙前扰闹，就拖进去打了五百板子。可怜王老头儿哪里受得起，不到二百下，竟死了。衙役们也不管什么，就用了几张薄布包裹了，抛在山谷里，连埋都不埋。你们说，可不可怜？"

有的说："若有田户人家纳粮稍缓了些，制台就命衙役拿了来，押在县里几个月，逼他纳了粮还不算，再说他有意拖欠官粮，违抗命令，小则罚他几十几百，或者竟罚到几千也不定。趁他的高兴，说到哪里是哪里。有如西城的邱哥儿，也不是因为迟交了十几天，制台就拿人拿到县里，罚他一千银子。可怜他变卖了房产，凑足了数，交了进去；他却因这个，竟不到一个月就气死了。"说来说去，大家都是怨恨在心，聚的人也越聚越多。历了许久，然后各自散去，十三妹也怏怏归寓。

十三妹归寓后仔细一想，前天那老妇人的话，一定都是实在的，虽然人言不足尽信，然而有其父必有其子，我前天看见那般形景，想今天众人所说的话也是的确了。古语曾说：设官原以治民。今所设的官，竟欺虐良民，恣意勒索，饱其私囊，这种官吏同强盗一样，要他干什么！不碰着我，算他们的运气；已碰到我，是逃不过的。我不是将他们的头儿先去掉，寒寒他们的胆，下次不敢再如此放肆，也可算得为民除害了。

不说十三妹私自计策，且说那"小魔王"李如璋。小魔王李如璋，平日仗着他老子的威势，横行霸道，无恶不作。凡遇见女子有五六分姿色，他每吩咐他的狐群狗党，强抢回去，旁人也不敢拿他如何。自那天他抢了张姓的女子回家以后，深恐那老妇人到来肆扰，故他就吩咐门上，若然到来，别理她，只给我撵她出去。若然她再不肯去，就拿她到县里押她几个月。不道那老妇人自从遇见十三妹，劝解并允许替她出力帮忙援救她的女儿以后，她就回家去，并没有到衙门前去肆闹。李如璋一心以为她畏惧不敢来，专意欲与那张姓女儿欢会。但是那个女儿，虽然是乡间女子，倒也是很有节烈性的，眼见小魔王欲肆无理，她却抵死不从。

小魔王无可如何，只好将她软禁起来。心想：肉在口边，终逃不过他的喉咙。然而他哪知道，他的性命已在别人的手中了。小魔王的老子李总督见他儿子如此不法，亦没法子管他。俗语说：己不正，焉能正人？他自己作恶已极，自然不能管他的儿子。于是父子二人同恶相济，以致他二人的恶名，竟传至各处都知道，惹得一般好尚侠的好汉想法除掉他。

那李总督也知道恶贯满盈，恐怕有人算计他性命，故亦严加警备，连夜间睡也要迁移几处，但是一人终敌不过万人算，他的性命仍旧保不住。

十三妹计算已定，明晨就到那总督衙门附近踏看一遍，如何进去，如何出脱。看见西北角砖墙稍有颓坏，旁边也没有居民，容易出脱，想定就在北处进去，就回寓中。等到天晚，用过夜膳，换了夜行衣服，扎打定当，已是三更时候，就暗暗走去到了总督衙门西北墙脚，就耸身上屋。

一路行去，远远看见东角厢屋内隐有灯光透出，走去一看，正值小魔王的卧房，恰在与他几个艳妾调笑。十三妹闯进去，取出晃晃的一把快刀，几个艳妾已吓得嗫口无声，小魔王正欲呼喊，十三妹的刀已直刺其胸，就此一命呜呼。

十三妹就用手指沾着血，在墙上写了一首诗，说明她的来因及为何行刺，然后就命一个艳妾前头领路。到了那李总督的卧房，见里头灯光明亮，还有许多人站在床的左右，都佩着刀，十三妹毫无畏惧，右手提刀，左手推开门，进去大声喝道："好一个暴虐的官儿，留你在世干甚？"把李总督梦中惊醒，几个侍卫也都握刀想上前去拿住十三妹，只见十三妹把刀一挥，几个侍卫就连一接二的跌倒在地。

房外有人走过，听见里头的拼斗声，就探头往里一看，惊骇非常，急忙跑到外边喊救。等到大家赶进来，只见人影已杳，李总督的首级，不知去向；地上还卧有几个尸首，满身污血。正在扰攘的时候，忽里头有报出，说公子也被人杀了，墙上还有血写的一首诗呢，留的名什么叫"十三妹"。一直闹到天明，街道上许多人观总督衙门出了杀人案件，总督及公子都被人杀死了，众人心中都异常喜欢。忽有几个人嚷道："东城之楼上悬着一个人头呢！"众人跑去一看，确是李总督的首级，衙门内差役就去取回来，一面盛殓，一面饬人追缉凶手，却不知道十三妹早已安安稳稳的远去，没有一人得知她的踪迹。

现在暂且不表十三妹杀死李总督的事，却再重述以前。雍正皇帝假着罗邦杰的名姓，游行江南，正在长江船上，忽然他两件御宝遗失，一件是一条玉带，一件是珍珠衫，均属价值连城，民间没有的。雍正皇帝心中忿在非常的时候，忽然遇见义贼"草上飞"，便将此事说明。那草上飞慨然允承，代为访觅。

雍正皇帝见他如此慷慨，也就准了他，并吩咐他若然觅得，可直送到北京处，再有重酬，以后雍正皇帝就回京，草上飞也就细心到各处打探那两件宝贝。后来得知是某某山上强寇所劫，与草上飞是同道中人。

草上飞探确了，一直就到了那山上，设法索了转来，就下山直赶到北京，一心想找到那邦杰交还这两件宝贝，却不知竟出他意料之外，而绝非草上飞万想不到者。原来雍正到京，恰值圣祖驾崩，雍正接了位，做了皇帝。待草上飞到京，登基尚未到一月光景，但是草上飞确一些也没知道，依旧按着雍正所告诉他的地址去寻觅，却没有觅得。心想或者迁了家，到别地方，我已到了京，原来专为此事，非找到他不可。草上飞就打定了一个寓所，逐日往各处访觅，依然杳无音讯。

起初几天，尚不觉得什么，后来过了几个月，仍旧如此，草上飞的心中，就不免诧异起来。那雍正皇帝深居宫中，时时念及草上飞，不知他失物是否已经得到，是否到京，若然他到了京，访寻我起来，哪里找得到？如此倒是我亏负他了。于是他也每日暗中派遣几个心腹，出宫去访寻草上飞的踪迹。却不知草上飞因久访邦杰不得，已离京去了。几个心腹访他不到，也只好回宫去禀覆了。雍正听了，心中觉得异常懊恼。

草上飞在京久访邦杰不得，心中并没有什么怨恨，自以为邦杰已不在京，我来迟了，故而找不到，不如再到别处去访寻一番，或者可以遇见。主意已定，草上飞就算清了客寓的房饭钱，带了那两件宝贝，离京而去。

草上飞原以罗邦杰是罗邦杰，万想不到罗邦杰就是雍正也。草上飞在京找不到罗邦杰，离京到各处去访觅，仍旧杳无着落，心中着实不安，疑惑罗邦杰或是故世了，或者他有心隐匿起来，诓我如此奔波，仆仆风尘，都为着嘱托我代觅这两件宝贝。现在宝贝已经觅得，他人反觅不到，连累我以前白白的耗费了许多功夫，没有一个着落。

可怜草上飞不能得知此中细情，一心以为罗邦杰既嘱托了他，他抱定那句"受人之托，忠人之事"的话，仍旧一心一意的访觅罗邦杰的下落；却不知罗邦杰已南面称尊矣！而雍正亦意料草上飞已被人杀害，故至今未有信息，心中也就渐渐的淡忘了；却不知道草上飞在外访觅也。然而天缘巧合，后仍得遇见也。

警报飞来，朝廷震惊，藏番入寇，侵扰川边。雍正起初不以为意，仅谕知当地官吏，派兵堵截。不知那般藏番久蓄异志，此番起事，为势颇猛，官兵连次败北，竟有不支之势。

雍正得知，心中发怒，就上谕年羹尧为征西大将军，刻日统带精兵十万西征，一路浩浩荡荡，真是旌旗遍野，鼙鼓动天。不过几个月，就到了川边，自有地方迎接，并将藏番猖獗情形详细禀闻。年大将军也不多言，只吩咐退去候示，这都不在话下。

不说年大将军征西，且说那义贼草上飞没有觅着罗邦杰的下落，过了几时，闻得藏番入寇，钦命年羹尧西征，草上飞素听得年羹尧优礼一般才人贤士，即如当时一般英雄好汉亦都投奔到他的辕下，听说个个都留住，优加重任。我草上飞虽然没有什么大本领，但自信我这双剑还过得去，此时何不也去投效，替国家出力？立些汗马功劳，博得一官半爵，也可算得显祖扬名，不虚此生了。主意已定，草上飞就取他两把雌雄剑，并那两件宝贝，一路投奔去了。

草上飞一路戴星披月的行去，路上又不时的打探邦杰的踪迹。不到两个月，到了年大将军的行辕，向那看守辕门的小卒唱了个喏，央他去通报一声，说要求见年大将军。那守卒就问取草上飞的名姓，进内去通报；年羹尧就命进内传见。守卒出来唤道："草上飞，我们大将军传你问话。"草上飞听了心中就觉得有些欢喜，便放着胆，昂昂然走进去。

到了内院大厅，见两旁侍卫森严，年羹尧端坐在虎皮椅上，草上飞就走上前去行过礼。年羹尧就吩咐在东边坐下，便问道："你姓甚名谁，到此何干？"草上飞答道："小的姓焦名旭，绰号叫做'草上飞'，现在听得藏番入寇，肆扰边疆，皇上谕旨大将军西征，小的素知大将军好招纳好汉，故小的冒昧前来投效，好为国家出一分力。"

年羹尧又问道："你擅长什么？凡有人来投效，却必须有些本领方可录用。"草上飞道："小的平生好使双剑，虽然没有练到极顶，却还信得过。"年羹尧听了，微微点头，就命他在庭试演一次，再定去留。

草上飞应命，就把那雄剑取来，在庭中演试起来。只见寒光万道，不见人影，旁边站看的人，都大声称赞，年羹尧也点头赞赏。

草上飞演试完了，便走上阶沿来，向年羹尧唱了个喏说道："些许薄技，还求大将军指正。"年羹尧只点头道："不差，不差！毋须谦逊。"就把草上飞的名字录了，命他暂在军前效力，有了功，再叙官职。草上飞应了声是，就退出在辕中住下。一般士卒，见他为人和蔼可亲，都乐与之交。凡与藏番对阵，草上飞辄舞着双剑，直奔敌阵，当者首落。年羹尧见他勇敢善战，深为佩服，不多时，就保了他为参将，草上飞更加感激，每战必身先士卒，冲锋陷阵，所向无敌。年羹尧又不时延他至寝室，筹划军事或闲谈一切，两人都很投机，亲密异常。

一日草上飞正与年羹尧闲谈，忽然说到罗邦杰的事，年羹尧不胜诧异，就询草上飞如何遇见。草上飞就将罗邦杰在长江中遗失宝贝，后来遇见他，就嘱托为寻觅，若得可送到京中后送与我，却没有访得，到各处去访问，也无着落的话，一齐说出。

年羹尧不听则已，一听竟惊不作声，草上飞以为说差撞犯了，就伏地请罪。年羹尧见草上飞下跪，急忙扶了他起来，方说道："并没有什么，你不知道那罗邦杰就是当今皇上的名字，是未登极时，假冒着到各处去游历的。我未显的时候也遇着的，后来方知道。"

草上飞也讶道："这还了得？我一心找罗邦杰，其人到哪里去找呢？"年羹尧道："那宝贝你现在带来没有？"草上飞道："带来的。"年羹尧就吩咐他："快拿来给我一看。"草上飞急忙跑出来取了那两件宝贝，恭恭敬敬的走进来捧上去。

年羹尧接去一看，原来是一条玉带，一件珍珠衫，看毕仍旧吩咐草上飞收好，他却题本奏闻去了。

要知后事如何，且听下回分解。

第十六回

管自鳌因妻守志　濮天鹏为友报仇

却说年羹尧题了本，奏知雍正，雍正览奏，龙颜大悦，传旨召草上飞进京陛见。草上飞接着旨意，急忙预备好了行装，辞了年羹尧，并带了那两件御宝，兼程赶到京师，报了部，由部转奏。雍正就传旨，明晨入朝陛见。

一宿无话，未到天明，不过四五更的时候，草上飞就到了班房，与各位大臣相见。众人都知道他的来历，不敢怠慢。不多时，钟鼓齐鸣，雍正临朝，草上飞就随着众人进去。那般庄严景象，自然是草上飞有生以来第一次看见，又不时的窥看那雍正的御容，与昔年长江中遇见的罗邦杰的容貌一般无二，正在呆呆出神之时，只听那两个值殿太监，高呼道："万岁有旨，哪个叫草上飞，快出殿来陛见。"

草上飞听了，就急忙的走到丹墀下跪倒，三呼万岁毕，俯伏着不敢抬头。雍正暗暗细看，却就是那年长江中遇见的那个草上飞，便命他抬起头来，详细问他宝贝可曾觅得。草上飞一一奏闻。雍正心中非常欢喜，就曲意慰劳，赏赐有加；再传旨了一个总兵实缺，仍旧着他往边疆年羹尧处效力。草上飞连忙谢恩，退了出来。那两件宝贝，自有雍正回官后派人往取。草上飞也不多几日，赶回年羹尧处去了。这都不题，且述复事。

诸君要知道，那时候虽然有那般赫赫有名的真好汉，干那轰轰烈烈的大事业；然而也有一般横行不法的强徒，专门强劫财物，抢掠妇女，不所不为，官吏们怕他势强，不敢惹他；百姓们怕他不法，只得任他鲁莽，不敢作声。现今著者追述他一二，略晓当时的一半景象也。

那时有一个姓赵的名叫天雄，他的相貌非常狰狞可畏，并且有一身好本领，拳、枪、刀、棒，无不精通，众人见他那般厉害，就送他一个绰号，叫做什么"倒海龙"赵天雄。但是，他已然有那般本领不去干那般正大的事，却专去干那不法的行为，手下有五六千人，占据了一个山头，叫做"虎盘山"。倘然有人路过，他每每将他性命杀害，劫取财物，或者得见美貌妇女，更不必说，是万万逃不过他的手。官兵束手，人民侧目，都拿他无可如何，隐然成了一个地方巨患焉。

有管自鳌者，余姚人氏，书香子弟，家本小康，上无长兄，下无弟妹，父早故，母独存，只引一子，自然异常钟爱。早年父母就为他定了他的母舅家章士元的千金，自鳌的表妹美瑛小姐为室，尚未迎娶。年已二八，豆蔻年华，姿容绝世，且兼沉默寡言，善诗辞，好女红，是好女子也。自鳌亦温文尔雅，性质均美，有子都之色，有子建之才，性格慷爽，喜交一般豪侠；郎才女貌，天作之合。

自鳌之母见年届弱冠，拟即迎娶过门。但是自鳌志向颇高，立意非俟后日占得鳌头，南闱捷捷，誓不迎娶。自鳌之母不能强，只好逞他如何，亲友力劝，亦概力辞，群咸目之为书呆。

其实，自鳌不过欲达到那洞房花夜、金榜题名时的痴望耳。自鳌既立定志向，每日用心课读，发愤上进，翌年就大比之年，诏考天下才人秀士，自鳌得了这个消息，于是格外用功，彻夜不少辍，甚至寝食俱废。孤坐斗室中，吟唔朗诵，罗得一胸锦绣，准备将来驰骋文场。吃得苦中苦，方为人上人；若欲占鳌头，须下死功夫；一人魁天下，立使万人钦。其得之也难，固不得不如此也。

亡何光阴迅速年华，弹指已届初春，自鳌功名心切，深愿早到京师观光上国；且兼近来风闻母舅已升了工部侍郎，若早日进京，便可寄居母舅氏家中，乘空便可先到各处名胜地方游历，未始不可。主意已定，自鳌就去禀知他的母亲。起初不准，说日子尚早，无奈自鳌立意不肯，自鳌母亲只好允许了他。

择了日子，整备了行李，拜别了他的母亲，少不得有一般依依不舍之情，嘱咐他一路须自己小心，不可逞性放肆，保重身体为要。到了京中替我拜望拜望母舅，留你住在他家，也须听从母舅、舅母的嘱咐，决不可拗违。功课亦须照旧用功温习，不要一离家，就如脱缰野马一般肆狂起来。自鳌一一听从，就带了老仆管升上了官船，一路扬着帆去了。

去路何迢迢，行行复行行。管自鳌自从带了老仆管升北上，一路或陆或水，寻山观胜，倒也不觉得有什么寂寞。不到两个月光景，就到了京师，自鳌就吩咐管升看押了行李，自己急忙赶到他母舅章士元家中。门上的见了他，急忙报进去，自鳌的母舅就吩咐快快请进去。门上的走来说了，自鳌就整了整衣巾，缓缓的踱进去。

他的母舅已站在阶沿上，笑颜逐开等着，看见自鳌走进来，就忙走下阶来，挽着自鳌的手，笑道："贤甥许久不见，越发好了。"自鳌也叫了声母舅，两人上了阶，进入厅上。自鳌重新向他母舅行了礼、贺了喜，然后在旁边的椅上坐下。小厮摆上茶，然后舅甥二人寒暄了些闲话。士元就带自鳌进内去见他的舅母，亦异常欢喜。

自鳌先请了安，问了美瑛及众人的好，忽然外头小厮传进来说，甥少爷的行李取来了，士元就吩咐在东厢安铺。管升也进来，见了士元等行过了礼，然后出去不提。自鳌直等到晚间，用过夜膳，辞了出去，在东厢房歇。

自鳌自到了京，住在他的母舅家中，逐日用功读书，他的母舅见他如此，心中料他此届必中，心中非常欢喜，不时过来与自鳌谈论些经史。听得自鳌却也议论风生，头头是道，遂力加称赞，说道："此番贤甥必能独占鳌头也。"自鳌辄谦谢不胜。士元暗想，老夫有如此外甥，倘得东床袒腹，也可称傲侪辈了。但我想他必定中取，复就要迎娶的，不如就此未考以前，先送到余姚去，一则可免临进忽忙，一则亦可探望探望我的妹妹。想到这儿，士元就走进内房去告知他的夫人。夫人也说很好，但不要被自鳌知道，恐他分心。主意已定，就定了一个吉日，借着探望姑母，将一位美瑛小姐送到余姚去了。

哪知一般章家的家人护送美瑛小姐到余姚去，行至中途一个乡村地方，名"朱村"，忽然被"倒海龙"赵天雄得知。他素晓得美瑛的美貌，馋涎已久，苦未到手，此番得了这个信，他就领几百罗喽，一路赶上，拦住去路。

那时适值黄昏时候，家人看见人人都手执刀剑，凶恶万分，已都吓软了，眼看着那美瑛小姐被赵天雄呼啸着劫去，也不敢呼喊一声。待已去远，方才大家起来，有的去报官，有的也就赶回京中去禀诉士元去了。

可怜美瑛是个闺阁千金，从未出门一步，今番初次离家，就遇到这样飞来横祸，看见那般狰狞的相貌、行动的粗暴，已吓得无知无觉，哪堪再受如此无礼、横暴？然而赵天雄那般强徒，哪有这种细腻的心思，自从得了手，心中就觉得非常欢喜，一路狼奔兔突，赶回山去。放下美瑛，只见双腮泛红，香喘微微，那般双眼朦胧，娇容艳貌，非笔墨所能形容。

那赵天雄见了这般形景怪笑道："怪可怜儿的，还睡着呢，待她醒了再说，再与她成亲。"一面就大摆酒筵，庆贺作乐。其实美瑛并不是睡着，起初还得知人事，后来受不住那般惊吓，竟晕了过去。及到了山上放下，就渐渐的醒转来，张眼一看，见一般强徒正在饮酒作乐，并计算待她醒了，如何成亲、如何快活。

美瑛一听，心中大怒，就想起来赶上去拼命。不知道双手被缚，不得动弹，遂就在地下，破口大骂。天雄听得骂他，非但不怒，就走过来亲手解了缚，想拥抱起来。美瑛哪里肯，一味痛骂说："你这般该杀的强徒，强劫我上来干什么？快送我下山去，尚可赦；你迟一些，便要你们的命。要知道，我是堂堂官府之女，肯受你们的污辱么？"

天雄听她一头骂一头说，竟激起他的火气，拔出剑想杀死美瑛，看了一看又舍不得。刚欲把剑放入鞘中去，不图美瑛竟猛的在天雄手中，将那把剑夺了过来，往喉间一抹；天雄要拦时已来不及了。可怜登时玉殒香消，殷红满地，美瑛小姐的芳魂，缥缥缈缈的飞到众香国里去了。

美瑛小姐自刎之时，即士元得报之候。骨肉关情，其惨痛自不待言，一面饬人去打探消息，一面就传知该地官吏拿办。然而当地一般官吏都畏着天雄势声强横，不敢去惹他；探听的人，也探知美瑛已自刎而死，急忙回京报知士元。合家都号啕大哭，美瑛的母亲甚至晕去，后来经大家苦劝一番，方才止声。然而来人受不起悲伤，又经时常啼泣，不多时就郁成了一个肝气症。士元心中更加懊恼，暗想考场将毕，若能那时自鳌得中了，要迎娶起来，则如何办法呢？

自鳌进场以后，因他平日用功，一连几场都考得异常得意，就回到他的母舅家中，不时去讲给他母舅听，如何顺手，如何得意；士元只得强颜欢笑，与自鳌谈讲，却哪里知道他心中的懊恼也。士元又恐自鳌得知暗底，吩咐众人不准走漏消息，即如自鳌进内请安，他的舅母也装得迷花笑眼，不露一点戚容。但自鳌不见美瑛，亦以为隐匿避不见耳，是岂自鳌所及料哉耶！

不日榜发，自鳌竟中了举人，身捷翰林。喜报传来，众人咸钦，士元及合家的人，心中一半喜一半急。喜的是，自鳌果然高中；急的若然将来要奉旨成亲起来，那怎么了结？然而自鳌却高兴异常，插了金花，挂了红，谢了恩，退朝出来，回到士元家中，自然也设宴庆贺。宴毕，自鳌就去安歇，一宿无话。明早自鳌入朝，奏明已定，章士元之女为妻，尚未迎娶，恳赐谕旨，准与成亲。奉旨许可，自鳌谢了恩，退出来去告知士元，说定回家省过亲，祭过祖先，即来迎娶。

士元无法，只好应允下了。自鳌在京酬酢了几日，就奏准了回南省亲，辞谢了同年朋友，又向他母舅、舅母拜别，兼程南旋。他的母亲及亲属都来迎接，设宴欢叙，这都毋庸赘述。祭了祖先，自鳌就禀知了他的母亲，择了吉日，便遣人往京去，迎接美瑛南来成亲。自鳌满心欢喜，暗想现在金榜的名已着了，洞房花烛也快了。然而哪知自鳌的名虽然已题了名，但是与美瑛洞房却做不到的了，所说"得意时还防失意时"也。噩耗传来，心胆俱碎，往京去迎接美瑛的人回来告知自鳌说，美瑛小姐已暴病身亡，小的们到时，舅太爷们还在哭泣呢。

自鳌听了，呆了一呆方说道："哪有这事？"急忙进去禀知他的母亲，也叹息一般。然而自鳌却终不信，密托人到各处去打听，后来始知是他舅父送美瑛南来途中，被"倒海龙"赵天雄劫去，拒奸不从，自刎而死。自鳌非常惋惜，且感其节烈，遂立志不再娶妻，惟一味的耽酣诗酒，结交豪侠。他的母亲苦苦劝他道："管氏一脉，只汝单传，汝志固可嘉，然总以宗嗣为重。汝竟永远如此，则死者有知于心，亦有所不安，使管氏之嗣，为彼一人，而从此断也。"

自鳌见他母亲如此，不敢拗违，伤老年人心，遂说道："母言良是，然现今骨肉未寒，此仇未报，即行重娶，则对于生者死者均有愧对，改欲儿再娶，须俟此仇已报，再守数年，然后再娶未晚。"自鳌母亲无法，亦只好从了。

自鳌有一知己，名濮天鹏，性情相投，交深莫逆。自鳌每与之互谈，肺腑无有隐者。自鳌自美瑛被劫自刎后，心常戚戚不欢，天鹏见其如此，不知其底蕴，不时问道："管兄为何近日如此不欢，有何冤屈，不妨说明，或者小弟能助一臂之力。”

自鳌见天鹏询问，心中不时暗想："我与他相交已久，情逾骨肉，此时他已问我，我不妨就告诉他，或者能帮助我，亦未可知。"主意已定，自鳌就将美瑛中途被虎盘山强徒倒海龙拦劫上山，不从贼污，自刎殒命等事，尽行说出。天鹏听了，大声道："竟有这事么，还了得？"自鳌见天鹏发怒，心中有些懊悔，正欲向他劝说，忽然天鹏又说道："那倒海龙作恶不法，已违极点，人人都怕他威势，不敢去惹他，现在他又干下这无法无天的祸事，我再不去杀他，他以后更目中无人，越发放肆。管兄，你放心，令嫂夫人已被他杀害，决不可放过他的。兄事即是小弟的事，这事保管有小弟去干，不去掉那贼的命不罢休！"

自鳌见天鹏已动气，素知他的性情不能拗犯的，只好从了。且兼他武艺高强，无所不精，此去料亦无妨。

缓说濮天鹏去替管自鳌复仇，且说那虎盘山的倒海龙。倒海龙自抢了美瑛上山后，一心望着可偿他的欲望，与美瑛成亲，岂知美瑛节烈性成，非但不从，竟自刎而死，白白折经了许多工夫，换了一场空欢喜，心中又气又恼。气的是，所欲未偿，不得享那美满的艳福；恼的是，恐怕美瑛的老子章士元不肯罢休，与他过不去，那时又要费许多手脚。真是愁肠百转，怨苦万分，未得欢喜，先惹无趣，妄费一般功夫，反得了无边烦恼。

过了几时，倒海龙看见外头没有什么动静，派喽罗去城中打听，亦不闻得官府有调兵征剿的事，他心中以为众人都怕他，不敢来惹他，何必再如此淹淹息息呢？于是倒海龙依然逞他旧性，毫无顾忌的放肆起来，比以前还厉害。然而盛竭必衰，乐竭悲生，倒海龙正在那横行无阻，恣意妄为，其势如火如荼，不可扼迩。然而恶贯满盈，天道昭彰，倒海龙的死期到了。

一日，正在城中酒肆，吃得大醉，一路横冲直撞走回去，嘴里还在七说八道，恣意谩骂。方走到一家豆腐铺门口，里头坐着一个十七八岁的女郎，有几分姿色，素性有些轻狂，见着倒海龙那般泥醉癫痴的样子，不禁向他一笑，不知此出无意，彼却有情。倒海龙见这女子向着他笑，以为有意，便走过来，站在铺前，索性百般的调笑起来，穷尽丑态，无所不有。走路的人都难以为情，见着作呕，然亦不敢奈何他。却不知狭路逢仇，来了一个濮天鹏。

濮天鹏自从那天立意替他的好友管自鳌复仇，就每日到各处去打听倒海龙的踪迹，却每找不到。是日，他恰从他的家里出来，乘着一路走去，走不多时，只见西边豆腐铺门前，有许多人围着看什么热闹的，心中有些诧异，也就信步走过去。不看则已，一看则就激起他的火气，大声喝道："倒海龙，别在此放肆，尚有我濮天鹏在也。我访觅你已久，不想今日遇见，是你该死！"

那般看的听见这般大声，都避开了，倒海龙知道有异，急忙闯到街心，喝道："谁敢在我的面前撒野？"濮天鹏不等他说毕，就想上前去揪住，不知倒海龙竟先飞起一腿向濮天鹏心口踢着，反被濮天鹏握住，只往前一推，就听得"扑"的一声响，倒海龙已跌倒在地上。刚想爬起来与濮天鹏厮争，却不知濮天鹏先赶过来，将他揪住。究竟倒海龙已吃醉了酒，现今被濮天鹏揪住，就不得动弹。濮天鹏也就提起碗一般大的铁拳，往下就捶，一面向众人说明倒海龙的恶处。可怜不多时，倒海龙竟被濮天鹏捶伤要害，就此一命呜呼，魂归黄泉去了。众人见濮天鹏已闯了祸，有的奔开，有的跑来，来揪拿濮天鹏的；众人扰闹，声音混乱。

要知后事如何，且听下回分解。

第十七回

制虎养狮卫社稷　移龙换凤振邦基

却说濮天鹏已将"倒海龙"赵天雄在当街打死，那般围观的人都吓呆了，有的恐受拖累，急着散开；有的反赶前，欲将濮天鹏揪住送县。濮天鹏仍旧怡然如若，不慌不忙向着众人说道："众位不必着忙，我濮天鹏决不拖累人的，一人做事一人当，我不走开，待县官来验尸时候，让我自认罢了！"于是那般人方才住手，站在一旁。大家谈讲起来，有的说，倒海龙这厮那样凶狠，犹有今日这样的收场；有的说濮天鹏这人，已闯下了人命案件，做了凶手，是逃不去要受罪的。正在大家说得高兴、声音混杂的时候，忽有人嚷道："大爷来了。"于是众人急忙闪开。

县官进了场，设了案，吩咐仵作将尸首细细验过，填了尸格，就传濮天鹏至案问话。濮天鹏即昂首走至案前，慨然将倒海龙如何强抢妇女上山，逼奸不从，自刎殒命，为友复仇，情甘受罪。那般看的人都替他担忧，以为不说还可望赦，若然说了，定欲拿入衙门里去受罪，大家便全神看着县官如何发付。

那县官听了濮天鹏的话，却并不作声，一味沉吟了好半天，方说道："你为友复仇，情甘替罪，倒是一个有义气的人。若然是打死别人呢，是少不得要受罪，但是这'倒海龙'赵天雄是作恶为非的强徒，奉旨缉拿，畏着他势强，故至今尚未缉获，现已被你打死，倒可将这件悬案销了，地方上也可算得除掉一个大害，你是没有罪受的。"说毕，就打道回衙去了。

这却不打紧，不过把那般看的人都弄得莫明其妙，连濮天鹏自己也都不知道什么原由。过了多时，那般看的人也就渐渐散去。濮天鹏一个人呆站了半天，见众人已散，方才一路缓缓的走回去，心中尚在忐忑不安。即倒海龙的尸身，自有地保收殓，虎盘山的余党，亦已闻风远窜，这都是闲话，不必再述。

濮天鹏一路走去，将到管自鳌家的门口，忽然里头闯出一个人来，与濮天鹏撞了一个满怀。濮天鹏举目一看，却不是别人，即是管自鳌的书童管兴。濮天鹏正欲喝问他为何这般仓忙，只见管兴瞪了瞪眼，急声说道："濮大爷，你怎的回来了？"说着，回身连奔带跳的跑进去。

濮天鹏随后缓缓的走进，不到二门口，只见管自鳌已急急忙忙，带着惊奇的样子赶将出来，一见濮天鹏即紧行几步，握着濮天鹏的手，道："濮兄，你怎的回来了？小弟正在着急呢！自从那天老兄许为小弟复仇，心中日觉不安，哪知今天早上，忽有人来告诉，说老兄已将'倒海龙'赵天雄打死在西街上，现在县太爷正在验尸。小弟一听就吓呆了，以为老兄必定要拿到衙受罪，因此忙着吩咐管兴出去打听消息，好想援救法儿。刚遣管兴去不多时，就赶回来说濮大爷回来了，小弟不信忙着出来一看，老兄竟然回来，正是万幸。"

濮天鹏道："这事小兄也料定要受罪，却不道收场如此好，我们走里头去再说罢！"说着，二人就手牵手走到里头书房坐定。书童捧过香茗，然后濮天鹏将一切经过情形细细说了一遍。管自鳌不胜感激称谢了，就吩咐家人摆酒，替濮天鹏压惊。席间，濮天鹏就婉劝管自鳌遵照前言重娶。管自鳌暗想："现今宿仇已有他为我复了，他以好意劝我，我若不从，则反辜负了他。"默然了一番，便说道："老兄所说甚是，小弟安敢不遵？惟此事尚须禀明家母，再行定夺。"濮天鹏见他允了，也不提，便另说许多闲话，彼此畅饮直至更深漏迟，濮天鹏方辞别回寓。

闲文休叙，重述前事。雍正自登极倒也肯励精图治，整军经武，平内乱、攘外患，将天下弄得很太平。但是那般在野的英雄好汉仍旧极多，雍正恐怕妨碍，遂暗里遣人四出招抚。一般急功好名的，自然是应召而至，雍正将他们安置在特设的深宫密室，优加待遇；那般有节义的，则依然昂然自得，威武不屈，利禄不动，见着异族入主中原已引为奇耻大辱，安肯再去受他们的招抚？俗语说得好：伴君如伴虎，异族为君，更不必说了。已受招抚的，起初自然是宠信有加，高官重身的，好替他出力。待一朝力尽宠失，则斧钺遂至，故臣侍君皇是一件最危险的事。那般有节义的好汉，咸能见及于此，故均立志，守着本来面目，显英雄的颜色，谁人没奈何他。

自古奸雄的心理是最险诈，不能容人，为其用者则容之，不为其用者则去之。即是这位雍正，仗着一般好汉的护力，得了皇位，做了皇帝。但是他心中尚未满意，虑着外边不服的那般好汉，或者来危害他，故每同他几个心腹商议办法。年羹尧前招到云中燕那般奇能的人，创造血滴子组织暗杀团横行全国，专干那种种惊心目的奇事，民间没缘没故丢掉脑袋，丧失性命，时有所闻，不知凡几。有时两人并肩同行，才一转瞬，一个人已经尸横在道，一个人依然存在；因此人人都诧为是乃鬼使神遣的异事。

雍正已蓄意剪除异己，先将近处的渐渐去掉，杀的杀，流的流，己身左右都是他的心腹，言出即随，人人都畏着他的威势，咸只好俯首帖耳，不敢说一个不是。雍正正度己势盛力足，忠狗满前，就此狠心辣手的将他所嫉忌的一般英雄好汉，渐渐暗害起来。然害人即所害己，怎样待人，则人也怎样待之，即所谓报应昭彰，天道好还也。

当时那般有节义的好汉，够得上雍正嫉忌的，即如前书也曾提及的昙空和尚、白泰官、吕元、甘凤池、路民瞻、周浔、曹仁父几个人。雍正主意已决，同他几个心腹商量过了，就密派八个人。这八个人的名字却也狠奇怪的，四个一样，一个叫"赛云飞"，一个叫"盖云飞"，一个叫"捷云飞"，一个叫"扑云飞"；其余四个，一个叫"钻天燕"，一个"穿云燕"，一个叫"飞来燕"，一个叫"梁上燕"。这四飞、四燕并不是八个人的真姓名，不过是别号罢了。

这四燕、四飞都是血滴子暗杀团中的出色人物，咸能飞檐走壁、来去无踪。雍正宠信，他就派定了这八个人，暗底仔细嘱咐了一般。四燕、四飞心中都非常喜欢，咸以为可乘此机会立下一件大功，归业受不次之赏，即日就带齐了械伙，秘密出京去了。

原来甘凤池自岳父陈四动身之后，他在客寓中并不耽搁，吕元、白泰官，二人亦欲到京中去采看血滴子如何厉害。南京到镇口极近，夫妇二人在路行程，当夜就遇见周浔老人家一个人在此游历，告诉甘凤池，你的所传路民瞻已作故人了，又说昙空和尚亦被人杀害。甘凤池听了，大哭一番，随即别了周浔，赶路至镇口谢村，又打听得狄士杰已做麒麟岛主，真叫丈夫得路青云。

　　此刻甘见已到了村口，离舅之家已不远了，想克主通报，然后再来接不迟，故将妻子陈美娘，暂且寄顿在江岸一家客店，待他过江去见过了他的舅舅。

　　谢品山见了甘凤池特地来，心中自是欢喜，笑问道："你的新媳妇呢？"甘凤池见问，就将暂且寄顿在江岸一家客店，待禀明舅舅再去接过来的话说了。谢品山讶道："偏你还讲这些礼，你快去接她过来，别再难为她了。"甘凤池答应着，就带了几个庄人，雇了一顶小轿去接陈美娘。

　　哪知道甘凤池带了几个庄人过江去，到了那家客店，连美娘的影子都没有。甘凤池不胜诧异，急问掌柜的。掌柜的道："不多时，有四个人驾一只小船泊在江岸，四个上岸到店来，说谢村甘老爷吩咐我们来接新奶奶过江，到他舅爷家去。那奶奶问了几句话，就搬了行李，下船解了缆，扬着帆，驶得如飞的去了。"

　　甘凤池听了，呆了好半天说道："哪有这事？"急忙渡江去见小轿仍旧停在江边，几个庄人也等着，凤池问他们都说没有见。赶回去问他舅舅，谢品山说没有见，并没有吩咐第二人去接。这正也奇怪了，合家的人都急得没法，吩咐人去寻觅，没有着落。（那时谢品山之子采石，适从吴鸾处，被吴银亚小姐救了出来，已回家一个月了。吴银亚已订定终身，尚未娶来，采石带了人，亦来寻找。）

　　然则此时陈美娘究在何处，原来就是那四飞，自从在南京途中受了甘凤池的亏，心中又恨又恼，但是他们好功的心仍旧不死，故想出了一个下策，串通长江中的水贼，探知甘凤池将到镇江，拜他舅舅谢品山。恰巧他将陈美娘寄顿在客店里，四飞就吩咐四燕同水贼装扮庄人模样，驾着舟去接陈美娘。

　　美娘信以为真，上了船，几个水贼就将迷药放在茶里，假着殷勤去劝美娘喝。美娘不察，竟一口喝尽，不多时就昏迷过去，几个水贼就用油浸的牛筋绳，将美娘捆了，送到洞庭西山上，禁闭在幽室内。四飞出此计策，并非存下恶心要污辱陈美娘，不过是挟陈美娘而要甘凤池之受抚耳。

　　过了许久，甘凤池渐渐探得美娘的下落，心念洞庭西山是长江水贼的巢窟，美娘虽然厉害，但身入陷阱，终究难于幸免。甘凤池爱妻情切，就立意欲去援救，初则只身去恐不济事，想他师父路民瞻又故了，问何人亲救？恐日子过多，历时太久，美娘又要多受一般磨折。故他也不顾生死，不告知谢品山，就只身愤然奔向西山，去救陈美娘。

甘凤池到了西山脚下，投了一家酒店。店小二走过来问道："客官吃酒么？"凤池抬头一看，那店小二，浓眉大眼，眼露凶光，眉现杀气，知道不是善良之辈，也是水贼的伙儿，随道："你拿一壶白酒，一碟牛肉，我欲问你话呢。"店小二拿了酒菜，凤池便道："你且坐下，我有事与你相商。"

小二问何事，甘凤池道："我知道这里是长江英雄聚集之所，外人轻易不得进来。我现在落拓无聊，甚愿入帮为伙，不知道可以不可以？"

店小二听了，就把甘凤池周身打量了好一会儿，方说道："你老欲入帮，且让我去报知掌柜，掌柜的亲自来接洽便是。"甘凤池道："费心。"小二跑了进去，不多时，就同着一个大汉，暴眼阔腮，气宇轩昂。小二道："这就是我们掌柜。"甘凤池便起身相见，大家便问姓道名。

甘凤池不说真姓名，却假说姓凤名如乾；那大汉是姓杨，名宗流。杨宗流便细问甘凤池的来意，凤池便说要入帮，杨宗流却慨然承诺。便说道："你暂且在这儿宽坐，我去回了头领再来。"

去不多时，杨宗流满面笑容的出来，说请上山去相见。甘凤池即忙起身，随着杨宗流，只见羊肠小道，曲曲折折蜿蜒上去走了好半天方才宽了些，甘凤池方欲抬头观看，猛听得"唿喇"一声响，甘凤池坠入一个陷马坑内，杨宗流也不见来了，两旁跑出许多水贼来，用铁钩钩起来。

可怜甘凤池的身上已受了伤，动弹不得，听凭那般水贼用牛筋绳捆缚，押上山去。原来那四飞早已设下这计，甘凤池因救妻心急，想假着入帮为由，得上山去，好动手救援；却不道竟中了他们这个毒计。

凤池已解了上山，四飞就出来相见，笑着走近前来，想解缚，甘凤池破口大骂道："我甘某是决不从贼的，要杀便杀。我是一时失足，中了你们计，你们就算立了一桩大功了。"

四飞听了并不着怒，遂将雍正密差他们南下收抚一般好汉，若能顺从，便得高官显秩，宠信有加，万岁爷素知道你是一个有本领的好汉，故起初就谕着我们四人不去伤害的；故用此计策把你捉获。

甘凤池因那时心中异常懊恼，故仍痛骂不从，四飞无奈，命暂押起来，隔日就将甘凤池夫妇二人装入囚车，押往北京去覆旨。

不说四飞用计将甘凤池捉获，更述那四燕一路往西赶去，一日傍晚，到了峨眉山，暗暗的偷上山去。直到半夜，方将吕元的住处找得在北头山坳里，前面有一个平台上，盖三间茅屋，虽矮小倒也异常清雅有致。四燕就大家蹑足走到茅屋门前，见门闭着，纸窗透出烛光，在门缝里往里偷窥。其时适值吕元、白泰官二人对奕，四燕想逞此时机闯进去，却不道吕元、白泰官已得知，推而起，揖门出来，向着四燕道："你们到此何干？"四燕齐声道："奉皇帝命来取两位的首级。"说着拔刀就向吕元、白泰官胸前刺去。

吕元、白泰官二人大骂道："好不识时务的东西，敢到这儿来放肆！"也就拔剑劈头斫去，四燕反身就走。吕元、白泰官不知好歹，狠命的赶去，忽见面前只有两人，猛听得后面有人大喝道："留心你们的脑袋！"

"唵喇"的一声响，白泰官、吕元的脑袋已被血滴子套去了。四燕见已得手，不敢久留，放火把茅屋烧了，取了两人首级并两把剑，下山赶回京师去了。

四飞、四燕都一齐到了北京覆旨，详奏了一番，雍正非常喜悦，重重的赏赍，即记了功，忙招集一般臣子会议。雍正先说道："现今吕元、白泰官已死，甘凤池被擒，就无妨碍了，其余的人是不足虑也。俗语说：擒贼擒王。现在他们的头儿已得，他们安敢再动呢？这甘凤池很有本领，朕所深知，去掉他最是可惜，还仗你们去劝服他，多得一个英豪。"

众人都不敢允承，只有年羹尧慨然道："陛下放心，有我在内，必能劝得他从顺本朝。"雍正听了，自然欢喜。

年羹尧怎样劝服甘凤池，连我也不知道，诸君只好看下去。但是要晓得甘凤池以后很替清朝出了一般力，保护乾隆皇帝游幸江南。这都是后事，现在暂且不提。

却说雍正既贵为天子，宜无不得意事，哪知道有一件极不得意的事，不过，知道的人不很多罢了，著者缓缓道来。

雍正历尽艰辛，穷极计谋，始将皇位夺得，但是春秋虽富而尚无皇子，故心中常引以为忧，暗想好容易把皇位得了，传不到亲生儿孙也是徒然。皇后已然有孕，雍正自是欢喜，以为苍天默佑，保我皇家。哪知足月分娩，却是一位公主，一团高兴顿时冰消瓦解。

当时宰相中海宁陈阁老，出入纶扉圣眷，殊隆一时，同僚莫能望其项背。

其下焉者，则更战战兢兢，咸都仰其鼻息，不敢稍忤其意。雍正每召入，必赏赉有加。雍正素性阴险，列朝诸臣鲜有得其垂盼，独阁老以老成持重为雍正所敬重，时常出入宫禁。阁老既如斯显赫，然有伯道忧年逾不惑，膝下犹虚，姬妾不下十数人，而均无所出，徒供老眼看花而已。正室夫人是忽有身娠，阁老欢喜欲狂，日夜焚香，祷告神明冀产一宁馨儿，以续宗祧而慰暮境。及诞生之日，阁老复亲自沐手进香，以祝天庭，旁及家堂诸神，虔诚叩首，状殊谨肃。已而产下，果令子也，啼声宏壮，阁老之喜可知也，非笔墨所能形容者矣。

嗣为雍正闻知，心殊不乐，叹曰："朕贵为天子，乃反不若陈某，今渠已产得宁馨矣，而朕则妃嫔满前，皆同石田无以慰暮境。"有时环行室中，喟然叹息。皇后见之不忍，微语雍正曰："陛下既爱陈氏子，妾亦有法在。"雍正笑道："御妻子意，朕已深知，殆欲将天上日星辰换作人间鸾凤耶？计虽良得，特恐乱我宗祧。"皇后道："是亦何伤，陛下当念诸王子皆虎视眈眈，思攘嗣位而得之。陛下春秋已高，一旦不讳，群起攘夺，其时天下既非我有，陛下徒费前功，反以资人，不亦在可惜乎！况若辈皆陛下之仇，谁复能念及陛下？诚勿若姑易陈氏子为嗣，盖或取之于庶人，则种必不贵，恐不能承基业。若陈氏训良其子必佳可毋忧，或陛下更有可出，则仍出黜之，他人终不敢言也；但以娇女付人于心不安耳。"

雍正道："是毋虑，陈某知系皇女，决不敢薄待也。所不妥者事，或闻于外，贻人口舌。"皇后道："陈某胆小如鼠，必不敢告人也。"

翌晨遣内监二人携物往赐陈阁老，并传谕曰："皇上闻阁老产儿亦为喜悦，拟索往一视。"阁老婉辞，谓儿产未久，恐亵圣上，当俟之异日。内监道："我等奉旨来，不挈儿以俱去，终不得覆旨，阁老未免违旨，曷若亲往奏明？"阁老惧乞缓颊，容进内与内子商之。

夫人初不之肯，阁老曰："上命严急，不可或违，不得不然耳！"夫人道："陈氏宗祧只赖此一块肉，务宜慎之。"阁老诺然，亲抱儿出授之内监，并酬以重金，倍加照拂。内监称谢去，阁老犹忐忑不已。

抵暮内监来，以绣袱里儿，袱绣龙凤美丽可爱，盖大内物也。内监顾阁老曰："圣上谕若儿，美甚神采奕奕，异日当非池中物，嘱若善视之，明旦须入朝谢恩也。"言毕，即返宫去。阁老送之出，返语夫人曰："我心始安矣！"

　　亡何，儿溺解袄则易雄为雌矣。阁老不禁大骇，欲呼忽自抑，夫人亦深讶道："此果谁氏女耶，我儿安在？"阁老争急止勿声，关告曰："今上春秋高前，闻内监言，后怀孕殆所产女，故以易我儿，敬不慎声，达内廷则吾族赤矣。"因遍告家人以前误为公子者，实阁老喜极之言，实则非是，家人固未之深信也。翌日汤饼之会仍举贺者，已咸知道阁老产女矣。不数年，阁老复产一儿，心始大慰，遂不复忆及前儿，而爱女则较儿为尤甚，事事任其所欲，未敢稍拂其意，恐获重戾也。

　　阁老每入朝，雍正时询卿女慧不安乐否，且每召女入宫，时有赐赏。然彼陈氏子而立为储君者，上亦待如己出，盖颇能事父尽孝恭而好礼，即异日之乾隆帝也。

　　要知后事如何，且看下回分解。

第十八回

朱大同慷慨羁牢狱　吕四娘秘密进宫门

却说雍正十六年冬，年羹尧早由川抚护理川陕总督，由护理改为署任，由署任改为实授。时煊耀赫，亦势炎熏天，拥十万貔貅，做西南半壁了。况年督又是当今皇上布辰之文简在帝心，言听计从，真一朝大权在握，为我们汉中族是一个杰出者，非比等闲之辈。那时坐在签押房内，批阅案牍，见内有一角呈文，系陕西思恩府中解嫌疑罪犯一名朱大团。案因乡里告密，谓其朱三太子之后裔，迭经研讯，事无佐证，伤即拘解，亲审是个钦要重犯，当即援笔批示：此案仰府暂寄监禁，听候示期详讯可也。掷笔叹曰："天下嚣嚣不靖，盗贼蜂起，又复株连杀戮，草木皆兵，使彼小民不得安枕而卧者，翳谁之咎欤？"

著者考明朱三太子事，或曰"永王"，或曰"定王"，莫衷一是。而据东华录载：康熙四十七年，太子自供七十六岁，依年龄适与永王相符，则三太子之为永王可无疑义矣。庄烈帝有子七人，周皇后生慈烺、慈烜、慈炯；田贵妃生慈炤、慈焕，悼怀王及皇七子，慈炤即朝野哄传之三太子也。弘光南渡王之明之狱，南京士夫哗然不平，左宁南起兵救护诬为"叛逆"于家庙，遣之出官，任其逃审，不知所之；即修史者亦不能为凭空臆造之谈。而太子及二王之事，仅得之于稗史野乘，尚足以补其阙也。

清兵淫虐，惨无天日，逞威残杀，到处呼号，积骨成林，血流成渠，而清圣祖尤注圩太子慈烺、定王慈炯、永王慈炤，迭有明谕访拿解办，臣下逢君之恶，往往缇骑四出，捕风捉影。永王当时潜走凤阳，遇有老绅王姓者，曾任崇祯御史，询殿下何以至此，永王曰："吾自李闯围逼京城，先后将吾交于王内官，王内官不敢藏匿，将吾献于李闯，李闯又交于杜将军。将军尚知尊卑，待我有礼，软禁军中者数月，吾以为去死不远矣。未几，吴三桂借清兵入关，流寇逃窜，杜军亦纷纷奔避，贼中有毛将军者，待我甚好，挈我至河南，弃马买牛种田自给，吾以为可安于此矣；岂知清兵查捕甚紧，毛将军遂不顾而逃，吾于是流落一身矣。"

王御史闻之，执永王之手而泣曰："天下山脉瓦解，势如散沙，凡当易代之际，殿下为圣明嫡裔，必遭清廷之忌，侦骑四出，寻根究底。为今之计，只有改姓换名，韬光敛彩，免坠陷阱。"永王遂改姓王更名士元，化为读书种子，以避人耳目，旦夕偕王氏子诵读，时永王年仅十三也。

如是者数年，王御史卒，永王已二十余岁，私念久恋于斯，终非长策，不如脱却红尘，六根清净，冀他生不再生帝王家，拜禅林大士为师，削发剃度，居然一个佛门弟子矣。嗣游浙江胡子卿者，亦唯宦也，与永王谈经史，奇其才，劝令还俗。永王再拜曰："薄命之人，尘世间富贵功名早视之若敝履矣！"胡子卿终以为可惜，再三请，永王不忍重违其意，允为蓄发，改换衣装，居以宅旁，茅屋数间，且以其女妻焉。既而，复至山东，携其眷同行，虑有他变，复改姓张名日用，设教于东平府，张潜齐家，宾主契合，殊相得也。

康熙二十二年，忽于路氏席上，与李方远遇，谈笑颇欢，有若风契。越日，永王走谒，方远赠以诗扇。方远素具相人之术，乃结为翰墨之交，因叹曰："士人如张先生之丰标才华，而令久困于泥涂，何命之厄耶？岂知其具龙凤之姿，天日之表，安可与常人一例观也。"

那时永王闻追捕明裔甚力，恐遭罗网，于是走告方远曰："近以南中有事，须附舟他适，敬来告别，承不弃叨居，眷幸赖照拂，然薪水之资，东家已为我认之，独菜蔬之需，乞助，每月千钱足矣。"方远允之，永王遂南旋焉。

初永王之来东平也，以文字糊口，既而东平缉捕紧急，则子身返南，又见南方缉捕之严远不及东平，乃尽举其眷属归南旋，复其姓仍为王，而名则为士元。从此去来缥缈，与方远不通音问者十有五年。后方远解组饶阳家居，不预外事，其夫人又物故，而永王又偕其二子至，谓方远曰："荒馑之岁，薪桂米珠，中人之家尚不堪其飞腾，而况吾辈，凭笔走天涯者，能不令人馁死乎！溯自解馆以来，十五年于兹矣，历年教授，所得业已咀嚼无遗，敬投尊府得一餐之给，倘亦苟延残喘，不为饿莩沟壑，则兄之惠赐我者深矣。"

方远曰："岁将暮矣，来年之馆，率多聘定，然交谊所在，安可坐视乎？吾有孙子数人，正宜及时教育，然以樗栎而经大匠之手，吾知先生必不屑教诲也！"永王笑曰："吾侪相知，贵相知心，奚用谦抑？但得糊口，免其冻馁于愿已足，安敢择人而施耶？"遂安居如初焉。

康熙四十七年四月，永王方与李方远布黑白之子以自娱，不料突然间有缇骑毁门而入，将方远及永王父子锁拿而去，全室惊惶，不知何因。解省后经抚军后堂审讯，左右列藩臬两司，旁无一役，关防严密，抚军先询方远曰："汝即李方远乎？闻汝曾任饶阳，然既服官，当知法律，万岁朱某，隐匿不报，即为不轨。"方远曰："治下只知读书，其余违法之事，一概不知，更不知谁为朱某。"抚军复问永王姓名，永王以实告，即令解浙候审。

浙抚据其事以上闻，清廷派少宰穆旦承审，穆抵浙偕抚军密讯，数堂不得要领，详加辩驳，恐有株连，不得已，遂以二人口供，据实奏明，候旨施行。越月余，朝旨下原谕曰："朱某虽无谋叛之迹，未尝无谋叛之心，律以春秋，诛心之论，应拟大辟，以息乱阶。李某据称虽不知情，然叛徒即彼家擒获，且住多年，不得推诿卸罪，应律以知情而不出首之条，流三千里。"旨内并云："即着穆旦多派兵卒，沿途护送，盗窃朱某解京，明正典刑。"

四十七年七月十二日，李方远起解发配宁古塔边远充军，而永王则示由穆旦同日派兵解京矣。十一月奉旨将永王凌迟处死，其子朱崔、朱任、朱在、朱坤俱立斩，当时士氏咸莫不称冤焉。

不谓越二十余年，陕西又有朱子团之案发生。当时年羹尧细察情形，知有不实不尽，意欲开脱，其罪拟以患疯报部。时有人谓朱子团曰："尔何不上书陈诉，求大帅保全，且其事未明，未能定案，鱼目混珠，往往冤沉海底。尔年华正当，当留其身以有待，何必淹忽不语，而罹此无妄之灾，至不保其首领耶？"子团慨然流涕曰："吾自束发读书以来，即知大义，自恨一身膂力，未遇知音。人患无名而死，不患不名而生，合事实尚在，茫然而坐，吾以圣明后裔，然吾何人，斯一旦得此荣幸，虽斩头沥血，吾亦无恨矣，可以追吾父母于地下矣。已矣，吾其听命于天可也，终不乞怜求活。"嗣经年羹尧以其事无确证，饬令发还原县监禁终身，以了此案也。噫。子团其亦幸而不幸哉！

明年，年羹尧以督陕多年，威望日著，政声颇好，自请入都陛见。朝廷深资倚重，着令驰驿来京，意欲授九省经略使之职，即世所称为"挂九头狮子印"，赐尚方宝剑，先斩后奏，即是此时之年羹尧也。于是遵旨交卸川陕总督，交抚军暂行护理，自己率领一班将士，星夜起程入朝面圣。

那日到了朝堂，坐待天子临朝。未几，天色尚未明亮，九门阊阖，宫殿齐开，万国衣冠，威仪正肃。年羹尧忽瞧见有一个道士，鹤发童颜，年纪约有六十之外，由吏部带领引见，班次在后。年羹尧不知就里，曷胜诧异，追查询吏部堂官，方知是浙江西湖边上，青微道院凌霄观内住持潘漱霞道士。因那年主上微服出游，寓在这个观内，游览西湖名胜，与该道士异常契合，陪从游幸，论经参典，往往至深夜不倦，竟结为方外之交。濒行时依依话别，似觉难舍难分，遂亲笔写一字条给他，并谓之曰："吾师日后云游燕京，或有意外之事，来相访问，只须向前门外琉璃厂古玩铺中掌柜一询，便见分晓，必有所遇，当不至空劳往返也。吾师记之。"

事过境迁，淡然若忘。潘道士步罡拜斗，真修悟道，心中常存一罗爷邦杰其人者，当剪烛西窗，联床共话，彼此十分情愫意洽。兹每于寤寐间，求之天涯，远阻北望，神州燕云渺渺，自己又年齿衰迈，安可仆仆风尘于道路耶？

岂知闭门家内坐，祸从天上来。一日忽有纠纠武夫二三人来观借宿，潘道士以出家之人以方便为门，当然允其所请，照常供给。哪料好心不得好报，若辈三宿即去，遗金于室，而道士未知也。突有县差等众拥入院内不问情由，将潘道士锁拿而去，邑令愤愤以为真赃实据，昭然若揭，定属窝家，不容分辩，严鞫刑讯，即令与群盗同禁监内。从此潘道士以清闲自在之身，顿变为铁索郎当之重犯，深尝铁窗中滋味而不禁冤沉海底者也。

潘道士自思势微力薄，此无妄之灾忽从天降，所谓祸福无门，惟人自召耳。即今援手无人，呼救无门，只有听之天命而已。即使一旦冤死，而垂尽年华，本当与草木同腐，亦毋庸怨天尤人者也。幸除一身之外别无牵挂，惟无端被此恶名，殊觉心有所不甘。然当时以失主未明，案悬莫结，已延宕年余，老香火每进出探望泣谈之顷，忽想起当年情事，记得罗爷吩咐如有意外之事，可至京中相访，并有字条付执，随向潘道士检取，收藏身上。越日私下徒步至京，依言访寻，果然有琉璃厂主人，迨将字条给与阅看，主人反覆细认，变色而言曰："此事易了，毋庸着急。"即留老香火耽搁在彼，一连数日并无音信。

直至十余日后，乃谓老香火曰："尔可回浙去。"并赠以盘川，老香火茫然不解，只得告别，那知进得自己道院，而潘道士安然诵经。原来老香火去后，即已释放矣，于是欣慰备至，潘道士感激老香火不已。

此事结案后两月，忽然浙江抚院遗差弁到院，敦促潘道士进京，并云："圣上想念甚殷，不得迟违。"潘道士无奈，只得驰驿进京。此时正初到与年羹尧相遇在朝堂，预备召见者也。

这日雍正朝罢，特宣潘道士于便殿见驾，温谕霁颜，并曰："漱霞，别来无恙，尔可抬起头来，看朕之面，犹记当年谈论否？"潘道士战栗之余，叩头不已，自称该死，雍正即令好好回浙潜修玄化。当时遗存赏赐物件不少，敦封为"道妙真人"，潘道士谢恩下来，感谢异常，回至浙江始知昔年之罗邦杰即是当今之圣上也。随即将该院重加修葺一新，正殿之上供奉雍正皇帝万岁牌位，以便日日朝拜，并闻得邑令已因此案撤参解任去矣。

雍正自临朝以来，事事精明，臣下不能隐瞒，而独对于女子一方面，有时反甚糊涂，盖人情唯爱欲多生魔障耳！万岁之暇，往往声色自娱，此古来圣君亦甚难免，而况雍正为迹近霸主者哉！其除正宫之外，而宠擅专房者，实乏其人，每每以为憾事，尝于深夜批阅各路本章，左右给使之人，不过几个阉宦小臣，殊觉无聊。某夜正在偏殿留鉴奏摺，左右循列，进上点心，看至中间，忽触眼帘，幽闭院女子侠龙跪奏一本，龙颜不觉一怔，恍惚当年情事，一一潮上心来。连忙揭开一看，略谓蒙圣上隆厚，横加青睐，使蒲柳之质得以接近龙体，此生难报殊恩，乃雨露方施而霜华即降，寤思梦想积疾成症，主宫者以为不祥，驱遣出宫。奴婢不得已，即就院侧大士庵内为尼，借空门做待罪之地。兹具表上闻，不敢烦渎睿虑，唯冀鉴此，微贱则虽死之日，犹生之年也。谨奏等语。

雍正阅毕，觉得当年情事，虽属片刻之欢娱，而媚态柔情历历如在目。前且此女品格温和、容颜娇丽足称后宫之选，何竟忘怀至十余年之久乎，此女能无伤心？越想越觉抱惭，乃一夜未得安眠。

翌日，密令近侍用飞凤辇将幽闭院女子，现为大士庵之尼侠龙接进宫来，并附赐同心宝盒、珠冠玉佩以为谢罪之意。侠龙女子奉到圣谕，盛妆宫服，采曳生姿，乘辇进宫，即于灯下谒见。三呼拜舞，口称贱妾，蒙圣上不弃，得见天日，备位掖庭，长承雨露，愿吾主万岁、万万岁。

雍正大悦，听其娇音如呖呖莺声花外啭，不容细审芳容，遂命宫婢扶起，赐宴侍酒，席间不胜欢畅。当夜本宫心腹太监知之，而余人均不知其秘密有如此。雍正饮醇酒，对名花，不禁酩酊大醉。近侍扶上龙榻，已鼻息如雷，放下绣帏，退出而寝宫中，仅剩侠龙一人侍寝。可想见"六宫粉黛无颜色，宠爱三千在一身"也。

不料三更时分，宫内忽然大乱起来，传说龙驭上殡了。原来皇家规矩，无夜寝宫门外，派大巨轮流值宿，每一个更次须派人至寝宫巡察报时，所以防奸宄，是以晓得皇上已死于龙榻之上，而侍寝女子则不知去向。顿时本宫鼎沸，人乱如麻。

天将黎明，外面各大臣都来朝堂候参，得着这个噩耗，将信将疑。果然，是日辍朝。候至午时光景，而大行皇帝遗诏已颁下，随即传位于太子之牌，亦同时发出矣。然究未知圣上什么病症，连太医院亦不知晓，当时议论纷纷，莫衷一是。幸管宫太监一力维持，吩咐本宫内监们不许妄言，将这绝大一段事情隐没得一字不提，所以并无人晓得侠龙侍寝，只说主上酒后气涌，急病薨逝，其实亦怕担这个罪名不小。哪里晓得到便宜了侠龙女子，从容不迫，见首不见尾，真如一条神龙，脱然破壁飞去也。

其时年羹尧出京巡阅去了，而太子又在冲龄，其余各大臣均在外供职，不知内府消息，亦不敢妄加异议。即日奉大行皇帝遗诏，拥立太子即位于皇极殿，百官朝贺，改国号"乾隆"，颁诏京内外，咸使闻知，红白两诏，同时颁至年羹尧处。年羹尧遵诏办理，一面感先帝知遇之恩，不胜悲伤，于是上摺条陈，许多国家大事采择施行，而血滴子队暮气已深，云中燕老病颓唐，莫可振作，支持乏人，是以不比从前雷厉风行了；然天下亦晏然无事矣。综大行皇帝在位十三年，其所恃政策，喜急切近利，操之太蹙，专与南中八大剑侠作对，收集亡命以为羽翼，重杀伐征诛，以鞭笞天下，豪杰而卒之，真豪杰亦并未服从也。即如伏虎山昙空和尚，我虽不杀伯仁，伯仁由我而死，因此物议沸胜，讥其无师弟之情。是可忍，孰不可忍，遂酿成幽闭院女子之惨剧。

　　然则幽闭院女子果何人哉？阅书诸君谅能记忆侠龙女子，因一度怀胎仰药身亡，已由主宫太监私下掘埋，未尝声张，岂至今日忽有两个侠龙哉！噫？奇矣，著者不敢弄巧以瞒阅者诸君之目，当直截了当演说出来，实则即是浙江吕晚先生之女公子吕四娘也。

　　四娘当雍正游西湖之时，早经暗中跟随，每想乘隙下手不得其便。她的功夫与十三娘相仿，飞檐走壁，十八般武艺，拳棒剑术，均天然无敌，确是脂粉队中之健将也。她愤然于雍正之为人，寡恩嗜杀，精刻严明，为一代之魔主，即汉族之劲敌也。四娘以为任你剑法高超，我一个女子亦可玩尔于股掌之上。故用计智取，乘势进宫，以色字动人，怕不入我牢笼？唯幽闭院一节事情，并无旁人知晓，亏吕四娘如何得知，详细行此美人计，人不知鬼不觉，取人主之命于俄顷，岂非有绝大之智谋哉！此吕四娘之所以为吕四娘也。

　　欲知后事如何，且看下回分解。

第十九回

乾隆帝初下江南　年羹尧归田削职

却说清廷自入关以来至乾隆登极，计已八九十载。此八九十载中，天下忧攘，兵戈未定，旋起旋灭，朝廷用法太严，而草野乱源更甚。年羹尧威震一时，立功阃外，其能名垂清史勋书、竹帛，此不世出之英俊也。

云中燕、嵩山毕五助雍正，统率血滴子以收交效于残杀，虽似用心太酷，然亦不得谓非一时之豪也。溯自三镇逼反，自取灭亡之后，清廷鉴于前车定制，嗣后不行封建，不立储贰之，条著为令典，亦所以弭乱之政筞也。故至乾隆时代，宇内已稍稍肃清，并无什么军兴之事，总算升平气象。内有一二贤臣辅佐，外而封疆大吏均得才识兼优去充任，此时他们满族中亦有几个俊才杰出者，出而支撑大局，是以圣主当阳虽不能垂拱，无为而治天下，盖亦颇觉政简刑清矣。

那时苏州府有一家巨绅，姓汪名琬，书香望族，诗礼传家，科名不绝，伊父名源，是个御史，致仕林下，萧然自得。当康熙南巡时代，汪源年已六十余岁，那年听得圣上于某日由京中起跸，向江南一带游幸而来，汪源即协同本省巡抚预备迎銮，所有一切行官铺张已先期由藩库提款，布置齐备；阖省臣民引项北望，以为可亲瞻天颜咫尺也。

忽一日，有前站近侍太监数人到来，口传圣旨，谓銮舆已抵镇江，不日南下，命前御史汪源洎本少巡抚迎至行在，以备召见问话，并私下问汪源道："圣上闻尔有爱女两人，貌极娉婷，幽娴贞静，足称后宫之选。现因行宫寂寥，命尔即日亲送行在，圣上要当面觇视也。"汪源听了吓得汗流浃背，不敢违逆圣旨，只得将亲生爱女盛妆艳裹，装饰一新，送至镇江。

召见时，天颜甚喜，温谕慰劳，一面即将两人接进宫内去了。翌晨，汪源至宫门请安，并欲面奏起銮日期。不料步入朝房，房内无人，静悄悄的，汪源不解其故，放胆走进宫门，但见一路鸟语花香，庭可罗雀，迳至后宫，仍然静悄，不胜骇异之至。只见耳房内有一个驿卒模样在彼扫地，汪源走至面前，询其情由。据云前日由上流来了一群人众在此担搁，昨晚三更时，分趁大号官船数艘，驶向瓜州方面而去，遗下仪仗不少，我在此收拾。及再问他详细，却称不知。

汪源吓得面无人色，连忙飞报巡抚前来察看，然亦无可如何，只得垂头丧气回苏。因恐官声有碍，传说不确，并戒饬手下人不得提起此事，隐忍吞声。却是汪源赔去亲女二人，不知骗至何处，心中郁郁不乐，思想成病，况又年纪高大，借此因由，一病竟归道山去也。

原来这时候草泽英雄，绿林豪侠所在多有，唯是邪正不一，良莠不齐，其忠义奋发者有之；奸淫肆掠者有之。究其原离鼎革不远，即有这负气不服，扰乱世界，真亦剿不胜剿，抚不胜抚也。

今这个假皇帝究属何人所扮？是瓜州口子沿海地方一上山岛内大盗奚猻吼，打听江苏汪源是富绅，家有二位小姐，都具十二分姿色。他起了淫心，趁康熙巡幸之消息，先期施此狡狯手段，竟被他轻轻的骗去；此亦两位小姐命运中所注定者也。是以此次，汪琬鉴于乃父之失，凡遇事情，总是慎重小心，不肯疏略，须打听确实，方肯听信，否则无论何人何事，他终一味的寂然，无动于衷也。

那时海晏河平，四方澄清。乾隆即位已届多年，渐入升平景象，静则思动，亦欲仿圣祖时故，事托言巡方出狩，实则闻得江南人物富饶，风景繁华，起了游玩之兴趣。当时命礼部选择吉期，督造龙舟及修整一切，经过地方道路桥梁发币建筑，所费浩大，咄嗟之间已是堆金积玉，不知化去几千万万。真所谓皇家做事，固不费一举手之劳耳。

即日预备南下，京报传至吴中，阖省官吏却兴高采烈，莫不想承揽办此皇差矣。朝廷发驾期近，各大臣庭议，扈从之臣暨御前差使，均一一派定，又任命在京摄行政事之亲士贵戚，迨至论及护驾之人，一时实难其选。左班中走出体仁阁大学士董亮，先执笏奏道："现有新科武状元甘凤池，才艺出众，智勇兼备，足当其任。可否乞圣上派充头等侍卫，令其在御前保驾，必可尽职。如有不力，微臣甘受其罪。"于是乾隆允之，其余纪晓岚、洪守范、毕元一班文臣，均随扈起行，以备召对。

于二月中旬，由京起跸，浩浩荡荡，威仪肃穆，由山东大道向南而来，真是一路帝星，万家生佛，为自古以来绝无仅有之盛举也。乘舆每日缓缓而行，逢旱御轿，逢水御舟，沿途供应，差官奔走，不遑络绎于道。各处地方官员伏地跪迎跪送，不敢仰头瞻视，至经过御道，一律肃清，人民躲避，六辔不惊，设行宫停留驻跸。是以直至三月，尚未至镇江耳。噫，懿欤休哉！汪琬得到准信，即协同本省抚臣办理，行宫设在狮子园，为苏垣极有名胜之区，而拙政园为各大臣办公宴息之所，两处均铺张得花团锦簇，天上人间，莫与比拟，专候圣驾到来，自己乃与巡抚离城三十里候驾。

不一日，探听御舟已离浒墅关不远，望去一片旌旄，山川生色。两岸春光明媚，风物清和，圣上顾而乐之，远见"浒墅关"三字，竟误认为"许墅关"。故至今苏地人民有称"浒墅关"为"许墅关"者，以当时纶音之所误也。是日舍舟登陆，仪仗之盛，车骑千乘，御前侍卫及随扈百官都拥护着乘舆进城。抚臣及本省官吏汪琬等道旁跪接，俟驾已过，然后由别道进城，先至行宫，预备召见。

圣上进了狮子园行宫，概令一律免参，只传论令纪晓岚陪从游幸一周。汪琬召见，帝询以苏州全省形势并山川名胜，各处风俗，汪琬一一奏对，颇称圣意。是以乾隆在苏省似皆熟悉，举凡北寺塔、虎丘山、金阊门外、姑苏台畔、胥江、葑水都游历殆遍。嗣复赴光福、元墓、邓尉、常熟、虞山，圣躬莫不亲临其地，均有记载。其间颇有足称述者，著者略述一二，聊醒阅者之睡魔。

在行宫时最发噱者，莫如有一日天气炎酷，大臣入什南书房办公，烦躁殊甚。纪晓岚先将袍褂脱卸，尚嫌不舒，须将内衣一并卸下，直至赤膊方觉得意。正在闲爽，忽报驾到，纪不及穿衣，慌不择路，即将身子暂藏坐炕之底。皇上坐在上面与左右臣工谈话，片刻绝无音响，纪认为帝已去，遂探头问道："老头子去么？"连问两声，帝不胜怪异，饬令近侍牵出，一认乃是纪晓岚，帝本甚爱其才，试之曰："尔谓老头子，作何解说，从实奏来。"

纪伏地请罪，叩头不已，奏道："老者，天下之大老也；头者，头儿、脑儿之谓也；子者，天子万年也。"帝称善，并不加罪，笑令起去。

狮子园假山层峦叠嶂，天下知名，至楼台亭阁，结构精微幽深，曲折其中。有一堂，帝长居宴息之所，中间并无匾额，帝忽动兴，题以"有趣堂"三字，后被纪晓岚改为"真有趣堂"，每饮酒辄吟诗。

一日帝吟雪诗，随吟随饮，口占道："一片一片复一片，二片三片四五片；六片七片八九片……"沉思有顷，颇苦结句。立召纪晓岚续成。遂应声曰："飞入芦花都不见。"其宰相之才有如此者。

帝逢大雨初霁，在池旁赏荷，看见红莲绿叶，亭亭净植，摇曳生风。中有一叶，叶上伏一大龟，而荷梗并不倾倚，一若无物也者。帝大异之，即召纪晓岚询问其故，纪奏对以书有之，千年龟，轻如灰，彼亦知陛下在此，前来迎驾。帝笑颔之，遂将手中翡翠鼻烟壶赏之，以旌其博学。其至光福、邓尉、虎丘、虞山均有雅事可记载者，著者厌其烦冗，姑不深改。唯幸苏以来，遇险境几，蹈危机者只有一次。

帝正从郊外间行眺，鉴野景别饶风味，兴颇自豪，遂将身倚在一棵大树之上，远看对面山景。忽然间，一支羽箭疾如鹰隼，劈面飞来，幸甘凤池在侧保驾，听得箭风已到不及转瞬，忙将帝袖一扯，远离数步；该箭端端正正已射在树上，刚刚正值帝之咽喉。只见对面土墙外，隐隐有一人影一闪不见了。

甘凤池已知有高手刺客，乘势行刺。一面连忙跪地请罪，并即请驾回宫，帝许之。回宫后，圣心犹觉凛凛焉。此次御驾亲临南中，其志并不在游玩山水，实则欲寻觅父母之遗坟也。无如不能明白宣布，只得托故暗访。是以日后有二次三次及七次之巡幸，均经甘凤池保护，可见一代帝王莫不以孝治天下，亦莫不以孝教天下也。故各处乘舆所经之地，国帑用去，浩繁不惜，以金钱作代价，而易我心之所安也。

此日之乾隆，明明为我汉族之子孙，非胡满之嫡种，唯宫禁森严，妄言者诛，当时无人敢昌言其出处，即如海宁陈氏亦讳莫如深，不肯自认为发祥之地也。迨回銮时，已届秋初，御道田浦口一带北上，而年羹尧巡察在外，统领全军在彼迎驾，并请阅秋操。圣上允准，盖其心实欲炫其军容之肃耳。

那日御教场中，静悄悄的，天甫黎明，军门画角之声不绝。鸣炮开营，忽有两匹马，骑两个少年将官，手执令旗，缓缓而行，清道之后，亦不扬尘。至辰牌时分，全军陆续到齐，将台上鼓声渊渊，杏黄旗展动排齐，队伍鹄立以待。未几，年将军顶盔贯甲而至，簇拥着一班将官、马弁为先锋，各营兵士以军礼见，擎枪示敬，大将军颔之。直至演武厅下，内中设御座，全用黄绸铺陈，兵符令箭，分列左右，威仪肃穆，气象严厉。旁设大将军座位，近滴水檐前。

大将军既入座，正在展看兵册，忽报御驾已到，大将军起身趋至营门跪接。待乘舆过后，然后跟至演武厅上，跪请降舆。各队兵士各分队伍，齐齐朝演武厅排立。迨圣上御宾座，大将军率令，一班将官行朝参礼。一声令下，三军皆半跪见驾，起立整肃，并无参差。年大将军随将兵册呈上龙案，请旨开操。鸣炮二十一门，迨旨意下，将台上五色旗飘扬，鼓角齐鸣，马步队、炮队、辎重队、技击队、前队、后队、左队、右队、中队一时按序操演。

圣上举目观看，果然步伐整齐，进退有法，周旋中矩，不弱于当年汉代之细柳营中之气概也。圣心大悦，操至午时，三军身穿重甲，天尚秋热，汗出如雨。圣上仁慈，颇觉不忍，传令卸甲，宣谕官连喝数声，而全军仍然不动。年大将军在身上取出小小尖角令旗一面向下一挥，片时即卸甲如山矣。此所谓将在外，君命有所不受，然圣心不觉骇然，默默不语，目视大将军，即传令停操起驾，回行宫去也。

于是乾隆帝以出巡日久，择日起跸回京。进入宫中，百官朝贺奏事，圣心怏怏不乐。自念贵为天子，富有四海，今见江南民物富庶，风俗敦厚，百姓贴服，较北方强悍之风，动辄斗殴，奚啻霄壤，即不加以压制，亦易就我范围，设官分职，往往以贫苦之员，外放江浙两省，作为调剂之地也。至北方一带，今有年羹尧兵力所及，亦不敢有不轨之徒妄逞强梁，其实均自圣祖以来，严征穷伐，诛戮殆尽，是以死灰不能复燃也。无如年羹尧，功高资深，威震人主，未免恃宠而骄。自谓先帝之老臣，凡有设施，每不俟奏请，辄擅自举行，其藐视朕躬，即于全军卸甲一节已可见其一斑矣！孰能忍之？若不加以严惩，彼不知感奋，必谓朕之易欺也。从此君臣之间意见顿生，承平之世兵戈可息，渐开轻武之风。

夫物必自腐而后虫生之，左右窥圣上震怒，向与羹尧有私怨者乘机报复，积毁销骨，离间之计，即起于阉宦之间而不觉也。

年羹尧自知圣眷渐替，办事并不十分认真。手下将官窥测主将意旨，亦渐渐懈怠起来，虽循例巡幸，未免奉行故事耳。唯年羹尧性素暴厉，傲才嗜杀，军令严明，待属下尚能宽严并用，刚柔兼施，近于和易，一方面故人多乐为之用。当时年营之中，人才颇济济，其军营所带厨役，最不容易伺候，一菜一饭烹煮极须当心，稍有疵戾，即行杀戮，十无一免。

一日酒后高兴，幕友冷铎香齐同桌而食，借以谈心。此君本为年之莫逆，又为同学之一也。嗣食饭时，忽从饭中拣出几粒糠米来，为羹尧所最忌，忽的变了颜色，立传厨役到来，跪伏阶下，不即发落，觳觫之状，不忍卒睹。冷香齐自恃交深，言曰："此区区小事，幸推不才之情，乞大将军恕之。"岂知年羹尧另有作用，非唯不听，反责其不应多言，阻挠军心，坐以应得之罪，发边远充军，实则岭南即其家乡也。后来闻人传说这冷香齐先生，在半途恨年羹尧无香火之情，商之解官随将刑具一并卸下抛入江中。岂知这刑具全部用黄金造成，外加黑鬃，似精铁一般无二。年羹尧明知自己失败，在即暗中弄此玄妙，酬其数十年知己之交，冷铎果无福享受哉！

于是年大将军以消极主义对付朝廷，拜摺陈情，乞派贤员代领，其众圣恩高厚，赐骸骨归乡里，臣不胜幸甚。朝廷不许，自此凡有条陈请饷、请兵，辄不报，年羹尧心甚忧之。蓦然间想到初放川督时候，顾先生肯堂原遗书规劝，嘱我急流勇退，无恋恋于功名，致遭屏弃，是我不听他言，感先帝一番待遇之恩，出死力以肃清宇内，削叛逆以巩邦基。岂知今上忽生疑忌之心，听信谗言，疏远忠良。我欲提兵向内，以清君侧，然后再出镇雄疆，自古未有内多邪佞而大将能立功于阃外者也。复上书，自请来京陛见。

朝廷疑忌更甚，非唯不许来京，并有旨云："年羹尧身为大将，不知振作，妄欲借述职为炫功之地，乞休为挟胄之心，实负先帝知遇之恩。且不念朕倚托之重，擅离职守，干渎妄请，年羹尧着降三级调用，其大将军印绶，即着该地抚臣暂行兼署，听候简放，钦此！"

年羹尧奉到旨意，不敢不遵，当将大将军印交卸，军粮册籍亦一并交割清楚，带了随身行李及眷属仆役人等，回至乡里去了。优游林下，绝口不谈政事，此清朝年羹尧之结局也。

自雍正死后，乾隆即位，四海升平，人民安居乐业，外夷亦敬服中原康庄，咸来朝拜，引为蔽护，自此成泱泱大国。乾隆亦成一贤德明君，四方豪杰，感于世道平和，遂磨消了斗志，刀枪入库，放马南山，优游林泉，过着神仙般的日子，不复奔走争斗之苦矣。

由此，著者一部《龙虎春秋》亦演义完毕。

全书完